U0142529

聯藻於日月　交彩於風雲

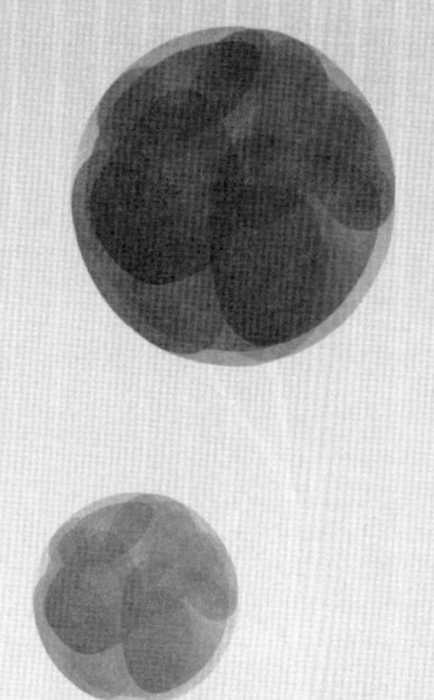

2012年 近現代中國語文國際學術研討會論文集

國立屏東教育大學中國語文學系◎編

五南圖書出版公司 印行

弁　言

語言文字是人類至為重要的交際工具，其中所蘊藏的知識內容，使今人得以識古，後人可以識今。群體的社會，人們因聲表情，依文示意，進而完成溝通交流的目的。因此，在學習的過程中，語文既是一門基礎學科，也是一門極富情感、個性、激發想像和創造思維的學科，各科知識體系的建構與聯繫，基本上均須透過語文的認知來達成，其為用大矣哉！

本系前身為語文教育學系，系務課程以教學為重。二〇〇六年轉型為一般中文學系後，對教學與研究力求均衡發展，秉持著古典與現代並重，知識與應用兼顧，傳統與當代相融的目標，孜矻不懈，於固有的基礎上，承古續今，守本求新。系上師長合力推動學術活動，積極向外接觸，冀望能展現出另一番風貌。在這樣的共識下，於是乎而有「近現代中國語文學術研討會」的舉辦。

自二〇〇八年六月舉辦第一屆研討會後，一眨眼，至今已是第五屆了。為使學者珠璣光華之文，得以呈現共享，裨益學界。故自二〇一〇年起，即於會後特請作者補述修改，再敦請專家學者進行審查，提供意見，並洽詢作者意願，而後結集成書。本次研討會，發表論文者，兩岸、港、澳三地學者計八人，國外則有越南二人、馬來西亞二人、泰國一人。會後依然承襲往例，擇要選錄篇章。所選定八篇論文中，傳統古典文學者者三篇，一論公安派袁中道之生命情調，一談清人詮釋溫詞之轉移，一說朱自清對陶詩詮釋之思考；學術史一篇，探析晚清西學傳播、《華英字典集成》之編纂影響；版本考據一篇，論辨越人鄭懷德《艮齋詩集》之版本；語法、文字二篇，一為漢語「有+VP」句之對應與運用，一為辨析閩、客語俗字之疑義；華語教學者一篇，論述泰國華語教學之相關議題。凡此，篇數雖少，議題或窄，未能照應近現代學潮之全貌，但擇要論精，自有其可觀之處。

今專集付梓在即，特別感謝主編許文獻老師、系上師長以及數位研究生夙興夜寐，不辭辛勞的協助，始克順利出版。爰贅數語，尚祈方家賢達不吝指正。

柯明傑　謹誌

目　次

公安派袁中道生命情調探析

簡貴雀*

* 作者現為國立屏東教育大學中國語文學系副教授兼圖書館館長

壹、前言

公安三袁兄弟，於神宗萬曆初王、李之學盛行之際，公然舉起反對旗幟，由長兄袁宗道（伯修）及其好友黃輝倡導於前、仲兄袁宏道（中郎）以具體文學理論「性靈說」揭櫫於後，並與小弟袁中道（小修）大力創作「獨抒性靈，不拘格套，非從自己胸臆流出，不肯下筆。」[1]的詩文作品，皆有助於公安派蔚爲一時風尚之主要健將。三兄弟皆早慧，俱有才名，而於公安派文學，中郎（宏道）洵爲領袖，小修（中道）則起護持之功。以世情言，伯修、中郎皆早榮早逝[2]；小修則功名晚達，而年壽最長。[3]雖然，世情之名利與年壽之修短，自古以來，談論者多，卻都是各抒己見，好惡由己。然平心而論，若非真道人本色，世人何能輕易擺落世緣，由是因世情纏擾而影響生命情態，自不待言。

小修處在儒、釋、道三教合一之時代，因兄弟、師友之論學切磋與時代學術風潮之影響，亦有華梵一家、儒釋同源之思想與言論，更以「學道人」自居，於三教思想涉入頗深，惟三教合一思想始終無法解決小修在世情中之困

---

[1] 楊家駱主編《袁中郎全集・袁中郎文鈔》（臺北：世界書局，民67年），〈敘小修詩〉，頁5。

[2] 按：袁宗道（1560-1600）得年僅四十一，官至右庶子；袁宏道（1568-1610）得年僅四十三，官至稽勳郎中，皆不及望五而卒。參見錢謙益《列朝詩集小傳》丁集中，頁566-567。然錢氏謂宗道卒年四十二，應誤。據袁中道《珂雪齋集・壽大姊五十序》卷九，頁432、《珂雪齋集・石浦先生傳》卷十七，頁711以及錢伯城《白蘇齋類集・前言》頁1補正。

[3] 按：袁中道（1570-1623）享年五十四，官至禮部儀制。與兩位兄長相較，則多了十二、三年的陽壽。參見錢謙益《列朝詩集小傳・袁儀制中道傳》丁集中，頁568-569。

境。[4]故其一生，因個人性格與交遊、學識與思辨、社會經濟與時代風尚等因素，形成其人生不同階段之生命情調，迥異於伯修與中郎一生雖享年不永，卻科舉仕途得意之生命風姿。

本文係繼〈從《遊居杮錄》看晚明文人之世情〉、〈從《遊居杮錄》看袁中道之世情〉、〈袁中道《導莊》之寫作及其旨趣探析〉[5]三篇論文後，復以袁中道生命情調作為書寫主題，蓋入之愈深，愈覺需要更完整而清楚交代作為公安後期主將的小修，如何在生命不同時期，由年幼失恃、兄弟共學共處、形影不離之情感依偎，經青少年之豪傑自命、嗜酒縱欲、視錢如糞土，以為功名可唾取之狂放浪遊時期，至仕途蹭蹬、兄弟家人相繼亡故、血疾間作、無生知見力微、誓畢棲隱之盛年委頓時期，以至清寂養生、叨得一第之晚年宦遊時期，皆有人生各階段極為鮮明之生命情調。尤以萬曆三十八年（1610），視同知己的中郎謝世，小修頓失依恃，內外交迫，幾至不起。中郎之死，是促使小修生命情調中衝擊最大、改變最鮮明的轉捩點。故本文擬以萬曆三十八年作為小修前後期生活時間的劃定，依其行止經歷，探析其前期生活所呈現出來的踔厲風發至委頓的生命情調，以及後期生活所重視的清寂養生之生命情調，確實有著時代鮮明的印記及公安派性靈真趣的實踐。

小修身為公安派後期主將，對公安派之護持與理論之

---

4 參見拙文〈從《遊居杮錄》看晚明文人之世情〉，收入環球科技大學《2011 年第二屆華夏文明與現代國家文化論壇學術研討會論文集》（維高文化事業公司，2011.12）

5 按：〈從《遊居杮錄》看晚明文人之世情〉見註 4、〈從《遊居杮錄》看袁中道之世情〉刊於《國文天地》334 期，頁 25-29、〈袁中道《導莊》之寫作及其旨趣探析〉發表於本系主辦之《東亞莊學國際研討會》，頁 245，單行本。

修正，居功厥偉。然明史文苑傳，僅將小修附在中郎傳中略述。中郎之才學、器識、膽力與真趣，確爲三袁之首，其爲公安派領袖，亦實至名歸；惟年壽不長，對公安末流所呈現之淺俚率易弊病，以及時人假托其中郎之名羼入其作品中之僞作，與曲解其詩句意涵者，中郎皆不及見而正之、排之、觝之，端賴小修澄清、護衛、修正，故公安文學能在伯修、中郎去後，繼續流傳至明末清初，小修誠然是無可替代之功臣。惜正史未能單獨爲其立傳，惟生前摯友錢謙益（牧齋）《列朝詩集小傳・袁儀制中道傳》以及袁中郎〈敘小修詩〉二文，尙能粗見其一生梗概。其後研究公安三袁者，或大範圍的研究公安文學，或集中在袁中郎的詩文探討，甚或掀起一股「袁中郎熱」[6]，袁中郎與公安派之關係無疑可以劃上等號。相對的，袁小修與公安派之間則只是兩圓的交集關係。近或有多篇論文關注袁中道，仍以其文學研究爲宗[7]，袁小修何許人？以研究者觀察，仍有未能窺其全豹之憾。故本文擬從袁小修流傳下來之原著入手，以今人錢伯城先生點校《珂雪齋集》四十卷（除去附錄之祁年詩二卷，實爲三十八卷）作爲主要文本，間採錢氏點校伯修《白蘇齋類集》與中郎《袁宏道集箋校》

---

[6] 錢伯城《袁宏道集箋校・前言》指出，袁中郎身後，毀譽不一。曾在民國三十年代，掀起一股不大不小的「袁中郎熱」。（上海：上海古籍出版社）2008.4，頁 1-3。

[7] 按：近十年來，以袁中道作爲主題探討之研究，主要集中在大陸高校碩士生之學位論文，且以文學研究爲宗。如：劉尊舉《袁中道晚年文學思想轉變及成因探微》2003、孫虎《論袁中道的散文創作》2004、張漢平《袁中道研究》2006、賀莉莉《袁中道入仕後文學創作考論》2007、羅娟娟《袁中道文學研究》2007、汪怡君《袁中道散文研究》2010 等，間或述及小修生平。臺灣方面則有范碧惠〈山水與人倫之間：從《遊居柿錄》看袁中道之個人反省與社會實踐〉2008、鄭培凱〈晚明袁中道的婦女觀〉1993。

二書相互參證，庶幾真實呈現小修之人生樣貌及其生命情調，確有其個人獨特色彩與時代風貌之印記。

貳、袁中道兄弟之情感

文學史上，兄弟齊名者，不乏其人，而能知己感恩，廣為人傳頌者，宋代惟蘇子瞻與蘇子由、明代則有袁伯修、袁中郎與袁小修三兄弟。子瞻與子由兄弟，以宦遊相隔，不得常相聚，而詩文中流露出的兄弟情感，總是魂牽夢縈，心繫對方，以兄弟之榮辱為榮辱，以兄弟之命為命。子瞻因烏臺詩案，幾至於死，子由求免官為兄贖罪，更是至情流露。袁氏兄弟情感深厚不減子瞻、子由兄弟，尤能珍惜兄弟聚首之樂，並以子瞻兄弟至老未能共住為戒。以下透過小修兄弟同學共住，形影不離之生活，以及性喜閒適，相偕歸隱之約定，說明三人情感已超乎一般血緣之親，臻至精神層面的同氣相知。

一、同學共住，形影不離

小修同母兄弟四人，其一為姊，姊之上為兄伯修。伯修之下為弟中郎與小修。兄弟失恃時，小修五歲，中郎七歲，伯修差長，十五歲。[8]以其少小失母，故最相憐愛。兄弟姊妹四人同學共住，相互倚靠，不曾分離，亦不捨分離。在小修為大姊五十歲生日大壽所寫的序文中，追憶喪

---

[8] 參見孟祥榮〈新發現的一則公安派研究的重要史料—黃輝《明右春坊右庶子兼翰林院侍讀袁公壙志》介紹〉《文獻季刊》第 1 期(2004 年 1 月）頁 118-121。又見袁中道《遊居柿錄》卷五，頁 1210。又見《珂雪齋集》卷九〈壽大姊五十序〉一文，文中小修自言，「記母氏即世，……予已四歲餘」，則小修失母時為 5 歲，頁 431。

母時，龔氏舅攜姊入城鞠養，姊弟哭別情景，令人動容：

> （喻家莊蒙學）窗隙中，見舅抱姊馬上。……過館前，（舅）呼中郎與予別。姊於馬上泣，謂予兩人曰：「我去，弟好讀書！」兩人皆拭淚，畏蒙師不敢哭。已去，中郎復攜予走至後山松林中，望人馬之塵自蕭崗滅，然後歸，半日不能出聲。後伯修偕曹嫂入縣讀書，姊與中郎予皆依兄嫂，育於庶祖母詹姑。[9]

龔氏舅期冀三兄弟好生讀書，作爲來日舉業資糧。然小修兄弟初失慈母，唯一親姊復將離去，豈能瞭解長輩攜姊入城鞠養美意。視暫別如永別之惶恐、失落，油然而生，讓小兄弟倆在與大姊馬上哭別後，又緊隨其後，追至後山林，無助的遠望大姊形影離去，依依不捨、戀戀情深。兄弟少小同學共處，形影不離，在小修作品中俯拾可見：

> 長安里居左有園，……內有讀書室三楹，昔兩兄與予，同修業此處。[10]

> 自失母之後，兄弟姊妹四人，伶仃孤苦。我時年最小，視兄如父也。里舍書房中，三人相聚講業，業窗風雨，未嘗一日不共也。[11]

> 肩隨三兄弟，少年同誦讀。無業不聯牀，寒雨滴殊

---

[9]《珂雪齋集》卷九〈壽大姊五十序〉頁 431。
[10]《珂雪齋集》卷十二〈清蔭臺記〉頁 525。
[11]《珂雪齋集》卷十九〈告伯修文〉頁 787。

竹。[12]

小修三兄弟同修講業，彼此相互激盪，詩文乃日以增進，故少小皆有才名。小修「十歲餘，著黃山、雪二賦，五千餘言」[13]；伯修「十歲能詩，二十歲益喜讀先秦兩漢之書」[14]；而中郎四歲即能以「頭上頂天」回應龔仲敏舅的「足下生雲」句。[15]且「總角，工爲時義，……年方十五六，即結文社於城南，自爲社長。……時于舉業外，爲聲歌古文詞，已有集成帙。」(同上)顯示小修兄弟皆天資聰穎，才華出眾。而在相聚講業之共處時光，亦非全無樂事，長兄伯修或談說古今事，或說鬼神奇怪事，經緣飾以相恐嚇爲樂[16]；而甚爲詼諧的龔散木舅，則在靜夜小修兄弟伏案於文字時，作假虎面嚇唬小修兄弟等[17]，增添許多兒時樂趣，也讓兄弟彼此有同氣相知之情感。因個人造化，伯修與中郎皆早仕，小修則舉業多艱，連年科場失利，心靈飽受失意折磨，端賴兩位兄長之體諒、撫慰與支持。其〈送中郎入都中〉云：

> 十年不得意，常覺天地窄。往往困極時，依君即奇策。行為修八行，居為治一石。錢刀稍有餘，任意取無惜。一草一露滋，萬物無終厄。令我若無君，誰與收魂魄。本擬逐君行，雅語消晨夕。……萬里

---

[12]《珂雪齋集》卷三〈中郎生日同大兄〉頁 101。
[13] 見錢謙益《列朝詩集小傳》丁集中，頁 568。又見錢伯城《袁宏道集箋校》卷四《錦帆集之二遊記 雜著》〈敘小修詩〉頁 187。
[14]《珂雪齋集》卷十七〈石浦先生傳〉頁 708。
[15]《珂雪齋集》卷十八〈吏部驗封司郎中中郎先生行狀〉頁 755。
[16]《珂雪齋集》卷九〈壽大姊五十序〉頁 431。
[17]《珂雪齋集》卷十二〈杜園記〉頁 527。

> 從茲分，含淚看掛席。[18]

十年困頓，無以自給，一切皆須仰仗中郎，不僅生活無匱乏，甚至稍有餘裕，尚可「任意取無惜」。故小修由衷感念，「令我若無君，誰與收魂魄」，確是肺腑之言，真情流露。由是與中郎分離場景，有如小兒女般含淚不捨，主要來自兄弟少小患難與共所培養之深厚情感。伯修過世，小修在給伯修好友陶石簣書信中，除了表示痛失仁兄之悲外，亦不免要提及兄弟聚首之樂：

> 念愚兄弟，數年以來，彼此慈愛，異常深重，如左右手，不能相離。自入都門，兩日不見，則忽忽若有所失；一時相聚，載歡載笑。[19]

已是成年之人，仍心繫彼此，雖短暫分別，而內心虛空如有所失；一時相聚，則載言載笑。兄弟慈愛深重至此，已超乎一般兄弟之情可見。

二、性喜閒適，相偕歸隱

小修兄弟三人或仕或隱，皆樂閒曠。伯修、中郎雖仕途平順，卻都有「仕宦苦甚，機關械其內，禮法束其外」[20]之感。伯修「歸山之志」雖切，卻苦於世緣逼迫，終因形瘁心勞，卒於任上。實則伯修「亦欲斷世緣，歸田自適」

---

[18]《珂雪齋集》卷二，頁 84-85。
[19]《珂雪齋集》卷二十三，頁 972。
[20]《珂雪齋集》卷九〈壽孟溪叔五十序〉，頁 428。

[21]且與兄弟相約「共結白蓮之社，共享清淨之樂」[22]。故平日居家，惟栽花種竹，掃地焚香；出遊則遍訪山剎或城內外精藍。亦因仰慕白樂天、蘇子瞻爲人，故以「白蘇」名其齋。[23]則其欲效白樂天晚年「中隱」閒適恬淡生活可見。小修更指出，以其「少而侍伯修山中，長而依于宦邸」[24]的觀察與了解，深覺伯修與白、蘇二公同者多，所謂心同、操同、趣同、才同、學同等五者，而與白更爲接近，顯示其欲同者，白樂天晚年知足之情。[25]

中郎自二十四歲中進士至四十三歲卒，居官凡十九年。然真正爲官時間，則僅有五、六年光景。[26]期間或辭官，或乞假返鄉。而無官務纏擾時日，則偕小修、友朋遊覽山水，或與小修、僧衲談禪論學，相互激揚，閒適之樂可見。小修仕途偃蹇，故屢有山林之思，而亦深知兩位兄長志趣不在官位。當中郎於萬曆二十三年任吳縣知縣時，小修往吳省親，見中郎命其退居之堂爲「聽雨」，蓋取子瞻懷子由之意，感觸頗深，遂寫下〈聽雨堂記〉：

> 今吾兄弟三人，相愛不啻子瞻之於子由。子瞻無兄，子由無弟，其樂尚減于吾輩。然吾命薄，或可以免於功名。獨吾觀兩兄道根深，世緣淺，終亦非功名之品。而中郎內寬而外激，心和而跡孤，尤與山林相宜。今來令吳中，令簡政清，了不見其繁，而其中常若有不自得之意。豈有鑒于子瞻之覆轍，彼所

[21]《珂雪齋集》卷十九〈告伯修文〉，頁 788。
[22] 同註 19，頁 973。
[23] 參見《珂雪齋集》卷十七〈石浦先生傳〉，頁 710。
[24]《珂雪齋集》卷十二〈白蘇齋記〉，頁 533。
[25] 同註 24，參見頁 533-534。
[26] 參見《袁宏道集箋校》上〈前言〉，頁 11。

> 欲老而學之者，中郎欲少而學之乎？如是則聽雨之樂，不待老而可遂也，請歸以俟。[27]

小修往吳省親，爲萬曆二十四年（1596），二十六歲，（中郎二十八歲）。其深知中郎非真願爲官，故勸其勿蹈蘇子瞻至老方欲學淵明歸隱未得之覆轍。時中郎雖未表明去意，但從伯修卒後，中郎辭官與小修隱居「柳浪湖」六年一事觀察，中郎心中已有定見。隱居期間，小修與中郎不曾與俗客往來，作應酬事，惟與衲子談禪賦詩，偶亦遊山。其自得之情，由小修形容此次聚會「實生平銷夏第一樂也」可知。[28]其後萬曆三十八年（1610）夏，中郎請告歸楚後，卜居沙頭，修葺硯北樓，置捲雪樓，並約小修卜築共住金粟園，且謂小修：

> 吾與汝亦漸老矣！自伯修即世，我兩人已不勝斷鴈之悲，而今豈可又作兩處？蘇家陽羨、許下可鑒也。[29]

由是而知，中郎兄弟早有共住終老之計，惟伯修與中郎因世緣未了，兄弟或仕或隱，散於四方，而蘇家陽羨、許下之鑒，在伯修過世後，小修與中郎更引以爲戒，故中郎屢次告假歸楚，更與小修卜築共住，以遂閒適之樂。無奈命與願違，中郎卻於該年九月六日倏忽而去。[30]突遭噩耗，情感上依賴至深的小修，幾至不起，亦無意人事，生命委

---

[27] 同註 24，頁 530。
[28] 同註 24〈荷葉山房銷夏記〉，頁 547。
[29]《珂雪齋集》卷十四〈金粟園記〉，頁 625。
[30]《珂雪齋集》卷十八〈吏部驗封司郎中中郎先生行狀〉，頁 754。

頓至極。顯示兄弟相知相惜之情感，已如生命共同體，影響彼此生命情調尤其小修至深且遠。

參、袁中道之生命情調

袁中道（1570-1623），字小修[31]，別號甚多[32]，常見者爲泛凫、凫史、凫隱（或凫隱居士）、酸腐居士。湖北公安縣人。少早慧，有才名，十歲餘能作賦，讀野史，喜談說。[33]尤喜讀老子、莊周、列禦寇諸家，皆自作註疏，旁及西方之書，教外之語。[34]更融合儒、釋、道三家思想，援佛入儒。長依兄於宦邸，結交者多爲兄長之友，伴侶滿長安，以豪傑自命，出入酒場，歌舞中夜。此時期之小修，有如健犢子，表現出少年豪傑踔厲風發之生命情調。惟性奢嗜酒，復以耗盡半生於舉業，功名未就，以致貧病愁苦，徘徊於仕隱之間，多哀生失路之感，此時生命情調顯得委頓。

小修兄弟自小共處同學，焦孟不離，情感篤厚。兩位兄長於小修，如父子；小修與姪，若兄弟。骨肉至親，天經地義，無可取代。在伯修卒後，小修與中郎更珍惜聚首之樂，兩人年相若，志相投，同聲相應、同氣連枝，在彼

---

[31] 袁中道少年之未定字爲沖修，小修爲成年後字也。參見小修《珂雪齋集》卷十二〈遊荷葉山居記〉，頁 549。

[32] 參見拙文〈從《遊居柹錄》看晚明文人之世情〉，收入環球科技大學《2011 年第二屆華夏文明與現代國家文化論壇學術研討會論文集》（維高文化事業公司，2011.12），頁 92。

[33] 袁宏道《袁宏道集箋校》〈敘小修詩〉、錢謙益《列朝詩集小傳》〈袁儀制中道〉二文皆謂小修「十歲餘，著黃山、雪二賦，五千餘言」，而小修〈曾登二姪壙記〉亦自言「予十餘歲，讀野史，喜談說」，見《珂雪齋集》卷十八，頁 768。

[34] 袁宏道《袁宏道集箋校》〈敘小修詩〉，頁 187。

此生命深處，皆佔有極其重要成分。中郎即世，小修如摧肝裂肺，血疾復發，不得不逃之山林，隨僧眾飯粥念佛，借由山水消除舊有之熱惱。直至會試中式，小修獨自撐起袁氏家族生計，一如伯修、中郎在時，並護衛公安派之流傳。撮其大者，其致力於兩位兄長以及自己詩文作品刊刻問世，同時修正公安派末流之弊，依止淨土宗，持齋、念佛、布施，呈現出重視清寂養生之生命情調。

一、踔厲風發至於委頓之生命情調

受享陽壽五十四年的小修，在其四分之三強的人生歲月（40 歲以前）中，由心躁志銳，重粉黛，親煙霞，表現出踔厲風發，意氣豪盛的生命情調，因著仕途偃蹇、功名未遂，復以嗜欲縱飲，貧病交迫，而有哀生失路之感，委頓不堪的生命情調。細閱其作品，自有一條主線貫穿其中，即三不朽「立功」之追求。

（一）踔厲風發，意氣豪盛

少年小修，不僅有才名，其任俠豪情，甚受李龍湖欣賞。有詩云：「我有弟兄皆慕道，君多任俠獨憐予」[35]而其豪俠狂放形象，在〈寄李龍湖〉中，有具體描述：

> 秋初有丈夫紫髯如戟，鼓櫂飛濤而訪先生湖上者，此及袁生也。不揣愚昧，敢以姓名通之先生。[36]

蓄紫色大鬍子，個性躁動，行爲狂放，是自命豪傑的小修

[35]《珂雪齋集》卷一〈武昌坐李龍潭邸中贈答〉，頁 1。
[36]《珂雪齋集》卷二十三，頁 971。

少年形象。小修少有奇氣，「束髮即知學詩，即不喜為近代七子詩。然破膽驚魂之句，自謂不少，而固陋朴鄙處，未免遠離於法。」[37]所謂詩作多「破膽驚魂之句」而「遠離於法」，即公安性靈之「新」以及厭棄「格套」之主張，亦是奇氣之表現。以其早慧，十歲餘即能作賦五千言，不免沾染自負、驕矜之氣，視舉業可易取，功名富貴可唾手而致。

> 年十八九時，即與中郎結社城南之曲，李孝廉元善與焉。三人下帷為文章，皆搜雲入霞，意氣豪甚。……龍子與予年相若，予弟畜之，且相勉以舉子業。……意一第可唾取。[38]

> 予少有奇氣，每見此剎，輒自念我不久當富貴，或為國家邊陲上建少功業，盡以上方所賜緡錢，及每歲祿入，修葺此地。[39]

以中郎為社長的結社成員，皆有才氣，為文則「搜雲入霞，意氣豪甚」，可以想見當時文士追求詩文變化之風尚。以其不拘格套，人人皆可言其意之所欲言，故能逞其才、使其氣，意氣風發，不可一世。對於世人所追逐之功名富貴，以為易如反掌，絲毫不著意。甚者，嗜酒愛奢華，結交酒人，結伴入酒場，歌舞中夜，不到烏啼不肯眠，過著今朝有酒今朝醉生活。

[37]《珂雪齋集》卷十〈蔡不瑕詩序〉，頁 458。
[38]《珂雪齋集》卷九〈送蘭生序〉，頁 447。
[39]《珂雪齋集》卷十九〈重修義堂寺檀文〉，頁 817。

> 人生百年如過客，彈指已見頭早白。但得常常勝酒錢，身世何用苦悽迫。吾家中郎頗好事，杯酒不引喜人醉。西歸子有酒主人，東行我向何處置？[40]

> 君看古來布衣士，生前得名有幾人。往往衣食無所託，饑寒轗坷終身。……身後虛名有何益，不如生前一盃酒。[41]

> 縱使千年能幾何，虛名虛利空奔波。不登雨花臺，不知行樂好。生不行樂求富貴，試看雨花臺上冬來草。歌止此，莫太哀，荒城日落風吹灰。與君急尋桃葉渡，今夜好傾三百杯。[42]

「人生百年如過客」，對年少輕狂的小修言，只是行樂的藉口；「虛名虛利空奔波」，亦何嘗不是眾人面前虛應場面的違心論，卻都是自命豪傑的小修年少時的思想與行爲表現。小修性耽山水，喜交遊，遊必有侶，遊必盡興，〈詠懷〉詩將少年小修愛念光景、不受寂寞的形象毫無保留的呈現出來。

> 歌童四五人，鼓吹一部全。囊中何所有，絲串十萬錢。已饒清美酒，更辦四時鮮。攜我同心友，發自沙市邊。遇山躡芳屐，逢花開綺筵。廣陵玩瓊華，中泠吸清泉。洞庭七十二，處處盡追攀。興盡方移

[40]《珂雪齋集》卷一〈送王生歸荊州〉，頁 24。
[41] 同註 40〈江上示長孺〉，頁 30。
[42]《珂雪齋集》卷九〈同丘長孺登雨花臺〉，頁 31。

去，否則復留連。無日不歡宴，如此卒餘年。[43]

從「歌童」、「鼓吹」、「美酒」、「時鮮」、「綺筵」、「瓊華」、「清泉」、「洞庭」等豐富的意象中，一幅有時鮮美酒，佐以歌舞音樂的「綺筵」畫面，立即呈現在讀者眼前。而與遊侶登覽山水，則無處不到，興盡而止，日日歡宴，受享世間繁華冶情。其〈感懷詩五十八首，其五〉對於其心躁志銳之情，有極形象化之描述：

少時有雄氣，落落凌千秋。何以酬知己，腰下雙吳鉤。時兮不我與，大笑入皇州。長兄官禁苑，中兄宰吳丘。小弟雖無官，往來長者遊。燕中多豪貴，白馬紫貂裘。君卿喉舌利，子雲筆札優。十日索不得，高臥酒家樓。一言不相合，大罵龍額侯。長嘯拂衣去，漂泊任滄州。[44]

此時期的小修，雖亦間作時文，卻不甚措意，純然以其少年才氣，任意揮灑在詩文創作上，抑或表現在飲酒縱樂之豪情萬丈上，皆鮮明呈現出其少年踔厲風發，意氣豪盛之生命情調。

（二）哀生失路之委頓情調

懷及時行樂之思，濃華習重的小修，一再受挫于舉子業，大有悔恨愁懟之懷。其〈下第詠懷〉詩云：

人生能幾何，愁思鬱肺肝。行年二十五，慘無一日

[43]《珂雪齋集》卷二〈詠懷，其二〉，頁 64。
[44]《珂雪齋集》卷五，頁 190。

> 歡。生長愛豪華，長劍與危冠。寶馬黃金勒，賓從佩珊珊。時兮竟寂寞，小弟空無官。竄伏蓬嵩內，妻子嘲饑寒。[45]

昔之佩長劍、戴高帽、騎寶馬、賓客相從之豪奢情景，與今之無官寂寞相較，不啻天差地別，更有如天堂地獄。往事不堪回首，卻又要憶起當年豪情與自信，而今如馬失雙蹄，一蹶不起。

> 宿昔愛慷慨，惻然憐窮友。常云我富貴，子不憂百口。所以眾友朋，青雲常矯首。一旦蹶雙蹄，如失左右手。相視皆下淚，予可免愁否。[46]

塵世功名不遂，寂寞窮困，幸賴仲兄中郎的體諒、支持，小修方能由窮途失意中稍稍回復那「狂奴存故態，對酒即高歌」[47]豪傑本色，惟相較於年少輕狂、目中無人之狂態，收斂之餘，多了一份生計之憂。

> 不敢望繁華，單祈足米麻。忙來欣有病，貧極羨無家。封戶三旬雪，埋書一寸沙。回思故國裏，綠草繡江涯。[48]

> 篋衣質已盡，驅日竟無策。暮入慚妻兒，朝出慚賓客。忍恥告時人，人乃翻見責。早知逼迫難，何用

---

[45]《珂雪齋集》卷一，頁 43。
[46]《珂雪齋集》卷九〈同丘長孺登雨花臺〉，頁 31。
[47]《珂雪齋集》卷三〈同黃昭素、昭質及兩兄夜飲顧升伯齋〉，頁 104。
[48]《珂雪齋集》卷一〈愁，其二〉，頁 105。

> 隨手擲。自不重黃金，黃金肯相索。嘿嘿不能言，仰面看山碧。[49]

窮困貧乏至典衣度日，愧對妻兒、賓客，外人亦無法諒解，是小修未曾經歷之情境。悔恨「早知逼迫難，何用隨手擲」，卻為時已晚。而在此困頓時刻，卻又遭逢伯修乖離身後悽涼之痛。伯修為官清廉，「身死之日，一貧如洗，棲身一室，尚未能具。」（告伯修文）小修還得強打精神「銷帶典衣還客負，賣書鬻硯作行裝」[50]方能將伯修靈櫬從三千里外的都城迎回故鄉。人生至此，夫復何樂？所謂「生前百憂煎，畢竟何所得」[51]，唯有將愁苦進酒腸，或夜裡坐禪，或與友人話無生。而伯修卒後，當年結社詩友、學侶亦逐漸凋零，因仕途、生計、論學等內外交迫，貧病牽擾，小修趨向禪修與舟遊，借由無生知見之力，消解物欲馳求之念；假山泉水石療治病軀。在經歷親人友朋喪痛後，始覺人生聚會難，因難而始知珍惜，故與家人之村居生活、與中郎僧衲共隱柳浪湖、偕友登山臨水，成為小修人生中一段能忘懷傷痛且清淨之閒適生活。蓋小修自戊子（1588）冬離家，曾北走塞上，泛舟西陵，在外漫遊十五年，到處奔馳，明知長安行路難，偏向長安行。所謂「作客不厭南，作官不厭北。北方雖苦寒，官高冷亦熱」[52]，正是小修與當時文士競逐功名之時代寫照。小修雖有出世之思，而用世之心始終未忘，不得志之慨，溢滿詩文。

---

[49]《珂雪齋集》卷四〈寓郢述懷，其二〉，頁 162。

[50]《珂雪齋集》卷三〈入都迎伯修櫬，得詩十首，效白，其十〉，頁 121。

[51] 同註 48〈見骷〉頁 110。

[52]《珂雪齋集》卷二〈今夕行贈別繡林張斗槎〉，頁 49。

> 時平才士貴，仕路渺雲霄。乘時策高足，毋為沉下僚。……宦途亦有涯，念此使人焦。[53]

> 少小讀詩書，志欲取青紫。命也可如何，七上七迴否。棄置如蓬麻，誰憐一段綺。紉絲出藕腸，剝膚洞石髓。過眼一蚊虻，參差逮暮齒。膏腴傳世間，資潤後來士。拾取牙後慧，翩翩見雀起。自憐射雕兒，控弦無虛矢。何為獨流落，刺頭入故紙。[54]

處境愈艱困，愈易引發今昔之感喟。自信如「射雕兒」「控弦無虛矢」的小修，屢次栽在舉業上，飽受功名不得之苦。「七上七迴」的切膚之痛，「親友既疏遠，妻兒或反唇」[55]的逼迫與難堪，有如棄置之蓬麻，生命委頓至此，無怪乎奇才雄氣的小修，要大唱「何爲獨流落」的悲歌。雖然，小修依然未斷功名之念，萬曆三十五年（1607）會試落第後，返回篔簹谷家中，爲驅遣失落心情，決意置舟遠遊，至萬曆三十八年（1610），凡舟居、讀書、交遊、養病、禮佛、參禪等生活樣態，俱載於其日記體散文《遊居杮錄》中。回首「墮地以來，爲功名事將心血耗盡」(《遊居杮錄》卷三，77 則）不無深沈感慨；此深沉慨歎，雖亦有儒家「學以成人」之文化和道德價值觀影響。[56]然耗損一生精力，

---

[53]《珂雪齋集》卷五〈感懷詩五十八首，其五十〉，頁 205。

[54]《珂雪齋集》卷一〈感懷詩五十八首，其三十一〉，頁 105。

[55]《珂雪齋集》卷四〈感懷詩五十八首之三十九〉，頁 202。

[56] 范碧惠以爲袁中道對壯志未酬發出深沉地哀嘆，係深受儒家「學以成人」之文化和道德價值　觀影響。參見〈山水與人倫之間：從《遊居杮錄》看袁中道之個人反省與社會實踐〉，收入臺　灣大學中國文學研究所《中國文學研究》2008 年 6 月，第二十六期，頁 117-148。

顛躓於科考路途之生命委頓形象，著實予人不勝唏噓之慨。

（三）重視清寂養生之生命情調

當科舉只是戕害文人心靈，理想未能在現實落實時，文人則退回內心世界，找尋可以依託、慰藉的力量。或參禪禮佛，了脫生死；或浪跡山巔水湄，與自然爲友；或勤作詩文，以垂名後世；或縱情酒色，追求肉體享樂等等，普遍存在晚明社會文人階層。[57]小修生命情調中，不僅有時代風尚的印記，更有個人獨特之色彩。尤以天生氣質所謂性格影響最大。小修現實生活上接踵而至的打擊、挫折與失敗，無一不是冶情深、煙霞重之結果。

1.功名未遂，肇因冶情

小修在給同年王維果的文序中，提及因「賦性疎放」，雜嗜冶情與煙霞，而影響時義。

> 顧予賦性疎放，雖苦心時義，然時時有一發息機之意，其中多為走馬泛舟，看花度曲所雜。[58]

對於冶情，小修另有看法：

> 才人必有冶情，有所為而束之，則近正，否則近衰。丈夫心力強盛時，既無所短長于世，不得已逃之游冶，以消磊塊不平之氣。古之文人皆然。……飲酒者有出於醉之外者也，徵妓者有出於慾之外者也。

---

[57] 參見拙文〈從《遊居杮錄》看晚明文人之世情〉，收入環球科技大學《2011年第二屆華夏文明與現代國家文化論壇學術研討會論文集》，頁99。

[58]《珂雪齋集》卷十〈王維果文序〉，頁487。

> 謝安石、李太白輩，豈即同酒食店中沈湎惡客，與鬻田宅迷花樓之浪子等哉？雲月是同，溪山各異，不可不辨也。雖然，此亦自少年時言之耳，四十以後，便當尋清寂之樂。鳴泉灌木，可以當歌，何必粉黛。予夢已醒。[59]

「大暢於簪裙之間」[60]的殷生，冶情不減小修，小修為其冶情深，找到一個「歷史共業」因緣，即「古之文人皆然」。蓋文人大抵皆有才，才人必有冶情，尤其是在心力強盛之時期，以其有所為而不得，故逃之遊冶，以澆其心中不平之塊壘。殷生自是文人中的才人，故宜有冶情。而小修之冶情，則是謝安石、李太白之輩，所謂「雲月是同，溪山各異」，不可與浪子惡客等同看待。字裡行間，極力為本身之冶情，找出其合理性、適當性。事實是小修易流之性，心隨境遷，若近繁華則趨繁華，近道則趨道，近粉黛則趨粉黛，亦如其園亭名稱，數數改易。

> 予既買園沙市，常依中郎，不數至篔簹。會金粟園後蓮花盛開，日暮香愈熾，意欲使花氣通于夢寐，將營一室，而力不支。乃拆紫蓬萊亭（原篔簹谷中之朋石亭，以其有睡香一本，芳香異常，遂更名為紫蓬萊亭）於塘上，名之曰西蓮，以此花名西番蓮，又名千葉蓮，……予方修香光之業，故以西蓮名，并志觀想。亭成而中郎過焉，……中郎笑，已而又曰：「此亭酷似主人。」予曰：「何也？」中郎曰：「主人好遊，移徙不常，而字號亦數數改易，惟此亭酷

59《珂雪齋集》卷四〈感懷詩五十八首之三十九〉，頁 202。
60《珂雪齋集》卷十〈殷生當歌集小序〉，頁 473。

> 似之。」予笑曰:「此後方類主人。何者?主人從此好靜,而此亭亦永不移矣。」中郎搖首曰:「未必。」予曰:「何必?」復相與大笑,而置酒落之,時庚戌秋七月十五日也。[61]

中郎卒於庚戌秋九月初六日,此文書於中郎卒前月餘,時兄弟二人方共築於金粟園,小修因喜蓮香,欲另治一室,而力不及,乃拆除紫蓬萊亭(原貿篔谷中之朋石亭,已拆過一次),另治西蓮亭。中郎知悉,笑指其「好遊,移徙不常」「字號亦數數改易」[62]之遊冶、好動個性。知弟莫若兄,中郎可謂一語中的,小修不承認亦不否認。所謂本性難移,誠然!

由上引二文,小修冶情在四十歲前的盛年時期,因追逐功名不得,遂而將苦悶轉向遊冶,以宣洩其豪傑心中不平之氣。而四十歲後該如何面對人生,小修自省後以為「便當尋清寂之樂」。蓋古人以五十歲為人世之常,若功名富貴,自當及早建立,所謂「英銳宜早用,老矣難馳驅」[63]。

2.重視清寂養生之樂

面對人生中的四十歲,小修有極其深刻之體悟:

> 如我輩名根未斷,連年奔走場屋,今已四十,頭髮

61《珂雪齋集》卷十四〈西蓮亭記〉,頁 627-628。

62 按:歷代文人皆有字號,而字號之多,未見有如小修者。除常見者外(見註 32)如:漁翁(《珂雪齋集》卷七)、沮上老漁人(《遊居杮錄》卷)、遊蕩兒(《珂雪齋集》卷二)、長安名利客(《珂雪齋集》卷三)、狂奴(《珂雪齋集》卷三)、瑰奇士(《珂雪齋集》卷五)、外史氏(《珂雪齋集》卷十七)、上生居士(《珂雪齋集》卷十七)、腐儒(《珂雪齋集》卷二十三)等,皆隨其際遇變化,而異其別號。

63《珂雪齋集》卷五〈感懷詩五十八首,其三十六〉,頁 201。

> 大半白矣，得來受享亦無幾時。況受享種種，俱是我所說鋒刀上蜜，甘露毒藥，何快之有。[64]

世間繁華如刀尖上蜂蜜，甘露內毒藥，雖受享時甜蜜，終究不快。故此時期可以清楚見到小修生命之轉向，以清寂養生爲主。尤其遭逢情同知己的中郎過世（萬曆三十八年，小修年四十），小修身心受創甚重，幾至於死。

> 自兄庚戌九月初六日下世，弟（小修）于初九日得血疾，幾至不起。醫者云鬱極所致，一哭必大嘔不止，有性命憂。弟以兄為命，相隨地下快矣，何更求生？[65]

命與仇爲敵，中郎卒後二年，老父亦亡去。短短十二年（自萬曆二十八年至萬曆四十年），相繼失去至親，朋友亦零落殆盡，復屢蹶於場屋，小修百感橫集，有意斷絕仕進之路。

> 年非盛壯時，百感增酸辛。骨肉既相捐，良友亦中分。……中夜念往昔，五內忽如焚。[66]

> 至若予者，為毛錐子所窘，一往四十餘年，不得備國家一亭一障之用。玄鬢已皤，壯心日灰。近來又遭知己骨肉之變，寒鴈一影，飄零天末，是則真可

[64]《遊居柹錄》卷三，頁 1160。
[65]《珂雪齋集》卷十九〈告中郎兄文〉，頁 795。
[66]《珂雪齋集》卷六〈贈別文弱〉，頁 294-295。

哭也，真可哭也。[67]

僕少如健犢仔，自經父兄之變，百感橫集，體日羸瘦。今年始覺大有老態，或長夜不眠，耳中日夕如轟雷，雙手酸痛，雙膝常畏寒，夜作楚尤甚。略有酒慾，即發血疾。兩兄皆早世，僕隱隱有深怖。自念精血未耗之時，猶不敢以進取爭衡造物，況今疲然龍鍾。……從今絕意於仕宦之途矣！[68]

思及伯修得年僅四十一，中郎四十三，皆不及望五。而今老態浮現，宿疾纏身，不能無警惕。既無心進取，又有鬱疾，故逃之山林，依山寺療病且養生。居山（玉泉山）期間，小修以山水治療病體，以法水澆漑性靈，內外兼修，作為養生保命之符。今《遊居柹錄》十三卷，隨處可見其借由山水遊覽、禮佛參禪，追求清寂閒適之生命情調。其好山水，尤愛泛舟，將舟命名為汎鳧，如鳧鳥隨波上下，無所不適，蓋亦有助其消除熱惱、名利之內火；而以法水澆漑性靈，則借由讀經、刻經、禮佛、佈施、放生、兀坐、戒殺、戒欲等修持，以減除慾念萌發，護衛其病體，[69]亦是養生考量。自云：

予自病後，不喜夜飲，每赴召，必以午。餐後即戒匕箸。非獨學作清淨道人，亦老年節嗇之道宜爾。

[67]《珂雪齋集》卷十五〈遊岳陽樓記〉，頁 652。

[68]《珂雪齋集》卷十六〈後汎凫記〉，頁 666-668。

[69] 參見拙文〈從《遊居柹錄》看晚明文人之世情〉，收入環球科技大學《2011 年第二屆華夏文明與現代國家文化論壇學術研討會論文集》，頁 101。

[70]

其後小修病體痊癒，復應丙辰年（萬曆四十四年，1616年）會試，蓋以「豐碑未立」[71]且「兩兄之仕，時與願違」（同上）。而此次應舉，卒獲一第，時小修年四十六。

綜觀中第前的小修，除戒除酒慾，參禪念佛，深信因果。並檢視舊日詩文，壽之于梓。大抵傾向靜態內修，重視清淨養生之生命情調。

至於仕宦後的小修，以其擔任新安縣校官微職，公事少，閒時多，故能遊覽黃山白岳間，亦能重拾用墨、品墨之趣，過著吏隱生活。

> 予至新安，遊黃山，見三十六峯，皆如碧玉聳峙，刻雲鏤霧。及諸村落間，一一如花源、虬池，意此地為仙靈窟宅無疑。[72]

> 予少年頗多雜嗜，不蓄楮墨。近日校新安多閒暇，勉為人作書，始多用墨，始知重墨，始能辨墨。然予所言辨墨者，以能辨人也。[73]

亦仕亦隱，是不耐生事、不耐厭事的小修仕宦之途最佳選擇。昔時科場屢次失利，則欲效陶宏景隱居積澗山故事；亦欣羨白樂天能在適當時機急流勇退，過著知足保和的閒適生活。更神交謝安石，喜其藏出世於經世中，則仕隱兼

---

[70]《遊居柿錄》卷十一，頁 1377。
[71]《珂雪齋集》卷八〈入都門，辭大人墓四言六章，其五〉，頁 374。
[72]《珂雪齋集》卷十一〈賀畢封公偕元配孫孺人八秩序〉，頁 513。
[73] 同註 72，〈潘方凱墨譜序〉，頁 520。

顧、儒佛並修，皆與其志在閒曠，追求真趣有關。

肆、結語

小修生命情調，在人生各階段中，均有不同之樣貌。主要關鍵有三：伯修與中郎的早逝、友朋之零落星散、個人習染深重。而貫穿各階段影響其生命情調最深遠的，則是功名的建立，所謂用世之心。前期的少年階段，自命豪傑，才氣不凡，卻用之於聲色追逐，無甚措意於舉業，任情所爲，仕途尚在顯隱之間，故多意氣風發之生命情調；中年階段，屢蹶於場屋，迫於生計，復以伯修早逝身後悽涼之痛，故多哀生失路之感，生命情調漸趨委頓；後期未中第前階段，遭逢中郎與老父相繼過世、學侶凋零，頓失依恃，而病體未痊，乃轉而重視清寂養生之樂。中進士後，以其官卑職微，閒時多，故欲效白樂天晚年知足保和之閒適生活，出處進退大多能藏出世於經世，亦仕亦隱，表現隨順世情之生活態度。綜觀小修生命情調之變化，固有各階段重大事件之激化，而建功立業之心，實爲主導其生命情調重要因素。

徵引及參考文獻

張廷玉（1955）。明史。臺北市：藝文。

明袁宏道撰、楊家駱主編（1978）。袁中郎全集。臺北市：世界書局。

明袁中道著、錢伯城點校（1989）。珂雪齋集全三冊。上海：上海古籍。

明袁宏道著、錢伯城箋校（2008）。袁宏道集箋校全三冊。上海：上海古籍。

明袁宗道著、錢伯城標點（2007）。白蘇齋類集。上海：上海古籍。

清錢謙益著（2008）。列朝詩集小傳。上海：上海古籍。

鄭培凱(1993)。晚明袁中道的婦女觀。收入中央研究院近代史研究所《近代中國婦女研究》第 1 期。

范碧惠(2008)。〈山水與人倫之間：從《遊居杮錄》看袁中道之個人反省與社會實踐〉。收入臺灣大學中國文學研究所《中國文學研究》第二十六期。

簡貴雀(2011)。〈從《遊居杮錄》看晚明文人之世情〉，收入環球科技大學《2011 年第二屆華夏文明與現代國家文化論壇學術研討會論文集》，頁 90-108。

劉尊舉（2003）。袁中道晚年文學思想轉變及成因探微。首都師範大學碩士學位論文。

孫虎（2004）。論袁中道的散文創作。山東師範大學碩士學位論文。

張漢平（2006）。袁中道研究。揚州大學碩士學位論文。

賀莉莉（2007）。袁中道入仕後文學創作考論。南京師範大學碩士學位論文。

羅娟娟（2007）。袁中道文學研究。華中師範大學碩士學位論文。

汪怡君（2010）。袁中道散文研究。山東師範大學碩士學位論文。

清人對溫飛卿詞的詮釋角度轉移之探析

宋邦珍*

* 作者現為輔英科技大學文教事業管理學程共同教育中心副教授

壹、前言

溫庭筠字飛卿是晚唐的詞家，約大中初（約 850 年）進士。詩與李商隱齊名，世稱「溫李」；依新興曲調作歌詞，與韋莊並稱「溫韋」。由他而開始，詞學之發展已從民間正式入文人之手，其作收錄於《花間集》，共 66 首，更是花間詞的代表作家。《花間集》是西蜀趙崇祚所編，大約完成於西元 940 年，共收十八位作家，上起晚唐，下迄西蜀廣政年間。十八位作家有十四位與西蜀有關，另四位是溫庭筠、皇甫松、和凝及孫光憲。歐陽炯所寫的〈花間集序〉：「則有綺筵公子，繡幌佳人，遞葉葉之花箋，文抽麗錦；舉纖纖之玉指，拍按香檀。不無清絕之詞，用助嬌嬈之態。」可知《花間集》就是記錄這群英哲、嬋娟娛樂歌唱之作流傳下來，具有時代的意義與詞史上承先啟後之價值。溫飛卿詞可以說是《花間集》代表作家。

歷代對於溫詞評價不一，主要是因為有不同角度的判讀，一方面是溫詞本身的寫作特質，是傳統的「閨怨」詩在詞中的「移植」，思想觀念方面基本維持著以男子為中心的婦女觀與戀愛觀，而在審美趣味的方面也表現出正統士大夫文人的那種文雅素質。[1]另一方面是其詞作多景語，客觀描繪多，對於情感多虛寫，讓人有更多的想像空間。不同時代的閱讀溫詞正代表著他們對溫詞的詮釋角度不同，而後代又對前代之說推翻，以為「誤讀」，提出自己解讀的說法，這其中頗饒趣味。

清代是詞學復興時代，清人對於詞學有著不同角度的

---

1 參考楊海明：〈觀念的演進與手法的變更—溫庭筠、柳永戀情詞比較〉，(《第一屆宋代文學研討論文集》，高雄：麗文文化公司），頁 177-187。

開發，無論詞律、詞論都能發前人之未發，對於詞學發展貢獻頗鉅。尤其是清人對於前人的詞作有不同角度的詮釋，無論是反映在相關的選集以及詞話中的評論皆是如此。因此前人詞作透過不同的詞學觀點，也就有不同角度的評論。本文嘗試針對溫飛卿詞評論的文獻資料觀看清人對溫詞的詮釋角度是如何轉移，以呈顯詞學流變中有關溫飛卿詞的詮釋觀點的轉變。[2]

貳、清代之前對溫詞之評論

溫飛卿是晚唐詞家，也是《花間集》最重要的作家，有宋一代，許多詞家都仿《花間集》而作，北宋之晏殊、晏幾道、秦觀，南宋吳文英等皆是。而宋人對於溫庭筠的評價是集中於其用字與風格而言，例如胡仔（1095-1170）：

> 庭筠工於造語，極為綺靡，《花間集》可見矣。更漏子（玉爐香）一首尤佳。（《苕溪漁隱叢話後集》）

胡仔以為溫飛卿的詞作擅於在文字上修整，因此顯得風格豔麗，尤其〈更漏子〉(玉爐香)[3]那一闋更是。可見得胡仔所評論的重點在於文字上，把飛卿的文字特質標舉，但未抉發飛卿詞其他特質。再看下面一則出自《北夢瑣言》[4]：

---

[2] 清代重要詞學家如謝章鋌、晚清四大家（朱祖謀、王鵬運、況周頤、鄭文焯）未對溫飛卿詞也所論析，在行文中亦不加以論述比較。

[3] 此闋詞全文：「玉鑪香，紅蠟淚，偏照畫堂秋思。眉翠薄，鬢雲殘，夜長衾枕寒。梧桐樹，三更雨，不道離情正苦。一葉葉，一聲聲，空階滴到明。」

[4] 《北夢瑣言》，宋孫光憲作，原帙三十卷，今存二十卷。

> 溫庭筠舊名岐，以「雞聲茅店月，人跡板橋霜」句知名。才思敏捷，入試日，凡八叉手而八韻成，多為鄰舖假手。沈詢知貢舉，別施一席試之。或曰，潛救八人矣。詞有《金荃集》，蓋取香而軟也。[5]

對於溫庭筠的詞作的評論是「香而軟也」，著重其內容與手法較豔情與軟膩而言，是針為其用字與風格去評論，「香而軟」是評論溫詞的趨向。

宋人對於溫飛卿的詞的評價是著重在文字風格，另外對於飛卿的軼事的記載亦可見其性格之特質。何況，宋人的詞話多為記載詞家之奇聞軼事，對於詞家風格之評論原本就比較少。檢索宋代詞話，可見對溫詞評論亦闕如。明代詞家楊慎亦崇《花間集》之風格，但是對溫詞未作深入評論。清初雲間詞派之陳子龍詞風婉豔，多小令作品，亦具有《花間集》之寫作風格。《花間集》深深影響歷代詞家，對於代表作家溫庭筠詞風之評論，卻不多見。

參、清人對溫詞之評論

宋亡之後，元曲興盛，元人喜研曲學，詞學不盛，以至明代的詞學發展依舊式微。明代末葉，陳子龍（1608－1647）領導雲間派，儼然一代宗主，但依然把詞當成詩餘小道。清初詞壇流派眾多，以陳維崧（1625－1682）為主的陽羨派、朱彝尊（1629-1709）為主的浙西派、以及納蘭性德、顧貞觀、曹貞吉，皆有傑出表現。陽羨派與浙西派，除了大量填詞之外，亦開啟詞學論述的另一次高峰。清人

---

5 收錄《歷代詞話》卷二，見《詞話叢編》二，(台北：新文豐，1987)，頁 1110。

對於詞學有很大的熱情，可能和詞本身之特質有關，詞「要眇宜修」的特質，使清代文人面對清初外族統治以及中葉後國勢中衰，知識份子有很多的委屈、鬱悶之懷抱，詞的幽微精妙的特質正好吻合。另外就詞學評論而言，從清初的雲間詞派、清中葉的浙西詞派、陽羨詞派都對詞學有不同於前代之評論態度。清康熙年間朱彝尊倡清空之說，就是所謂的浙西派，[6]徐珂在《清代詞學概論》說：「竹垞開其端，樊榭振其緒，頻伽暢其風，皆奉白石玉田為圭臬，不肯進入北宋人一步，況唐人乎。世之詬病浙派者，謂其以白石玉田為止境，而又不能如白石之澀，玉田之潤也。」[7]剛好點出浙派三大家，朱彝尊（竹垞）、厲鶚（樊榭）、郭麐(頻伽)之地位，以及浙派之侷限處。嘉慶年間張惠言編《詞選》，標舉尊體說，以矯浙派之缺失。以下先從清初對於溫詞評論考察之。

一、清初對溫詞之評論

清代承明而來，因文人感慨亡國之痛，故清初如雲間派之陳子龍等人皆在詞作上有些著墨，詞風婉約淒麗，而以小令創作為主。吳梅說其：「直接唐人，則得於天找獨優也」[8]。至康熙初年王士禎出任揚州推官，成為詞壇上領袖人物在文壇上。王士禎填詞是從學《花間集》、《草堂詩餘》入手，論詞亦推重《花間集》筆法和飛卿妙句，他的詞學思想承接了雲間派以婉豔為宗的詞學觀念。他說：

---

[6] 康熙年間朱彝尊，輯《詞綜》，以醇雅為依歸，以醇雅救明末清初專力《花間》、《草堂》流於纖靡或叫囂之失，是為浙西派。

[7] 徐珂：《清代詞學概論》第一章總論，(台北：廣文，民 68,5)。

[8] 徐珂：《清代詞學概論》第一章總論，(台北：廣文，民 68,5)。

> 弇州謂蘇、黃、稼軒為詞之變體，是也；謂溫、韋為詞之變體，非也。夫溫、韋視晏、李、秦、周，譬賦有高唐、神女而後有長門、洛神，詩有古詩錄別，而後有建安、黃初、三唐也；謂之正始則可，謂之變體則不可。
>
> 又『蟬鬢每人愁絕』，果是妙語。飛卿〈更漏子〉、〈河瀆神〉，凡兩見之。李空同所謂『自家物終久還來』耶？
>
> 溫、李齊名，然溫實不及李；李不作詞而溫為花間鼻祖，豈亦同能不如獨勝之意耶？（〈花草蒙拾〉）[9]

王士禎對於溫庭筠的詞有一定的評價，文士禎評論王弇州的詞學主張是錯誤的，不認為溫、韋是變體，肯定溫庭筠詞的價值，當然也肯定李商隱的地位，以為是《花間集》的鼻祖。王氏所言奠定了溫庭筠的詞學的定位，也為詞史做一個爬梳。由王氏之評論已經把溫飛卿詞納入詞學發展源流來觀看。

二、常州詞派對溫詞之解讀

康熙年間最著名的是主醇厚說的浙派與主豪放風格的陽羨派，對溫飛卿詞並不重視。清代至嘉慶之後國勢逐漸走下坡，張惠言把詞比附風騷，提高詞的地位，詞論家對於飛卿詞之特質以不同方式解讀。張惠言（1761-1802）與其弟翰風於嘉慶年間編《詞選》，創立常州詞派，欲矯浙

[9] 收錄於《詞話叢編》一，頁 673-674。

派之空疏、陽羨派粗率之弊。張惠言其實也是一位經學家，但[10]張惠言所編的《詞選》，樹立常州詞派的里程碑。張惠言說：

> 詞者，蓋出於唐之詩人，採樂府者，以制新律，因繫其詞，故曰詞。傳曰：意內而言外謂之詞。其緣情造耑，興於微言，以相感動，極命風謠里巷、男女哀樂，以道賢人君子幽約怨悱而不能自言之情，低徊要眇，以喻其致，蓋詩之比興，變風之義，騷人之歌，則近之矣。(《詞選・序》)[11]

張氏以為詞之起源來自唐詩人，採集樂府、創作新律而成。「詩之比興」、「變風之義」、「騷人之歌」點出詞與其特質相近，而此特質為何？作品都是以諷喻婉約手法表現心中所感受的。陳水云：

> 張惠言不是在文本中尋找作者的書寫意圖，而是根據自己的思想觀念對文本的意圖作了新的解釋，也就是說在他的讀解活動中讀者取代作者成為文本解適權威，這樣，在創作上他強調作者應有先於文本的書寫意圖，在接受上卻完全拋開作者而把自己的意義帶入文本。[12]

---

[10] 金應珪〈詞選後序〉以為近世為詞，厥有三蔽。這三蔽是謂淫詞、鄙詞、游詞。之後，謝章艇《賭棋山莊詞話續編》加以詮釋：「按一蔽是學周柳之末派也；二蔽是學蘇辛之末派也；三蔽是學姜史之末派也。」(《詞話叢篇》二），頁 1618-1619。

[11] 收錄於《詞話叢篇》二，頁 1617。

[12] 參見陳水云：《清代詞學發展史論》，(北京：學苑，2005,7)，

可見張惠言之詞學主張真正有極大的影響力，讓他對於歷代詞有著顯著不同於前人的解讀，如何解讀大於作者本來之寫作意圖。

張惠言是為了提高詞之地位而去解讀各家詞作。郭紹虞說：

> 清詞自常州詞派後，闡意內言外之旨，別裁偽體，上接風騷，襟抱學問、噴薄而出，詞體始尊，而詞格始正，實則關鍵所在，也不外由才人之詞與詞人之詞，一變而為學人之詞也。[13]

郭氏之論說點出張惠言之用心與成就所在，因為提高詞之地位，也讓詮釋詞的方式有所不同。因此他對溫庭筠的詞有不同的看法。

張惠言主張詞應闡述意內言外之意涵，並上承風詩與離騷之特質，看重詞體的詞學主張開啟常州詞派對於詞學詮釋的再創造。張惠言是專治虞翻易的易學大師，把「意內言外」當成詞體之主旨，並把「比興寄託」當成詞的內涵。[14]其實是「繼承了由漢代經學發展而來的執著於言象的解釋學傳統，也在接受這個解釋學傳統基礎上形成了比

頁 377。

[13]《中國文學批評家與文學批評》，(台北：學生，1986,5)，頁 578。

[14] 比興寄託之說始於漢經學家之解經，以為「比興」就是「諷諭寄託」，只發揮「比」之義，簡約「興」之義。「比興」就在漢代經學之說解之下慢慢形成一個系統，影響後代深遠。魏晉南北朝後，無論劉勰《文心雕龍》、鍾嶸《詩品》都對「興」之義有所發揮，「比興」就是「興會寄託」。常州學派倡今文經學，以治今文經學的精神研究各種學術，而且常州學派認為經與史是一體的，史的意義就顯示在他們的經世的用心上。

興寄託的思想」[15]。

張惠言對於溫飛卿詞的評價是如此：

> 自唐之詞人，李白為首，而溫庭筠最高，其言深美閎約。(《詞選・序》)[16]

他對於溫庭筠的評價是很高的，而其評論落在「其言深美閎約」，點引出溫庭筠詞的特質，就在於具有深刻的意涵。另外張惠言在《詞選》中對於溫庭筠的〈菩薩蠻〉加以評點，尤以（小山重疊金明滅）[17]如此評論：

> 此感士不遇也，篇法仿佛長門賦，而用節節逆敘。此章從夢曉後，領起「懶起」二字，含後文情事，「照花」四句，離騷初服也。(《詞話叢編》二)[18]

張惠言已經嘗試對溫庭筠的詞加以不同方式的解讀，此種解讀也把溫庭筠的作品價值比附成離騷，認為〈菩薩蠻〉是有感士不遇的意旨，連篇法都近司馬相如的〈長門賦〉。不只是提高溫詞的地位，更是對於溫詞的劃時代的詮釋。張惠言對於飛卿詞評點的方向，一方面為了提高詞的地位，故需比附風、騷，另一方面是有意強調詞的內容具有士大夫之不遇又不得不發的特質。

---

15 參見陳水云：《清代詞學發展史論》，(北京：學苑，2005,7)，頁 35。

16 收錄於《詞話叢篇》二，頁 1617。

17 此闋〈菩薩蠻〉原文：」小山重疊今明滅，鬢雲欲度香腮雪。懶起畫娥眉，弄妝梳洗遲。照花前後鏡，花面交相映。新貼繡羅襦，雙雙金鷓鴣。」

18 收錄於《詞話叢篇》二，頁 1617。。

總之，張惠言的《詞選》一方面是藉著《詞選》所編選的詞作來彰顯其詞學主張，二方面也藉著《詞選》這本書提高詞體的地位。對於溫飛卿詞予以重視，開啟清代對於飛卿詞的不同角度的解讀。

常州詞派的影響很大，周濟（1781-1839）扮演重要角色。[19]常州詞派的大將周濟在道光十二年（1832）編選《宋四家詞選》，對宏揚張惠言的詞學思想起了很大的推動作用。周濟更是把張惠言對溫詞評論之說發揚光大的重要人物。[20]他說：

> 詞有高下之別。飛卿下語鎮紙，端己揭響入雲，可謂極兩者之能事。(〈介存齋論詞雜著〉)

> 皋文（張惠言）曰：『飛卿之詞，深美閎約。』信然。飛卿醞釀最深，故其言不怒不懾，備剛柔之氣。鍼縷之密，南宋人始露痕跡，花間極有渾厚氣象。如飛卿則神理超越，不復可以跡象求矣。然細繹之，

---

19 龍榆生：「言清代詞學者，必以浙、常二派為大宗。常州派繼浙派而興，倡導於武進張皋文（惠言）、翰風（琦）兄弟，發揚於荊溪周止庵（濟，字保緒）氏，而極其致於清季臨桂王半塘（鵬運，字幼霞）、歸安朱彊邨(孝臧，原名祖謀，字古微)諸先生，流風餘沫，今尚未衰歇。其間作者，未必籍隸常州，而常籍詞家，又未必同為一派。」見〈論常州詞派〉，《龍榆生詞學論文集》，（上海：上海古籍，1997,7），頁 387。

20 賀光中：「蓋自止庵而後，常州派之壁壘固矣。詞之有常州，以救浙派非巧之弊，猶古文之有湘鄉，以矯桐城儒緩之失也。而常州之有周止庵，又如浙西之有厲樊榭，陽羨之有史位存焉。」見《論清詞》(臺北：鼎文書局，1971）。

正字字有脈絡。(〈介存齋論詞雜著〉)[21]

針對張惠言之說有著進一步詮釋，以為溫庭筠的詞是有著深刻的意涵，並兼有剛柔之氣。最後以渾厚之氣象，做為一個結語。此乃常州詞派喜以渾厚為依歸，以含蓄不露為審美標準。由此可知常州詞派已經正式把飛卿詞的特質從評論為綺語轉換成詞內涵之評論。

王拯（1815-1876）活躍於咸豐、同治前後，他的《茂陵秋雨詞》直接承襲了常州派的比興傳統，所寫大都是憂時憤事，感懷身世之作。以下王拯再舉出飛卿的傳承的詞史意義：

唐之中葉，李白沿襲樂府遺音，為〈菩薩蠻〉、〈憶秦娥〉之闋，王建、韓偓、溫庭筠諸人復推衍之，而詞之體以立。其文窈深幽約，善達賢人君子愷惻怨悱不能自言之情，論者以庭筠為獨至，而謂五代孟氏李氏為雜流所肇端，秦觀、柳永、黃庭堅、辛棄疾而下，罕所直矣，吾於庭筠詞不能皆得其意，獨知其幼眇，為制最高，而於孟、李及秦、蘇、柳氏之倫，讀其至者，一章一句之工，則含咀淫佚，終日不能去。(《龍壁山房文集・懺庵詞稿序》)[22]

王拯是柳州詞派，也是光大常州詞派之一家。從引文可知飛卿詞使詞體於焉而立，其中內容更是能夠表達賢人君子之怨悱之情，只因「獨知其要眇，為制最高」。其詞論受常州派張惠言詞學思想之深刻影響。

---

[21] 收錄於《詞話叢編》二，頁 1629-1631。
[22] 陳乃乾輯：《清名家詞》，（上海：上海書局），1987。

常州詞派後起之秀陳廷焯（1853-1892）亦言：

> 有唐一代，太白、子同，千古綱領。樂天、夢得，聲調漸開。終唐之世，無出飛卿右者，當為《花間集》之冠。（《詞壇叢話》）
>
> 飛卿詞，風流秀曼，實為五代兩宋導其先路。後人好為豔詞，那有飛卿風格。（《詞壇叢話》）[23]
>
> 飛卿詞全祖離騷，所以獨絕千古。〈菩薩蠻〉、〈更漏子〉諸闋，已臻絕詣，後來無能為繼。（〈白雨齋詞話〉卷一）
>
> 飛卿〈更漏子〉首章云：「驚塞雁，起城烏。畫屏金鷓鴣。」此言苦者自苦，樂者自樂。次章云：「蘭露重，柳風斜，滿庭堆落花。」此又言盛者自盛，衰者自衰。亦即上章苦樂之意。顛倒言之，純是風人章法，特改換面目，人自不覺耳。（〈白雨齋詞話〉卷一）
>
> 飛卿菩薩蠻十四章，全是變化楚騷，古今之極軌也。徒賞其芊麗，誤矣。（〈白雨齋詞話〉卷一）[24]

由以上引文可歸納出幾個重點：一、飛卿的詞史地位很重要，且為《花間集》之冠，上承風騷，下啟兩宋，飛卿詞因上承離騷，帶引出詞是怨悱之詩的說法。二、飛卿的詞

---

[23] 《詞壇叢話》，見《詞話叢編》四，頁 3719。

[24] 《白雨齋詞話》卷一，見《詞話叢編》四，頁 3778。

作具有風人句法，當中有感發人心的意涵。三、飛卿的作品（尤以〈菩薩蠻〉14 章為最），多祖承楚騷，只以豔麗風格之評論去解讀是錯誤的。陳廷焯著有《白雨齋詞話》，倡沉鬱說，理論承張惠言之觀點並加以闡揚，因此對於溫飛卿的評論更加細膩，擴大常州詞派的理論特質。而且他指出：

> 所謂沉鬱者，意在筆先，神餘言外，寫怨夫思婦之懷，寓孽子孤臣之感，凡交情之冷淡，身世之飄零，皆可於一草一木發之，而發之又必若隱若現，欲露不露，反覆纏綿，終不許一語道破，匪獨體格之高，亦見性情之厚。(《白雨齋詞話》卷一）[25]

陳廷焯的「沉鬱說」亦是從常州詞派而來，詞是寫怨悱之情，而有具有「含蓄」之特色，如此才可能體格高，性情純厚。又說：

> 飛卿詞如「嬾起畫娥眉，弄妝梳洗遲」，無限傷心，溢於言表；又「春夢正關情，鏡中蟬鬢輕」，淒涼哀愁，真有欲言難言之苦。…此種詞，第自寫性情，不必求勝人，已成絕響。(《白雨齋詞話》卷一）[26]

由此可知陳廷焯析論溫詞給予極高的評價，因為它是寫傷心人的心情，這一種心情欲言說又難言說，真有不知如何說明的辛苦。這種評論是以「沉鬱」為論詞根根柢，詞的內容要有怨悱之情並有寄託含蘊之感。

---

[25] 見《白雨齋詞話》，收錄於《詞話叢編》四，頁 3777。
[26] 見《白雨齋詞話》，收錄於《詞話叢編》四，頁 3777。

陳廷焯站在他所定義的「沉鬱說」去評論溫飛卿的詞作，所詮釋的系統，傳承張惠言之說而來。[27]

三、非常州詞派對溫詞之評論

清代詞學興盛，常州詞派影響力雖大，但另一類是拋開怨悱之說，針對常州詞派理論去反省，直接以飛卿詞的文字技巧去評述：

> 溫飛卿詞，精妙絕人，然類不出乎綺怨。（劉熙載《藝概．詞概》）[28]

劉熙載（1813-1881）可以算是陳維崧[29]的承繼者，雖然兩人年代相差數十年，但是皆崇尚豪放之風格。劉氏所說就是直接針對飛卿詞的特質去評論，並不搊限於怨悱之正反說法。劉熙載的《藝概》是就藝術談藝術，著重的是詞作的藝術性，非微言大義。《藝概．詞概》是劉熙載批判地吸收清代浙派與常州派之詞學理論，對詞家進行較為客觀系統地研究。[30]

清末民初的王國維（1877-1927）《人間詞話》中論詞主張，與常州詞派的寄託說迴異，對於文字豔麗、風格綺靡的詞作評價並不高：

---

[27] 與陳廷焯同時之譚獻（1832-1901）有一些論詞卓見，但未對溫庭筠詞作完整評論，只有單闋眉批。

[28] 收錄於《詞話叢編》四，頁 3689。

[29] 陳維崧之陽羨派尊豪放之風，其活躍於康熙初年間，與朱彝尊浙西派並行。

[30] 沈曾植《菌閣瑣談》：「止庵而後，論詞精當莫若融齋。涉獵甚多，會心特遠，非情深意超者固不能契其淵旨。而得宋人詞心處，融齋較止庵真際尤多。」，《菌閣瑣談》收錄於《詞話叢編》四，頁 3608。

> 張皋文謂飛卿之詞「深美閎約」，余謂此四字，唯馮正中足以當之。劉融齋謂「飛卿精妙絕人」，差近之耳。(《人間詞話》)

> 「畫屏金鷓鴣」，飛卿語也，其詞品似之。「絃上黃鶯語」，端己語也，其詞品亦似之。正中詞品，若欲于其詞句求之，則「和淚試嚴妝」，殆近之歟。(《人間詞話》)

> 溫飛卿之詞，句秀也。韋端己之詞，骨秀也。李重光之詞，神秀也。(《人間詞話》)[31]

王國維的評論是著重在飛卿的文字上而言，他也肯定飛卿的修辭技巧。而且提點飛卿詞中五個字「畫屏金鷓鴣」代表飛卿的特殊風格，以及以「句秀」來形容飛卿詞的特質。如此可以想見晚清的王國維已從常州詞派賦予詞的重要性，以及提高詞的地位的思考中解脫，而直指詞的本質要眇宜修而言，不加過多意義性的詮釋。甚至王國維又說：

> 詞至李後主而眼界始大，感慨遂深，遂變伶工之詞而為士大夫之詞。周介存置諸溫、韋之下，可謂顛倒黑白矣。「自是人生長恨水長東」，「流水落花春去也，天上人間」，金荃、浣花，能有此氣象耶。(〈人間詞話〉)[32]

王氏對於周濟提高溫飛卿與韋莊地位，並高於李後主之

---

[31] 《人間詞話》收錄於《詞話叢編》五，頁 4241-4242。
[32] 《人間詞話》收錄於《詞話叢編》五。頁 4242。

上，十分不滿。他認為李後主的詞的文學價值是很高的。可見其想法是一脈相承。王國維倡「境界說」，以為詞應該重在境界，「詞以境界為最上。有境界則自成高格，自有名句。五代北宋之詞所以獨絕者在此。」(《人間詞話》) 並不以比附風騷為詞之特質。[33]

另外詞論家是對常州詞派期許飛卿詞的省思，例如李冰若（1899-1939）〈栩莊漫記〉：

> 少日讀溫尉詞，愛其麗詞綺思，正如王謝子弟，吐屬風流。嗣見張陳評語，推許過當，直以上接靈均，千古獨絕，殊不謂然也。飛卿為人，具詳舊史，綜觀其詩詞，亦不過一失意文人而已，寧有悲天憫人之懷抱，何足以仰企屈子。又云：張氏詞選欲推尊詞體，故奉飛卿為大師，而謂其接跡風騷，懸為極軌。以說經家法，深解溫詞；實則論人論世全不相符。溫詞精麗處自足千古，不賴託庇於風騷而始尊。(〈栩莊漫記〉)[34]

其中特別分析飛卿只是失意的文人，怎會與屈原相同？常州詞派推崇至接軌風騷，實在與世人所論很不相符合，而且認為飛卿詞「精麗處自足千古」，根本無須比附風騷地位

---

[33] 今人葉嘉瑩分析張氏與王國維說詞方式不同在於：張氏之說詞其所依據的主要是一種在歷史文化中已經有了定位的語碼，這一類語碼在文本中是比較明白可見的；而王氏之說詞則並不以這種已有的語碼做為依據，此其差別之一。其次則張氏之說詞乃是將自己所說直指為作品之本意與作者之用心；而王氏則承認此但為讀者之一想法。參見《中國詞學現代觀》(臺北：大安出版社)，頁 40。

[34] 參見《花間集評注》，（北京：人民文學，1993）。

才崇高。。這已經是在常州詞派之上作一個深刻的反省。這一種後設式的論點，是在常州詞派之後所產生的，也才能顯現其中的不足之處。

李冰若師事民初詞學家吳梅，並著有《花間集評注》。李氏也算是對於常州詞派之後的後設評論，由以上所論，可見其解讀具有深入反省性。

民初嚴既澄（1900-？）也如此評論：

> 向者浙中詞人諸公，嘗為吾友言，吾詞亦自佳，獨惜了無寄託，不耐人尋味耳，是殆年齡所限歟？不知常州諸子所謂主風騷，託比興之言，余向目為魔道。溫飛卿之好為側豔，本傳未嘗諱言，而張惠言之儔，必語語箋其遙旨。綺羅香澤，借為朝野君臣；荊棘斜陽，繹以小人亡國。自謂能探其奧窔，實皆比附陳言。(《駐夢詞・序》)[35]

他批評張惠言等人「主風騷，託比興之言」是魔道，另一方面斥責張惠言對溫詞解讀之誤。嚴氏所說根本是公開與常州詞派者宣戰，甚至直接點引出常州詞派解讀溫詞之弊端所在，「綺羅香澤，借為朝野君臣；荊棘斜陽，繹以小人亡國。」作品就是明明是豔詞，卻借喻為臣子之怨悱難言之情。

可見常州詞派之後有些評論家以不同方式去評論溫詞，也對常州詞派之弊端加以針砭，這又是常州詞派詮釋的反動說法。

---

[35] 《詞學季刊》1卷3號，1921,9。

肆、詮釋角度轉移之成因

溫飛卿詞是歌辭之詞[36]，適合樂工歌伎傳唱，音樂性極強，他的詞大部分是客觀描寫景物或女性的心情，第三人稱的寫法加上景語多、物語多，所以形成文字密度比較大，容易讓人覺得其中有所隱喻。王國維說他的詞是「畫屏金鷓鴣」似乎提點出溫詞的基本調性。他本身「士行塵雜，狂游狹邪」[37]，「能逐吹絃吹之音，為側豔之詞」[38]，又因屢試不第、仕途不順，所以讓人容易聯想到是否他會在詞作之中暗寓著滿腹怨悱之情，這就是常州詞派對於溫飛卿詞有著不同解讀的重大原因。

張惠言率先在其《詞選》中針對溫庭筠詞加以眉批，都可見其對溫詞的另一種詮釋的開啟。常州詞派承接如此說法，當然賦予更多的閱讀詞作的聯想空間。
周濟之說法充分發揮這一種詞學觀點：

> 初學詞求有寄託，有寄託則表裡相宣，斐然成章。既成格調，求無寄託，無寄託，則指事類情，仁者見仁，知者見知。(〈介存齋論詞雜著〉)

---

[36] 詞之產生是配合歌筵中消遣娛樂而興盛的一種合樂文學。本是平民、樂工、歌伎所作，逐漸的，文人也加入創作，此所謂「歌辭之詞」。一段時間後，加入寫作的文人漸多，作者之遭遇、感懷，不知不覺在其中流露，抒情寫志成分增加，此所謂「詩化之詞」。接下去發展到「賦化之詞」，不只是對人、事、物直接抒發，抒寫情志，更加上勾勒、描繪、鋪敘等技巧安排。「歌辭之詞」約在五代及北宋初期，「詩化之詞」由蘇東坡轉變成功，「賦化之詞」由周邦彥啟迪進入詞發展的第三階段。詳見葉嘉瑩〈從中國詞學之傳統看詞的特質〉(《中國詞學的現代觀》，台北：大安，1987)，頁 7-11。

[37] 見《舊唐書．文藝傳》，卷 190 下。

[38] 見《舊唐書．文藝傳》，卷 190 下。

> 夫詞非寄託不入，專寄託不出。一物一事，引而伸之，觸類多通，驅心若游絲之罥飛英，含毫如郢斤之斲蠅翼，以無厚入有間。既習已，意感偶生，假類畢達，閱載千百，謦欬弗違，斯入矣。賦情獨深，逐境必寤，醞釀日久，冥發妄中，雖鋪敘平淡，摹繢淺近，而萬感橫集，五中無主。（〈宋四家詞選目錄序論〉）[39]

作者在學習過程是技巧越來越高，自然能觸類旁通，自然的隨心情、情境寫出好作品。可見得周濟以為的出入是作者在習詞過程之中領略越來越巧妙，技巧融入於無形。就讀者而言，在閱讀的過程之中，因為作品具有「能出」的特質，所以立刻能感受到作品所蘊含的情感。故最後的境界是能由作品而觸發感動，卻能進出自如，所謂「仁者見仁，智者見智」。周濟以為出入是閱讀者心態的轉移，轉移就是一種學習的過程，讓閱讀者的體會境界不同，讀詞的層次也提高。[40]晚清的譚獻所說的：「作者之用心未必然，而讀者之用心何必不然。」（《復堂詞敘錄》）[41]更明確

---

[39] 周濟的詞學論著有〈介存齋論詞雜著〉、〈宋四家詞選目錄序論〉、〈詞辨〉自序等，皆收錄於唐圭璋編《詞話叢編》(二)，頁 1629-1646。

[40] 詹安泰說：「周氏所謂無寄託，非不必寄託也，寄託而出之以渾融，使讀者不能斤斤於跡象以求其真諦，若可見若不可見，若可知若不可知，往復玩索而不容自已也。」又說：「曰求無寄託，則其有意為無寄託，使有寄託者貌若無寄託可知。」(〈論寄託〉，收錄於《詹安泰詞學論文集》，汕頭：汕頭大學出版社。），頁 220。

[41] 譚獻之說可以說是為張惠言以降常州詞派諸人之詞學解詞方法作一個完整的歸結。《復堂詞敘錄》收錄於《詞話叢編》四，頁 3987。

指引出二者（作者與讀者）之間的關係，為周濟之說作註腳。[42]這都是讀者可以對作品做另一種「反應」，也是一種再詮釋。

換言之，作者的心意是隱含在詞作之中，讀者的解讀方式就要和史事相結合去詮釋。作者與讀者的關係是鬆動的，因為作者的創作意圖以隱然的方式去呈現，讀者卻以開發性的方式去閱讀，之間的樂趣就在此油然而生。[43]可知常州詞派對於溫詞之解讀的重要意義都是以上承風騷的特質去做評論溫詞之起步，其次掌握溫詞之特點就是多客觀描述，並不直指何事何時，所以有著解讀的空間，產生更多不同角度的詮釋觀點。[44]更言之，其他評論者可以另一角度去詮釋，再其次常州詞派延續者又有更自圓其說的詮釋方法，如此循環而下，更可以發掘溫詞更深刻的文學價值。

---

42 龍榆生：〈論常州詞派〉：「止庵之有功詞林，蓋不僅在恢宏二張之遺業，而其廣開途術，示學者以善巧方便，誠不愧為廣大教主矣。」，見《龍榆生詞學論文集》（上海：上海古籍出版社，1997,7 初版），頁 401。

43 這一種開發性的閱讀方式和小詞的特質有關，一個是雙重性別，一個是雙重語境。作者在詞表面所寫的一層意思，可是他在下意識之中，就因為上述兩種不同不自覺的雙重語境，他於無意之中又流露出來「幽約怨悱」的「不能自言之情」。而且，這種深層涵義並不一定是作者在顯意識中所要表達得，它只是我們讀者所引發的一種感覺和聯想而已。請參見葉嘉瑩：〈當愛情變成了歷史—晚清的詞史〉，(《南開學報》（哲學社會科學版）2004 年 6 期)，頁 9。

44 周濟對張惠言詞學觀點進行修正與發展，一是周濟不獨尊溫庭筠，二是對詞的內容拓寬，不侷限於「離別懷思，感士不遇」的模式，並提出了詞的重大社會功能問題。請參考張彩云：〈常州派理論鋪展的邏輯建構〉，(《荊楚理工學院學報》，25 卷 6 期，2010,6)，頁 40。

清代詞論家把宋人只論溫飛卿之軼事、文字之豔麗的評論，擴大其評論方式，可見溫詞在詞學發展中具有很重大的涵義。而常州詞派因為比附風騷，提高詞的地位，開啟一條對於溫詞不同解讀之路。到底如此解讀，有無誤讀？或是更能抉發溫詞的深刻意涵？站在詮釋學的角度，詮釋是另一種閱讀，也是另一種再創造。如果閱讀溫詞如果以知人論世的方式，與其生平相聯結，可能有不同的聯想與解讀。但就詞的發展而言，有意識的把詞作當成抒情寫志工具，溫廷筠所處的晚唐時代應無如此創作意識。或是解讀成詞家在創作時不經意流露內在的情志，其中亦有微言大義。這一個論點似乎要通過對詞體的改造才能進行，對詞體改造，提倡「尊體說」，詞不再只是豔詞，是可比附風、騷，這就是常州詞派一脈相承的論點所在。[45]

常州詞派之影響深遠，一方面是其詞學理論體系龐大，除張惠言、周濟外，以下繼其理論者多，所以對歷代詞作解讀方式亦是如此。就如周濟所說，以及譚獻之說法。一種流行理論的結束，都在後繼者的反省批判而有不同的面貌。王國維等人就是又以不同於常州詞派的觀點對溫卿的評論。清人對於溫詞的詮釋角度的轉移，是不是誤讀？姑且不評斷。但是通過門派或個人詞論的建立，可以開發出更多樣的詮釋觀點，不只豐富溫詞之內涵，更是清人對

---

[45] 不同讀者對同一詞作，之所以會在頭腦中形成不同的接受符號，得出迥於有別的結論，與他們目的的不同也是有關的。閱讀有一般性閱讀、欣賞性閱讀，這是低層次的，也是大量的；還有批評性閱讀、分歧性閱讀、背離性閱讀，這是高層次的，從數量上說比較少，但其影響卻不容忽視。批評性閱讀總是有一定的標準，這牽涉到當時社會對文學、特別是對詞的價值觀念。參見趙山林〈詞的接受美學〉(《詞學》第八輯，上海：華東師範大學，1990），頁 31。

於詞學發展的努力成果。

今人趙山林分析說：

> 作者在創作過程中要考慮讀者的需要，實際上這是作者（輸出者）接受讀者（接受者）反饋的結果。在接受美學看來，完整的接受過程應當是雙向的，讀者既從作者那裡接受信息，又反過來向作者作出信息反饋，這可以表示為：
>
> 輸出者（作者）← →信息← →接受者（讀者）
>
> 通過信息反饋，終極接受者（讀者）與介質（歌者）對作者的創作產生影響的情況是十分常見的。[46]

作者與讀者是雙向的互動關係，訊息的解讀包括接受與回饋之意義。閱讀常是一種文本再創造，讀者通過閱讀而還原詞作的意境，與作者的意圖以及創造出來的意境也不一定完全契合，因為兩者之間有很大的溝通、理解、想像等變項在裡面。

可見，清人對於溫詞之論述評析，是詞學詮釋角度轉移之具體實踐過程。

伍、結語

清人對於詞學發展真正花費極深的工夫，無論詞律、詞論、校勘皆有成就。[47]對於晚唐開拓詞體寫作的溫飛卿，

---

[46] 參見〈詞的接受美學〉(《詞學》第八輯，1990年10月。)，頁27。

[47] 張孟劬序《彊村遺書》：「清詞之盛，有此四端：一曰守律，二

更能以不同角度去評論。清代詞學發展溯源，飛卿確是因常州詞派張惠言開啟不同視角觀看飛卿詞，讓飛卿詞比附風騷，詞學地位提高。之後的常州詞派之詞論家依然出此發揚光大。相對的，對於飛卿詞真正的修辭技巧以及其詞風之探討，不免失之偏頗。常州詞派之後的詞論家再從常州詞派觀看詞的眼光中出走，如劉熙載等人，以至王國維等人皆回歸到詞之本質去談詞，還飛卿詞本來面目。

清人對於溫飛卿詞的評論的轉移，以詞學發展流變而言，對作品評論與解讀是隨著詞論家之詞學主張而轉移。詞論家解讀作品，是依傍於自己對詞學的認識、對詞學的觀點。作者的創作意圖常常是對讀者（詞論家）是開放的，讀者在閱讀文本是進行多次反復的具體過程，使寓於文本中的美學構成不斷改善，使文本的美學價值不斷實現的過程。[48]但完全無關作者意圖、創作背景，皆由讀者（詞論家）開放性的詮釋，如此不只不能抉發原作者創作之深刻意涵、也不能激發讀者之審美活動，總讓人有「此為誤讀也」之疑慮。

曰審音，三曰尊體，四曰校勘。」

[48] 參見趙山林：（《詞學》第八輯，1990 年 10 月），頁 34。他也認為僅管未必贊同張惠言對溫庭筠〈菩薩蠻〉詞的具體分析，卻也不能不認為，這種現象從接受美學的理論看來是是完全正常。特別是在詞這種短小、精鍊、含蓄、深細的抒情詩中，「作者之用心未必然，而讀者之用心何比不然」，是完全可以理解的。

徵引及參考文獻

一、專書：

朱德慈：《常州詞派通論》，北京：中華書局，2006年元月。
朱東潤：《中國文學批評家與文學批評》，臺北：學生，1986年5月。
李冬紅：《《花間集》接受史論稿》，濟南：齊魯書社，2006年6月。
吳宏一：《清代詞學四講》，臺北：聯經出版公司，1990年7月初版。
宋・胡仔：《苕溪漁隱叢話》，臺北：臺灣商務，1978年。
徐珂：《清代詞學概論》，臺北：廣文書局， 1979年5月。
唐圭璋：《詞學叢編》，臺北：新文豐出版公司，1987年。
唐圭璋：《詞學論叢》，臺北：宏業書局，1988年9月。
賀光中：《論清詞》，臺北：鼎文書局，1971年9月。
趙崇祚編，陳慶煌導讀：《花間詞》。臺北：金楓，1987年。
葉嘉瑩：《清詞散論》，臺北：桂冠圖書公司，1990年。
葉嘉瑩：《中國詞學現代觀》，臺北：大安出版社，1987年12月。
陳水云：《清代詞學發展史論》，北京：學苑出版社，2005年7月。
詹安泰：《詹安泰詞學論集》，汕頭：汕頭大學出版社，1997年10月。
龍榆生：《龍榆生詞學論文集》，上海：上海古籍出版社，1997年7月初版。
嚴迪昌：《清詞史》，南京：江蘇古籍出版社，1999年8日2版2刷。

二、期刊與會議論文

王書賓：〈淺論常州詞派的讀詞方式〉，《常州工學院學報》（社科版）28卷5期，2010年10月，頁1-4。

朱惠國：〈論周濟對常州詞派的理論貢獻〉，《吉首大學學報》（社會科學版），27卷3期，2006年5月，頁70-75。

沙先一：〈作者之心與讀者之意—關於常州派詞學解釋學的研究札記〉（哲學社會科學版），《徐州師範大學學報》32卷1期，2006年1月，頁31-35。

宋邦珍：〈周止庵寄託說評議〉，《人文學與社會科學學術研討會》，2003年11月26日。

侯雅文：〈論晚清常州詞派對「清詞史」的「解釋取向」及其在常派發展上的意義〉，《淡江中文學報》13期，2005年12月，頁183-222。

徐立望：〈張惠言經世思想：經學與詞學之統合〉，《中國文化研究》2010年秋之卷，頁60-67。

張彩云：〈常州派理論鋪展的邏輯建構〉，《荊楚理工學院學報》，25卷6期，2010年6月，頁38-41。

葉嘉瑩：〈當愛情變成了歷史—晚清的史詞〉，《南開學報》（哲學社會科學版），2004年第6期，頁7-16。

楊海明：〈觀念的演進與手法的變更—溫庭筠、柳永戀情詞比較〉，《第一屆宋代文學研討論文集》，高雄：麗文文化公司，1995年，頁177-187。

趙山林：〈詞的接受美學〉，《詞學》第八輯，1990年10月，頁24-40。

歐明俊：〈近代詞學師承論〉，《上海大學學報》14卷5期，2007年9月，頁75-80。

朱自清對陶詩詮釋方法與態度的思考

黃惠菁*

* 作者現為國立屏東教育大學中國語文學系副教授

壹、前言

民國以來，因為學者借鑑和吸收西方文學批評方法，加以文學觀念的進步，有關陶學的研究異彩紛呈，許多優秀學人如梁啟超、王國維、朱光潛、朱自清、陳寅恪等人，都曾發表關於陶淵明其人及其作品的文章。其中不乏另闢蹊徑，與前人看法迥異其趣者，如魯迅。他曾指出陶潛除了有性格平和的一面外：「也還有『精衛銜微木，將以填滄海，刑天舞干戚，猛志固長在』之類『金剛怒目』式」[1]；亦有承襲舊說，卻能深化內容，超軼前代者，如朱光潛：「陶詩的特色正在不平不奇，不枯不腴，不質不綺，因為它恰到好處，適得其中，也正因為這個緣故，它一眼看去，卻是亦平亦奇，亦枯亦腴，亦質亦綺，這是藝術的最高境界，可以說是化境」[2]。可以發現，陶學的研究進入到二十世紀，學者探賾索隱，仍然窮力不遺，觀察問題的角度，也能小中見大，體貼入微。而在諸人一系列的評論文字中，朱自清的見解，往往是爭議性最小，而接受度最高者，這是因為他對問題的思考，常常是暢達精審，持論客觀，極具說服力。

學者兼作家的朱自清，在現代文學、古典文學，乃至文藝美學和語文教育領域上，都有斐然成就。他的代表作《經典常談》，評述了《詩經》、《春秋》、《楚辭》、《史記》、《漢書》等古籍，內容深入淺出，至今仍是古典文學的入門指徑；而《詩言志辨》則是探討古典詩歌的重要著作，文中對「詩言志」、「詩教」、「比興」、「正變」問題，都作

---

[1] 見魯迅：〈題定草（六）〉《陶淵明研究資料彙編．陶淵明詩文彙評》（臺北：明倫出版社，1970 年 12 月），頁 286。

[2] 見朱光潛：〈陶淵明〉《詩論》（上海：上海古籍出版社，2005 年 4 月），214 頁。

了精微的考察，釐清歷史衍變的軌跡。朱自清向來以治學嚴謹，取材詳實，思想敏捷，傳名於學界，著述近百萬言，十分豐碩。而且筆觸維持個人一貫的清新風格，深入淺出，反映論者深厚的藝術修養。他對古典詩論相當用功，糾正謬失，對一些個別作家如陶淵明、李賀，作過年譜考證，其中觀點至今仍多為學界所採，影響頗深。

朱自清曾指出：「中國詩人裡影響最大的似乎是陶淵明、杜甫、蘇軾三家。他們的詩集，版本最多，注家也不少。這中間陶淵明最早，詩最少，可是各家議論最紛紜。」[3]這段話正提示了陶詩理解的複雜原因。從朱先生散文所具備清淡雋永特色推敲，可以理解其個人對陶淵明別為關注的心理背景。朱先生對陶詩的審美見解，主要見諸於〈十四家詩鈔〉選注本及〈詩多義舉例〉、〈日常生活的詩－蕭望卿《陶淵明批評》序〉、〈陶詩的深度－評古直《陶靖節詩箋定本》〉（層冰堂五種之三）、〈陶淵明年譜中之問題〉等文。其中或以選詩作注，傳達個人對陶詩的喜愛與理解；抑或以書序，提出解讀陶詩的角度與方法；甚者，則以嚴謹的學術立場，抉論歷來陶詩研究中棘手的年譜問題。若將上述意見集腋合觀，可以發現朱自清面對嚴肅的學術議題時，梳理持論，均能反覆核實，避免過度解讀，驟下定語。即使是雜文書評，筆調看似輕鬆，卻能在不經意處，點撥出陶詩閱讀的正確門徑；重視作品文本，回歸文學本體，不廢箋注，主張「多義」，並以「切合」為要，使詩人情志免於過多渲染衍繹，卒能以趨近歷史的真實形象，展示在世人面前。

---

[3] 見朱自清著、朱喬森編：《朱自清全集》第三卷〈日常生活的詩－蕭望卿《陶淵明批評》序〉（南京：江蘇教育出版社，1996 年 8 月第 2 版），頁 212。

貳、朱自清古典詩歌研究方法

朱自清自幼生長在重視教育的家庭中，六歲入私塾，熟讀經典古文、詩詞，接受中國傳統文化的薰陶。1917 考年進北京大學哲學系，接觸五四新文化。1931-1932 年至英國留學，進修語言學和英國文學；後又漫遊歐洲五國，開拓視野；1932 年 7 國回國，任清華大學中國文學系主任，與聞一多同事，一起論學。這些經歷背景，讓朱自清的知識系統在堅守傳統過程中，也積極向西方體系學習，吸收養分，促成文學觀念的新變，「望今制奇，參古定法」[4]，揉合傳統與現代，形成學貫中西的鮮明特色，呈現豐碩的文藝研究成果。

在傳統文學的研讀過程中，朱自清對古典詩歌著力甚深，因為興趣與教學所需，他自編了一些詩選教材，包括《古詩歌箋釋三種》(包括〈古逸歌謠集說〉、〈詩名著箋〉、〈古詩十九首釋〉、)、《十四家詩鈔》、《宋五家詩鈔》等，其內容除了擇選代表詩人與作品外，也加入了集釋與注解。集釋部分，主要是收集各家說解，提供讀者參考與理解。至於注解，或采成說，或斷己意，擇別精審，目的在指示津逮。除上，朱自清也發表了許多有關古典詩歌閱讀理解的文章，或站在箋釋者角度，思考詮解的方法；或設於讀者立場，提供閱讀視角。在長期投入古典詩歌教學與研究過程中，他對詩歌理解與欣賞的方法與態度一直有具體明確的主張。朱自清強調「分析」，破除許多人讀詩「只重感覺」的說法：

---

[4] 見（梁）劉勰著、詹瑛義證：《文心雕龍義證》〈通變〉，上海：上海古籍出版社，1989 年 8 月，頁 1106。

> 我們設「詩文選讀」這一樣，便是要分析古典和現代文學的重要作品，幫助青年諸君的了解，引起他們的興趣，更注意的是要養成他們分析的態度。只有能力分析的人，才能切實欣賞；欣賞是在透徹的了解裡。一般的意見將欣賞和了解分成兩橛，實在是不妥的。沒有透徹的了解，就欣賞起來，那欣賞也許會驢唇不對馬嘴，至多也只是模糊影響。

這段文字清楚傳達朱自清讀詩的態度。依其說法，詩歌是詩人情感與思想的蘊藉，因個人經歷、學養知識的不同，即使是相同題材，情意也未必相當。所以必得透過分析，方能掌握其中毫釐。如果分析起來還是不懂，那是「分析得還不夠細密」,「或可能是知識不夠、材料不足」，並不是這個方法行不通。

除了作者個人生平造成詩歌的差異性外，朱自清提出「分析」的充分理由，是因為詩歌語言的「多義性」:

> 詩是精粹的語言。因為是「精粹的」，便比散文需要更多的思索，更多的吟咏；許多人覺得詩難懂，便是為此。……一般人以為詩只能綜合的欣賞，一分析詩就沒有了。其實詩是最錯綜的，最多義的，非得細密的分析工夫，不能捉住它的意旨。若是囫圇吞棗的讀去，所得著的怕只是聲調詞藻等一枝一節。[5]

這種「多義性」，也是歷來詮釋詩歌的學者用力所在。關於

---

[5] 同注 3，以上所引朱說均見〈古詩十九首釋〉，第7卷，頁191-192。

古典詩歌語言的多義性，朱先生並非是第一個發現者6。劉勰《文心雕龍．隱秀篇》也曾提及：「隱以複意為工」、「隱也者，文外之重旨者也」[7]。唐代皎然《詩式》亦寫到：「兩重意已上，皆文外之旨」[8]。正因為古典詩歌講究「文外之旨」、「弦外之音」，所以難免會有「多義」的存在。有關這個議題，歷來詩論家討論熱烈。而朱自清對詩歌「多義」的再度重視，除了是對傳統文學的一種省思外，也和他接觸西方「意義學」觀點，不無關係[9]。

從詮釋學角度來看，想要釐清這些「多義」，並不容易，因為這些「多義」雖不不是「曖昧和含糊」，不等同語言學上的「多義」，但卻是「豐富和含蓄」[10]。所以，朱自

---

6 中國古代即存在著「言意之辨」，魏晉玄學流行，更將其中論爭推到高點。言意之辨也對詩學發展產生深刻影響。玄學深入辨析言意象之間的關係，詩學吸收其中特點，注意到言、象傳達意的時候，不免有其局限性，從此詩論家開始關心如何超越語言的不足，克服「象不盡意」的困窘，進而求「言外之意」、「象外之意」的無限寬闊空間。

7 同注 4，見〈隱秀〉，頁 1483。

8 見許清雲：《皎然詩式輯校新編》（臺北：文史哲出版社，1984 年 3 月），頁 44。

9 在〈語文學常談〉一文中，朱自清曾言：「『意義學』這個名字是李安宅先生新創的，他用來表示英國人瑞恰慈和奧格登一派的學說。他們說語言文字是多義的，每句話有幾層意思，叫做多義。」同注 3，第三卷，頁 172。

10 袁行霈在〈中國古典詩歌的多義性〉一文中，曾指出：「所謂多義並不是曖昧和含糊，而是豐富和含蓄。……詞彙學裡講詞的多義性，是把同一個詞在不同語言環境中的不同意義加以總結，指出它的本義和引申義。如果孤立地看，一個多義詞固然有多種意義，但在具體運用的時候，一般說來，一次卻只用其一種意義，歧義是一般情況下使用語言時需要特別避忌的毛病。但是在詩歌裡，恰恰要避免詞義的單一化，總是儘可能地使用詞語帶上多種意義，以造成廣泛的聯想，取得多義的效果。中國古典詩歌的耐人尋味，就在於這種複合的作用。」見

清認為在分析的過程必須持審慎態度，搜尋寬廣，取舍嚴格，運用「參證」、「考證」方法，引用其他詩文並考索其中來源本義或引中義，藉以深刻審視所分析的詩歌，才能避免意見流於「斷章取義」：

> 斷章取義是不顧上下文，不顧全篇，只就一章一句甚至一字推想開去，往往支離破碎，不可究詰。我們廣求多義，卻全以「切合」為準，必須親切，必須貫通上下文或全篇的才算數。[11]

詩歌詮解廣求「多義」，但絕不是任意附會、望文生義，或郢書燕說，必須以「切合」為鵠的。以用典為例，許多詮釋詩歌的人，往往根據原詩的文義和背景解說意旨，忽略了典故；或是解說了典故，找出「初見」，羅列許多來歷出處，看似符合「多義」，卻未必「切中」事義，反而曲解詩意，無中生有，難以自圓其說。只有把語義分析與考據結合在一起，求其「切合」，詮釋者的觀點與作品的內容才有可能更進一步的密合，生成意義，而完成了詮釋學上所謂的「視域融合」[12]，這才是真正的詩歌「理解」。

《中國詩歌藝術研究》增訂本（北京：北京大學出版社，1996年6月），頁5。

[11] 同注3，〈詩多義舉例〉，頁208。

[12] 德國哲學家H.Gadamer（1900-2002）提出所謂的「視域融合」概念：「理解一種傳統，無疑需要一種歷史視域。……也就是說，我們通過我們把自己置入他人的處境中，他人的質性，亦即他人的不可消解的個性才被意識到。這樣一種自身置入，既不是一個個性移入另一個個性中，也不是使另一個人受制於我們自己的標準，而總是意味著向一個更高的普遍性提升。這種普遍性不僅克服了我們自己的個別性，而且也克服了那個他人的個別性。」見洪漢鼎譯：《真理與方法——哲學詮釋學的基本特徵》

參、朱自清對陶詩評箋方式的廓清

朱自清對陶詩的思考理解，大多是建立在傳統陶學研究的反省上，破除成規，借鑑西方，融貫傳統與現代，深化了研究的內涵。

在陶詩研究的歷史進程中，朱先生首先發現了歷來注本的煩瑣。在作品文本與注釋關係的處理上，學者們往往過度詮釋，造成文意的堆累。加上「箋」、「注」體例不分，使得後世的注陶工作，輒有強奪陶詩本意之嫌。

所謂「箋」、「注」，性質實有所別。「注」者，《說文解字》作「灌也」，段《注》：「注之云者，引之有所適也，故釋經以明其義曰注」，至後代則引為「解釋古書原意」，作「注釋」解。至於「箋」，《說文解字》作：「表識書也……字亦作牋」，《毛詩正義》篇首解為：「鄭於諸經皆謂『注』。此言『箋』者，呂忱《字林》云：『箋者，表也，識也。』鄭以毛學審備，遵暢厥旨，所以表明毛意，記識其事。故特稱為箋。」[13]後因此稱「注釋古書，以顯明作者之意」為「箋」。注者，重字義詮解，釋明名物，說解典章制度，講究客觀性與科學性；箋者，乃就注加以申說或評論，偏重主觀性、學術性與藝術性，可謂詮釋者主觀知識之介入。從兩者的功能來看，「箋」是在「注」的基礎上再加以發揮。清代因樸學興盛，注釋的內容更為繁複，無論字義、語詞、文句、典故、背景等等，多有注解。雖說注解有助於讀者之領會，但不當簡而簡是晦澀，不當繁而繁是冗贅，蓋注文有助於人們理

（臺北：時報文化出版公司，1993 年），頁 398-399。

[13] 見（漢）毛亨傳，鄭玄箋，（唐）孔穎達疏：《毛詩正義》篇首（臺北：藝文印書館，2001 年）。

解原著，也可能導致讀書無所適從，茫然莫知其涯，障翳耳目；如果注者飯飣穿鑿，由客觀性資料說明，動輒進展到主觀性的評說，難免造成「好異者失真，繁彌者寡要」[14]的弊失。

針對上述問題，朱自清有很深的感發，他曾指出：「注本易蕪雜，評本易膚泛籠統」[15]，「評語不是沒用，但夾雜在注裡，實在有傷體例。」、「仇兆鰲《杜詩詳注》為人詬病，也在此」[16]。朱先生以清人仇兆鰲注杜為例，確實看到問題所在。自宋以來，有關杜詩的注解可謂搜羅畢至，燦若繁星。尤其是黃庭堅提出杜詩「無一字無來歷」之說後，歷代紛紛響和，注解工作務求援引詳盡。仇氏耗費數十載，其《詳注》一出，可謂集前人注解之最。《四庫全書總目提要》評之曰：「援據繁富，而無千家諸注偽撰故實之陋習。核其大要，可資證者為多。」[17]雖說如此，其實不滿的聲音也迭起不窮，如施鴻保：「初讀之，覺援引繁博，考證詳晰，勝於前所見錢、朱兩家。讀之既久，乃覺穿鑿附會，冗贅處甚多。」[18]換言之，注箋的內容與性質原是有別：注者，注釋也；箋者，評箋也。朱先生並不反對評說古籍，只是認為兩者體例應予導正，才能達成推求本意之目的，但歷來注者未能辨別其中差異，導致注釋容量沈重，穿鑿謬解，牽強考索，也就屢見不鮮。

---

14 見（清）朱鶴齡：《愚庵小集》卷十〈與李太史論杜注書〉，《文淵閣四庫全書》第 1319 冊，集部 258 別集類（臺北：臺灣商務印書館，1983-1986 年），頁 117。

15 同注 3，〈論詩學門徑〉，第 2 卷，頁 86

16 同注 3，〈陶詩的深度〉，第 3 卷，頁 5。

17 見（清）永瑢、紀昀編纂《四庫全書總目提要》卷一百四十九．集部二．別集類二，（臺北：臺灣商務印書館，2000 年 2 月）。

18 楊倫《杜詩鏡銓》卷前序〈讀杜詩說〉（臺北：里仁書局，1981 年）。

不惟杜詩，歷來注解陶詩亦有同樣的問題。南宋湯漢初注陶詩極為簡略，惟〈述酒〉一詩感於詩人「直吐忠憤」，憂慮「亂以瘦詩，千載之下，讀者不省為何語。是此翁所深致意者，迄不得白於後世」[19]，故加箋釋。之後李公煥《箋注陶淵明集》，亦採集諸家評陶為總論，朱自清以為：

> 這個本子（李公煥本）通行甚久，直到清代陶澍的《靖節先生集》止，為各家注陶，都跳不出李公煥的圈子。……歷來注家大約總以為陶詩除〈述酒〉等二三首外，文字都平易可解，用不著費力去作注；一面趣味便移到面的批評上去，所以收了不少評語。[20]

可見陶詩的說解，一直以來，圍繞在箋與注的合流中，「注」是集中於作品原有字句的解釋，「箋」是側重閱讀心得的感發，其對應性，恰是漢學與宋學的精神本質。漢學被視為章句之學，從輯補、校正、訓詁著手，重考據；宋學則指向義理之學，從經書要旨大義著眼，探究文本的豐富內涵，闡釋微言大義。兩者之間並非對立，所謂「經非詁不明，有詁訓而後有義理」[21]。理論上，必須由考據而通義理，兩者本末因循，接軌承襲，才有意義。箋注亦然，注者但求確實，箋者據以為說，始為正解。但就體例而言，各有所重，不宜混淆，所以朱先生才會認為注箋夾雜，是「有傷體例」的。

---

[19] 見（南宋）湯漢注：《陶靖節詩注・序》（宋刊本）

[20] 同注 3，〈陶詩的深度〉，第 3 卷，頁 5。

[21] 見清人阮元《定香亭筆談》，收入《叢書集成初編》冊 2604，(上海：商務印書館，1936 年)，卷 4，頁 153。

肆、朱自清對陶詩詮釋態度的主張

朱自清對詮釋工作的另一項深切體悟，就是承認詩歌「多義」的存在，在〈詩多義舉例〉一文中，他提到「詩這一種特殊的語言，感情的作用多過思想的作用」，思想文義也許迂曲，但還能捉摸，「加上感情的作用、比喻、典故，變幻不窮，更是繞手」。他舉了杜詩〈秋興〉詩之三「五陵衣馬自輕肥」為例，雖典出《論語・雍也》:「乘肥馬，衣軒裘」，原指公西赤之「富」。但總合其語，意近于范雲〈贈張徐州謖〉詩:「裘馬悉輕肥」，形容貴盛模樣。然而仇兆鰲《杜詩詳注》卻云:「『自輕肥』，見非己所關心」，據此，朱自清認為詩歌雖是多義，並非一定只有一個正解，但可以分出「主從」。可見他對詩歌「多義」是持審慎的態度，強調「並非有義必收，搜尋不妨廣，取舍須嚴」，否則容易流於「不顧上下文，不顧全篇，只就一章一句甚至一字推想開去，往往支離破碎，不可究詰」[22]，這正是「斷章取義」的弊病。

朱自清對「多義」的看法，除了從傳統文學出發，接受古典文學批評方法外，也參酌了西方文學批評理論。他讀了「英國 E mpson 的『多義七式』(Seven Types of Ambiguity)，「覺著他的分析法很好，可以試用於中國舊體詩」。他所說的英國學者 Empson，即新批評文論家威廉・燕卜蓀「Willian Empson，1906-1984。燕卜蓀在《朦朧的七種類型》中，運用「分析方法」對詩歌的「機智或騙人的語言現象」，作了理論和實踐結合的研究，指出「任何語上的差異，不論如何細微，一句話有可能引起不同的反應」

---

[22] 同注 3，〈詩多義舉例〉，第 8 卷，頁 208。

[23]。這個說法為朱自清所接受，他同意在讀者豐富的想像下，詩歌語言確實存在著多義性[24]，但在廣求「多義」的情形下，須以「切合」為準，必須「貫通上下或全篇方算數」。循此，他檢視前代箋注，發現古籍的詮釋工作者，普遍存在著一種趨勢：

> 從前箋注家引書以初見為主，但也有一個典故引幾種出處以資廣證的。不過他們只舉其事，不述其義，而所舉既多簡略，又未必切合，所以用處不大。

這段話有兩個重點：一是為古詩尋求出處，並非找出「初見」即可，蓋「初見」未必是「切合」的。二是典故出處

---

[23] 威廉・燕卜蓀《朦朧的七種類型》是受老師瑞恰茲（Ivor Armstrong Richards，1893-1980）給他批改的一份作業啟發寫成，以大量實例旁證。將他定義為可使同一句話引起不同反應的語義差別的朦朧亦即含混，可分成七種類型：一、一物與另一物相似；二、上下文引起多義並存；三、同一詞具有兩個似乎並不相關的意義即雙關；四、一句話的兩個以上的不同意義，合併反應作者的複雜心態；五、一種修辭手段介於要表達的兩種思想之間；六、矛盾難解的表達迫使讀者自己去尋找本身同樣是相互衝突的多種解釋；七、一個詞的兩個意義正是它們的反義所在。以上內容見朱立元、李鈞主編《二十世紀西方文論選》（北京：高等教育出版社，2003 年），上卷，頁 241。

[24] 朱自清的語言分析的細讀方法，有一部分顯然得益於英美新批評派的批評方法。您自己曾經明確表達他對詩多義的興趣和分析是受到瑞恰慈「意義學」和燕卜蓀「詩多義七式」的影響。1937 年，燕卜蓀曾到當時的西南聯大教授英美詩歌，滯留兩年後回國，當時，朱自清亦在西南聯大，很可能兩人有所接觸與討論。他不止一次地說：「我讀過瑞恰慈教授幾本書，很合脾胃，增加了對於語文意義的興趣」、「大概因為做了多年國文教師，後來又讀了瑞恰慈先生些書，自己對於語言文字的意義發生了濃厚的興味」見注 3，〈序〉，第 3 卷，頁 333。

不一而足，廣證之下，只舉其事，不述其義，仍為簡略，不合「切用」，用處不大。因此，朱先生採用了燕卜蓀分析事項的方法，選了〈古詩十九首〉（行行重行行）、陶淵明〈飲酒〉（結廬在人境）和杜甫〈秋興〉（昆明池水漢時功）、黃魯直〈登快閣〉四首詩為例子，說明多義特徵。以淵明詩例來看朱先生的詮解，即可印證其說的圓通性。

朱先生對陶淵明的〈飲酒〉：「結廬在人境，而無車馬喧，問君何能爾，心遠地自偏」的詮釋，先引王康琚〈反招隱〉詩：「小隱隱陵藪，大隱隱朝市；伯夷竄首陽，老聃伏柱史」，說明淵明之隱，在「大隱」、「小隱」之外，另成新境界。然後又舉《莊子・讓王》：「中山公子牟謂瞻子曰：『身在江海之上，心居乎魏闕之下。奈何！』」認為淵明或許反用其意也未可知。最後又引謝靈運〈齋中讀書〉：「昔余游京華，未嘗廢丘壑。矧乃歸山川，心迹雙寂寞。」以謝氏「迹寄京華，心存丘壑」適反用《莊子》語意，歸結陶咏的是「境因心遠而不喧」，與謝氏的「迹喧心寂還相差一間」。透過這種對舉參照，詩意將更為明朗。

第二段「采菊東籬下」，朱先生認為吳淇《選詩定論》云：「采菊二句，俱偶爾之興味，東籬有菊，偶爾采之，非必供下文佐飲之需。」雖為古今通解，但他從〈和郭主簿〉之二：「芳菊開林耀，青松冠岩列；懷此貞秀姿，卓為霜下杰」，證明淵明本就愛菊，並引鍾會〈菊賦〉為證，可見淵明有所本。又引出鍾會言：「流中輕體，神仙食也」一句，帶出菊花可食的討論，認為陶公自己就有吃菊之舉。再配合〈飲酒〉之七：「秋菊有佳色，裛露掇其英；泛此忘憂物，遠我遺世情」及潘尼〈秋菊賦〉、淵明〈九日閑居〉詩序，說明菊花可賞玩外，也可放入酒裡，摻和著喝，並從風俗上考證此雅興之由來[25]，認為〈飲酒〉詩的「采菊」，「也許是『供佐飲之需』，這種看法，在今人眼裡雖然有些殺風景，但是很可能的。九日喝菊花酒，在古人或許也是件雅事呢。」

第三段是「此中有真意，欲辨已忘言」。朱氏舉了三則說法：

1．《文選》李善《注》：「《楚辭》曰：『狐死必首丘，夫人孰能反其真情？』王逸《注》曰：『真，本心也。』」

2．又：「《莊子》曰：『言者，所以在意也，得意而忘言。』」

3．古直《陶靖節詩箋》：「《莊子．齊物論》：『辯也者，有不辯也。』『大辯不言。』」

總結三則意見，朱氏採以詩證詩，由淵明〈始作鎮軍參軍經曲阿作〉云：「真想初在襟」，〈飲酒〉之「真意」即此詩之「真想」。而「真」意承王逸說法固是「本心」外，他還作了補充，認為也是「自然」，因為《莊子．漁父》有言：「禮者，世俗之所為也，真者，所以受于天，自然不可易也。故聖人法天貴真，不拘于俗，遇者反此，不能法天而恤于人，不知貴真，祿祿而受變於俗，故不足。」由此推出：「淵明所謂『真』，當不外乎此」的見解。[26]

朱自清雖然釐清詩歌評箋的工作重點，但因為了解詩

---

[25] 經朱自清的考檢，發現魏文帝〈九日與鍾繇書〉記載相關風俗：「至于芳菊，紛然獨榮。非夫含乾坤之純和，體芬芳之淑氣，孰能如此。故屈平悲冉冉之將老，思『餐秋菊之落英』。輔體延年，莫斯之貴。謹奉一束，以助彭祖之術」。再早的崔寔〈四民月令．九月〉也記錄著：「九日可采菊花」等等。 以上內容詳見朱自清〈詩多義舉例〉一文。

[26] 同注 3，以上朱說均引自〈詩多義舉例〉，第 8 卷，頁 214-216。

歌語言的多義存在，所以對「注」的內容要求，他並不反對詳密：

> 注以詳密為貴，密就是密切、切合的意思。從前為詩文集作注，多只重在舉出處，所謂「事」；但用「事」的目的，所謂「義」也，應同樣看重。只重「事」，便只知找最初的出處，不管與當句當篇切合與否，兼重「義」，才知道要找哪些切合的。[27]

文中，明確的提出「注」的工作準則在於「密切」，尤其是「切合」。凡舉出處，必須「切合」詩義。雖然鍾嶸在《詩品序》中曾指出「吟咏情性，亦何貴於用事」、「觀古今勝語，多非補假，皆由直尋」[28]，提出用事未必然的看法，朱自清認為這是從作者角度立論，如果從讀者的欣賞層面發言，找出句篇章來歷，則會「一面教人覺得作品意味豐富些，一面也教人可以看出那些才是作者的獨創」。在作者創作意識與讀者鑑賞的立場上，他認為「作者引用前人，自己盡可不覺得；可是讀者得搜尋出來，才能有充分的領會」，所以注家的工作，還是應該努力尋索用典出處，但以「切合」為依歸，而非毫無主張的堆砌故實。

「切合」的主張，顯示朱自清對注解詩歌的工作，看重的是如何輔助「詩義」的理解，而非「用事」的有無。據此，他以古直《陶靖節詩箋定本》為例，肯定古先生「用昔人注經的方法注陶，用力極勤」，並從其注解之細膩，感受到「陶詩並不如一般人想那麼平易」。由此感發中，推出

---

[27] 同注 3，第三卷，以下引文內容均見〈陶詩的深度〉頁 5。

[28] 見（梁）鍾嶸著、王叔岷箋證：《詩品箋證稿》〈詩品序〉（臺北：中研院中國文哲研究所，1992 年 3 月），頁 93。

了「多義」的問題意識，強調「多義」當以「切合」為準，這是最高原則，即使古先生書「卻也未必全能如此」[29]。他舉實例說明古先生可能的附會。以「忠憤」主題來說，歷來多有學者持此見解[30]。朱先生認為確實指為「忠憤」之作品，大約只有〈述酒〉和〈擬古〉第九。但古直先生的箋定本卻擴大認知，包括〈擬古〉第三、第七，〈雜詩〉第九、第十一，〈讀山海經〉第九等，均有上述情形。以〈咏荊軻〉、〈咏三良〉為例，朱氏以為陶淵明作此二詩，不過「老實咏史，未必別有深意」，因為「三良」與「荊軻」都是歷史的熟題，曹植、王粲、阮瑀的〈咏史〉之作，均曾以其為歌咏對象[31]，故無須刻意比附。但到了古直先生的箋定本，「更以史事枝節傅會，所謂變本加厲」。針對這一點，朱先生無法苟同，直接批評「以史事比附，文外懸談，毫不切合，難以起信」。

可知朱先生評斷詩歌詮釋的標準，正在「切合」關鍵上，若未「切合」，即使勉強提出「固有所本」，也是不合時宜，因為「《毛詩傳鄭箋》就是最好的說明，其所引史實

---

[29] 同注 3，以上朱說均引自〈陶詩的深度〉，第 3 卷，頁 5-6。

[30] 有關淵明「忠憤」之說，肇始於沈約《宋書》，所謂「耻復屈身後代」之成說。之後，李延壽《南史》、李善和五臣的《文選注》均沿襲此說。至南宋湯漢注陶，反覆詳考，認為〈述酒〉為詩人廢恭帝零陵王被弒而作，直指「忠憤」之情。之後，文人或承襲舊說，或推擴概念，再拈出〈咏荊軻〉、〈咏三良〉、〈擬古〉、〈雜詩〉等作品助成此說。

[31] 如：（魏）王粲〈詠史詩〉，是詠三良，《魏詩》，卷 2，頁 363-364；（魏）阮瑀〈詠史詩〉二首是分詠三良與荊軻，《魏詩》，卷 3，頁 379；（魏）曹植〈三良詩〉，是詠三良，《魏詩》，卷 7，頁 455；（西晉）左思〈詠史詩〉其五，是詠荊軻，《晉詩》，卷 7，頁 733。見逯欽立輯校，《先秦漢魏晉南北朝詩》（臺北：木鐸出版社，1988 年 7 月）。

大部分豈不也是不切合的」。

所謂「切合」，是指切中事義，符合實際需要。本持上述觀念，朱先生對於鍾嶸提出陶詩「源出於應璩，又協左思風力」的說法，是有意見的。鍾氏此說一出，後人開始鍥而不舍追究線索。應璩詩存太少，許多學者均圍繞在〈百一詩〉譏切時事，具備諷諫的特色上打轉，認為淵明〈述酒〉等詩的寫法，或本於此；至於左思部分，游國恩先生找出了七聯，古直先生又補了四句，包括左思〈咏史〉詩「寂寂揚子宅」(為淵明〈飲酒〉詩「寂寂行無跡」所本)；「寥寥空宇中」(為淵明〈癸卯歲十二月中作〉「蕭蕭空宇中」所本)；「遺烈光篇籍」(同上「歷覽千載書，時時見遺烈」所本)；〈雜詩〉「高志局四海」(為淵明〈雜詩〉「猛志逸四海」所本)，這些持見朱先生覺得影響不大，若照游氏與古氏的做法，朱自清以反說為例，指出陶詩意境、字句脫胎於《古詩十九首》共十五處，嵇康詩賦八處，阮籍〈咏懷〉詩九處，以此準則來看，顯然鍾嶸的詩評不免疏失、賅備不足。朱氏藉此反說，強調其實陶詩語言自然平易，不重句法，原本胎襲前人之處不多，前人或古先生過度費事於出處的補充上，就詩意詮解角度而言，作用不大。

當然，古先生的箋注仍有許多「勝解」，其實就是舉義「切合」，例如：

> 又「弱女雖非男，慰情良勝無」，或以為比酒之醨薄，或以為賦，都無證，。據。本書解為比，引《魏書．徐邈傳》及《世說》，以見「魏晉人每好為酒品目，靖節亦復爾爾」。〈還舊居〉詩：「常恐大化盡，氣方不及衰」，次句向無人能解；本書引《禮記．王制》：「五十始衰」，及《檀弓．鄭注》，才知「常恐……

> 不及衰」，即常恐活不到五十歲之意。……又如《雜詩》第六起四句云：「昔聞長老言，掩耳每不喜；奈何五十年，忽已親此事！」諸家注都不知「此事」是何事。本書引陸機〈嘆逝賦序〉：「昔每聞長老追計平生同時親故；或凋落已盡；或僅有存者……」，乃知指的是親故凋零。

比對淵明詩，可以發現這幾處注解，或就時代風尚考量[32]，或以古籍相關記載為據[33]，或取時人詩歌義近為證，確實較能貼近詩旨的表達，對紛紜的眾說，有廓清之功。

除了辨明古氏箋定本的牽強與勝解外，朱先生也從「切合」出發，提供了一些補正意見，供古先生參考[34]。這些意見今日看來，誠為寶貴，仍為陶學研究者徵引不衰。其補正的意見可分為：

一、古本雖注，但妥貼不足，可以取代者

如〈停雲〉詩「豈無他人」，古《注》引《詩・唐風・

32 古《注》：「《魏志・徐邈傳》：『平日醉客，謂酒清者為聖人，濁者為賢人』；《世說新語・術解》：『桓公有主簿，善別酒。好者謂青州從事，惡者謂平原督郵』魏晉人每好為酒品目，靖節亦復爾爾」。見《陶靖節詩箋》(層冰堂五種)(臺北：廣文書局，1974 年)。

33 古《注》：「《禮記・檀弓下》：『五十無車者，不越疆而吊人。』鄭《注》：『氣力始衰。』又，《禮記・王制》：『五十始衰』」。出版項同注 31。

34 朱先生的補正意見，有些是個人創見，例如：〈停雲〉詩條；有些可能是參考了他人之注，揆度再三，覺得比古注更「切合」，所以特別提出來，例如：〈歸園田居〉詩條，可能是參考了丁福保〈《陶淵明詩箋註》。

杕杜》:「豈無他人,不如我同父」,朱先生主張實不如引《詩・鄭風・褰裳》:「子不我思,豈無他人」切合些。〈命子〉詩:「寄迹風雲,冥茲慍喜」,下句古《注》引《莊子》為解[35],朱先生則認為不如引《論語・公冶長》:「令尹子文三仕為令尹,無喜色;三已之,無慍色」[36]。

又如〈答龐參軍詩序〉:「楊公所嘆,豈惟常悲」。古《注》引《淮南子・說林訓》:「『楊子見逵路而哭之,為其可以南可以北』。高《注》:『道九達曰逵。閔其別也』楊公所歎,蓋指此。」朱自清認為古《注》只引出處,未申其義,遂參考丁福保《注》:「《文選》(晉)孫楚〈征西官屬送于陟陽侯作〉詩:『晨風飄歧路,零雨被秋草。傾城遠追送,餞我千里道』」,解「歧路」在此應為「各自東西」之新意,而不是「可以南可以北」的本意。陶公所用,即為此引申意。

再者,《和郭主簿》:「遙遙望白雲,懷古一何深」,古《注》:「此詩與〈歸去來辭〉旨趣略同。……『聊由忘華簪,遙遙望白雲』即『富貴非我願,帝鄉不可期』也」,朱自清認為古直仍未說清楚「懷古」與「白雲」或「帝鄉」

---

35 這一部分,朱先生可能誤植。〈命子〉:「寄迹風雲,冥茲慍喜」。古《注》引《莊子》為解,是在上句,而非下句。古《注》原引如下:「《莊子・繕性篇》:『軒冕在身,非性命也。物之儻來,寄者也。……故不為軒冕肆志,不為窮約趨俗,其樂彼與此同;故無憂而已矣。』郭象《注》:『軒冕與窮約,亦歡欣之喜也。』《文選・吳季重答魏太子牋》:『臣幸得下愚之才,值風雲之會。』《易・文言》:『雲從龍,風從虎。』寄迹句,意本此。」至於下句部分,古《注》的說法是:「《晉書・嵇康傳》:『王戎與康居山陽二十年,未嘗見其喜慍之色。』直案:靖節父不見于史,名爵無考;玩此詩意,蓋嘗為方鎮參佐也。」兩相比較,朱先生意見確實勝出。

36 此說法早見於丁福保〈《陶淵明詩箋註》,朱先生同其意。

的關聯，而認為《莊子・天地》篇寫道：「華封人謂堯曰：『失聖人鶉居而鷇引，鳥行而無章。天下有道，與物皆昌。千歲厭世，去而上仙。乘彼白雲，至于帝鄉。三患莫至，身無常殃，則何辱之有！』」從文中推想「遙望白雲」而「懷古」，所「懷」者，也許是這種乘白雲至帝鄉的古聖人。

除上，同詩：「檢素不獲展，厭厭竟良月」，古《注》：「素，情素也。檢，檢柙，《文選》鄒陽〈上吳王書〉：『披心腹，見情素。』情素被檢，不獲展布。」朱先生直言：「本書所解甚曲」，認為「檢素」即簡素，就是書信。[37]〈飲酒〉詩第十三亦類似：「規規一何愚」，古《注》引《莊子・秋水》篇：「於是埳井之蛙聞之，適適然驚，規規然自失也。」朱自清認為不如引《莊子・秋水》的下文「子乃規規然而求之以察，索之以辯，是直用管闚天，用錐指地也」[38]。

二、古本未注，遂提供意見，以為參酌者

〈歸園田居〉詩其二：「常恐霜霰至，零落同草莽」，上句古先生無注，朱先生或參考丁福保〈《陶淵明詩箋註》[39]，以為可引《詩・小雅・頍弁》：「如彼雨雪，先集維霰」，

---

[37] 朱自清這一見解，普獲後世學者認同。今人楊勇亦主此說：「古說迂曲。檢素，簡素也，猶今云書信是」，見《陶淵明集校箋》臺北：正文書局，1987 年，頁 96。

[38] 前者「規規然」，成玄英疏：「自失之貌。」即驚恐自失。後者「規規然」，成玄英疏：「經營之貌也。」即淺陋拘泥。淵明詩中所指，當以後者更為切當。見《陶淵明集校箋》，臺北：正文書局，1987 年 1 月，頁 158。

[39] 朱自清在〈陶诗的深度〉一文中，寫道：「古先生有《陶靖節詩箋》，於民國十五年印行，已經很詳盡。丁福保先生《陶淵明詩注》引用極多。《定本》又加了好些材料，刪改處也有」可見古注在前，丁注在後，朱先生寫〈陶诗的深度〉時，已見過二書，

及《楚辭・九辯》:「霜露慘悽而交下兮,心高吞其弗濟;霰雪雰糅其增加兮,乃知遭命之將至」。

三、古本雖注,但文本意明,無須詮解者

〈怨詩楚調示龐主簿鄧治中〉詩末云:「慷慨獨悲歌,鍾期信為賢」,古《注》引用《韓詩外傳》伯牙與鍾子期的典故,但朱先生認為「鍾期」明指龐鄧,意謂「只有你們懂得我」,文意淺明,所以不必再引故實為解。

四、古本之注,頗為切當,惜未為完整者

如〈止酒〉詩每句藏一「止」字,古《注》:「《莊子》曰:『惟止能止眾止。』靖節能止榮利之欲,又何物不能止耶。」朱氏首先肯定古《注》「頗切」,續而補充想法,指出淵明寫法係「俳諧體」:「以前及當時諸作,雖無可供參考,但宋以後此等詩體大盛,建除[40]、數名、縣名、姓名、藥名、卦名之類,不一而足,必有所受之。逆而推上,此體當早已存在」,因體例特別,所以覺得古直未能溯及源流,甚是可惜。

總理以上說法,可以體會到朱自清所提倡的「多義」與「切合」主張,其實正是一種對詩學本源的回歸。清人畢沅在〈杜詩鏡銓序〉中,針對清人「千家注杜」的踴躍情形,曾經提到:杜詩「不可注,也不必注」,因為:

應有參考對照,所以朱氏之說若與丁注相符時,推測或為參酌下之見解。

40 古代術數家以為天文中的十二辰,分別象徵人事上的建、除、滿、平、定、執、破、危、成、收、開、閉十二種情況。後因以「建除」指根據天象占測人事吉凶禍福的方法。

> 是公之詩卷流傳天下，原自光景常新，無注而公詩自顯，有注而公詩反晦矣。宋元明以來箋注者，不下數十家，其塵羹土飯，蟬咶蠅鳴，知識迂繆，章句割裂，將公平生心迹與古人事迹牽連比附之，而公之真面目、真精神盡埋沒于坌闤垢穢中，此公詩之厄也。注杜而杜詩之本旨晦，而公詩轉不可無注也。[41]

站在為後學示津逮的立場，畢沅意思並非真要不注，而是要求能夠發明杜詩「真面目」、「真精神」的詮釋，如果注家一味穿鑿附會，自視援引浩博，那麼杜詩就不必注，也不可注。這般識見與朱先生看法近似，但朱自清語氣較為委婉，他把詩歌語言的多義視為不可回避的客觀存在，詩歌語言富含詩人的思想與情感，而每位作家又以不同的技巧呈現其中之複雜，自然形成讀者閱讀感知的紛沓。而解詩者，又受學養、經歷之影響，所以詩歌語言的「多義」現象，也就不能避免，即使被鍾嶸評為「文體省淨，殆無長語」、「直為田家語」[42]的陶詩，看似「不煩繩削而自合」[43]，其實這種造語精到，似「大匠運斤，不見斧鑿之痕」[44]的特色，還是經由鍛鍊所得，言簡意賅，顯示詩人具備詩歌語言的高度概括能力。而這也正說明為什麼後代注解者會困疲精力，爬羅剔抉，想找出其中「深義」的背景原因。

---

[41] 見（清）楊倫箋注：《杜詩鏡銓》（臺北：里仁書局，1981年），頁1-2。

[42] 見注28，〈中品　陶淵明〉，頁260。

[43]（宋）黃庭堅稱陶詩「不煩繩削而自合」，見〈題意可詩後〉，收於《豫章黃先生文集》《四部叢刊初編縮本》（臺北：臺灣商務印書館 1975年），卷26。

[44] 見惠洪《冷齋夜話》（臺北：藝文印書館，1966年），卷1。

伍、結語

在現代散文界極富盛名的朱自清，其實也是優秀的詩論家，因緣於創作的審美趣味及語文教學的需要，他對陶淵明是情有獨鍾的。在一系列相關問題的討論上，朱自清注意到陶詩「省淨」的特色，簡約平淡而有深度，因為語言存在的「多義性」，故造就出歷代箋注紛紜，各說各話的解讀現象。針對此點，他提出了個人對詮釋詩歌方法與態度的思考。首先，他注意到歷來箋注工作的混淆，注中夾評，注者繁瑣，評者籠統，自傷體例。他反對注釋「雜蕪」，主張以「詳密」為貴，所謂「詳密」，正是綿密而不瑣碎，融通而非理僵。為達「詳密」，朱自清主張採用「分析」方法，取得「參證」與「引證」的明確性，進行「多義性」的解讀，最後以「切合」為依歸。換言之，這種把語義分析與考據結合在一起的「新批評」方法，在陶學研究的歷史進程中是具有指標性的意義，它代表著詮釋者的觀點與作品的內容可以進一步的密合，生成意義，而完成了詮釋學上所謂的「視域融合」，這才是陶詩的真正「理解」。

徵引及參考文獻

（漢）毛亨傳，鄭玄箋，（唐）孔穎達疏：《毛詩正義》，臺北：藝文印書館，2001年。

（晉）陶潛撰、（南宋）湯漢注：《陶靖節詩注》四卷（宋刊本）。

（晉）陶潛撰、（清）陶澍注、戚煥塤校：《靖節先生集》，臺北：華正書局，1993年10月。

（晉）陶潛撰、古直：《陶靖節詩箋》，臺北：廣文書局，1974年。

（晉）陶潛撰、丁福保：《陶淵明詩箋註》，臺北：藝文印書館，1994年1月。

（晉）陶潛撰、楊勇校箋：《陶淵明集校箋》，臺北：正文書局，1987年1月。

（梁）劉勰著、詹锳義證：《文心雕龍義證》，上海：上海古籍出版社，1989年8月。

（梁）鍾嶸著、王叔岷箋證：《詩品箋證稿》，臺北：中研院中國文哲研究所，1992年3月。

逯欽立輯校：《先秦漢魏晉南北朝詩》，臺北：木鐸出版社，1988年7月。

（唐）杜甫著、（清）楊倫箋注：《杜詩鏡銓》，臺北：里仁書局，1981年。

（宋）黃庭堅：《豫章黃先生文集》（《四部叢刊初編縮本》卷二十六），臺北：臺灣商務印書館，1975年。

（宋）釋惠洪撰、嚴一萍選輯：《冷齋夜話》（《百部叢書集成》第四十六），臺北：藝文印書館，1966年。

（清）朱鶴齡：《愚庵小集》，上海：上海古籍出版社，1979年6月。

（清）永瑢、紀昀編纂：《文淵閣四庫全書》，臺北：臺灣商務印書館，1983-1986 年。

（清）永瑢、紀昀編纂：《四庫全書總目提要》，臺北：臺灣商務印書館，2000 年 2 月。

（清）阮元：《定香亭筆談》，收入《叢書集成初編》冊 2604，上海：商務印書館，1936 年。

本社編輯：《陶淵明研究資料彙編・陶淵明詩文彙評》，臺北：明倫出版社，1970 年 12 月。

朱自清著、朱喬森編：《朱自清全集》， 南京：江蘇教育出版社，1996 年 8 月第 2 版。

朱光潛：《詩論》，上海：上海古籍出版社，2005 年 4 月。

朱立元、李鈞主編：《二十世紀西方文論選》，北京：高等教育出版社，2003 年。

袁行霈：《中國詩歌藝術研究》增訂本，北京大學出版社，1996 年 6 月 2 日。

Hans-Georg Gadamer、洪漢鼎譯：《真理與方法——哲學詮釋學的基本特徵》(Hermeneutik I Wahrheitund Methode) ，臺北：時報文化出版公司，1993 年。

阮忠：〈朱自清古典文學方法論〉,《荊州師範學院學報》(社會科學版）第六期，2001 年。

田晉芳：〈散文大家朱自清的陶淵明研究〉,《大家》第七期，2010 年。

晚清西學傳播的橋樑——鄺其照（1836?－1902?）《華英字典集成》及「鄺氏教育系列」初探

楊文信*

* 作者現為香港大學中文學院名譽助理教授

壹、鄺其照的生平

鄺其照，廣東新寧人，1836 年生，[1] 早年事蹟不詳。[2]

---

[1] 鄺氏的生年，有五種說法。一說是 1836 年，見於他接受 Hubert. H. Bancroft（1832－1918）採訪時的自述，參 Kwang Ki-Chaou, "The Chinese in America 1883"，原稿電子檔見 http://content.cdlib.org/ark:/13030/hb9h4nb3bg。一說是 1845 年，由路康樂提出，以人口普查的數據作推斷，參內田慶市：〈鄺其照の玄孫からのメール〉，《或問》，第 19 號（2010 年 12 月），頁 134。一說是 1846 年，由 Louise Su Tang 提出，指鄺於二十二歲時編成《字典集成》，參 *Cantonese Yankee* (Pasadena, CA : Oak Garden Press, 2010), p.463。一說是 1838 年，由宮田和子提出，據鄺氏《華英字典（集成）》各版本的"am"條所舉年齡推算，參其《英華辞典の総合的研究：19 世紀を中心として》（東京：白帝社，2010），頁 202－203。最後一說由陳肇基（Bruce A. Chan）提出，據 1891 年 7 月 3 日 *The North-China Herald and Supreme Court & Consular Gazette* 引錄香港消息，指鄺氏已卒於廣州，時年五十，參其"The CEM Staff: Three Notable Figures"，文載 http://www.cemconnections.org/index.php?option=com_content&task=view&id=183&Itemid=61&limit=1&limitstart=0。如此，則鄺氏當生於 1841 年。按，*Cantonese Yankee* 沒有明確交代史料證據，而路氏所論亦為推測，兩說暫難採用。鄺氏玄孫黃植良認為其先祖如生於 1836 年，則入讀中央書院時為二十六歲，「顯然不應該是一個中學生的年齡」（參內田氏文所引，頁 135－136）。不過根據書院首任校長史釗域所言，書院很多學生都「已為人父」，即使到了 1870 年他向港英殖民地政府提交視學官報告書時，仍然提到幾乎所有高一級的學生以及很多高二級的學生都已婚；而根據入學紀錄，入讀「第八班」（即預備級第二班）的一些學生已達二十五歲，參 Gwenneth Stokes, *Queen's College, 1862-1962* (Hong Kong: Queen's College, 1962), pp.23, 32-33。宮田的說法較為有力，且與鄺氏自述生年接近，但 1868 年版《字典集成》所附同治七年（1868）鐫刻《華英句語》，〈年紀問答〉項下有句云：「前三月我係三十三歲」（頁 6），依此推算，則鄺氏當生於 1835 年。陳肇基的說法亦具可信性，尚須繼續查證。筆者認為，Bancroft 的採訪在 1883 年，假如鄺氏生於 1836 年，他當時應為

1862 年 3 月，香港官立中央書院（Government Central School）啟用，首任校長為蘇格蘭人史釗域（Frederick Stewart，1836－1889）。鄺氏於書院開辦不久即入讀該校，而史釗域六年間一直是他的英文老師。[3] 其時書院分為八班：高一（最高班）至高三級和低一至低三級，學生可以接受英語教育，每年考試合格可以升級；預備級第一及第二班（最低班，有一段長時間還設有第三班）合為一年制課程，以學習中文為主。史釗域相信中國學生必須先對母語有所掌握才能學好外語，所以無論在低年級還是高年級，中英語的課時還是各佔四小時。他更指出：盡力傳授這兩種語言，才能保證所提供的是全面和有用的教育；而學習範圍不能僅限於英語，須擴闊至文化層面。[4] 課本方面，英文以愛爾蘭國家教育委員（Commissioners for National

---

四十二或四十三歲。除非他有特殊原因要隱瞞真實年齡，否則沒有虛報的理由，而錯記生年的可能性也不大，故暫仍從 1836 年出生一說。

2 *Cantonese Yankee* 所載鄺氏早年事蹟是否真確，尚待考證；黃良植所引 1879 年 4 月 21 日 *New Haven Register* 關於鄺的報道，亦有不可解之處，尤其指鄺氏往澳洲五年，回國後很快取得五品官銜兩點，恐與事實不符。

3 黃植良引錄《應酬寶笈》頁 166 的內容，參〈鄺其照の玄孫からのメール〉，頁 135。不過根據史釗域的 1865 年度視學官報告書，他負責高級三班的英文課，低級三班的英文課由 1964 年 1 月來港的 E. J. R. Willcocks 負責，但由於人手所限，仍不足以為所有學生提供英語教育，參 *Queen's College, 1862-1962*, p.26 及 Gillian Bickley, *The Development of Education in Hong Kong 1841-1897: As Revealed by the Early Education Reports of the Hong Kong Government 1848-1896* (Hong Kong: Proverse Hong Kong, 2002), p.92 no.12.

4 *The Development of Education in Hong Kong 1841-1897*, pp.91-92, 504 n.36.

Education in Ireland)編訂的教科書為主，中文教材包括《三字經》、《千字文》、《幼學詩》、「四書五經」、《文選》和《史記》等；《聖經》只作為翻譯教材，不作宗教傳道之用。[5] 上述教育理念和教學安排，對培訓中英雙語人材尤為重要。鄺其照於 1868 年編輯出版《字典集成》時，應該仍然在學或剛離校。其時入讀中央書院的學生，由於具備英語優勢，爭相為本地和內地的公私機構聘用，因而半途輟學就業的情況非常普遍。[6] 鄺氏在校六年，又能編輯此一字典，足證英語水平較高，也為他日後的文化及教育事業奠下基礎。

鄺其照離校後，曾在上海的「總理幼童出洋滬局」教授英語。1874 年，他獲清政府委任為第三批官費留美幼童的隨行官員，與祁兆熙（？－1891）一同赴美；翌年，他再獲任命帶領第四批幼童赴美，並供職於哈特福德（Hartford，鄺氏譯為「哈富」）的「幼童出洋肄業局」，充當翻譯及「中文字典委員會」(Chinese Dictionary Commission）秘書。從祁氏《遊美洲日記》可見，鄺氏在日本和美國西岸的大城市認識不少當地華人，部分屬台山同鄉。[7] 在哈特福德的八年間，鄺氏建立起廣闊的交際圈，認識不少具影響力的政治人物，包括該市的 Joseph H. Twichell（1838－1918）、康涅狄格州的 Joseph R. Hawley（1826－1905）和馬薩諸塞州的 George F. Hoar（1826－1904）。他們都關心中國的發展，並反對蘊釀中的排華法

---

[5] Ibid, p.90, p.477 'Notes on the Report for the Year 1863' n.8; *Queen's College, 1862-1962*, p.23.

[6] *Queen's College, 1862-1962*, pp.24-25.

[7] 祁氏原文載鍾叔河主編，林汝耀等標點：《走向世界叢書》（長沙市：岳麓書社，1985），頁 211－265，鈴木智夫：《近代中国と西洋国際社会》（東京：汲古書院，2007），第 2 章，頁 23－106 為祁氏《日記》作出詳細譯註。

案。[8] 此外，鄺氏也與文學大家馬克吐溫（Mark Twain，1835－1910）相熟。[9]

身為肄業局的的翻譯員及實際上的英語教習和監管人之一，鄺其照對留美幼童的學習與生活應該有相當重要的影響力，但相關的史料不多。路康樂（Edward J. M. Rhoads）認為他與副監督容閎（1828－1912）、前任翻譯曾恒忠（來順、蘭生，1826－1895）和美方秘書加洛（William H. Kellogg，1853－1914）同一陣線，希望幼童們吸收最大量的西方知識及文化，進度越快越好，這與接受傳統儒家教育的歷任正監督及中國教習基本上只關注幼童們的中國學問及道德規範是對立的，而這種矛盾隨著幼童留美時間日長而越加尖銳。[10] 這一種觀點，筆者大體上同意，但認為應該更加注意鄺氏調解兩派紛爭的立場。鄺氏曾帶同私費留學生徐嘉猷（Chu Kia Yan）往美國，交由居於新哈特福德（New Hartford）的 Harriet G. Atwell（1832－？）女士照顧及教導。康涅狄格州歷史學會（Connecticut Historical Society）圖書館保存有鄺氏給她的信件，今摘錄四封的內容如下：

Please receive the enclosed check for the sum of $103.[50] given in yours bill for covering the expenses of Chu Kia Yan ending 30th Sept.

---

8 參 Steve Courtney, *Joseph Hopkins Twichell: The Life and Times of Mark Twain's Closest Friend* (Athens: University of Georgia Press, 2010).

9 Henry S. Cohn and Harvey Gee, ' "NO, NO, NO, NO!": THREE SONS OF CONNECTICUT WHO OPPOSED THE CHINESE EXCLUSION ACTS'，載 http://lsr.nellco.org/uconn/cpilj/papers/5/。

10 Edward J. M. Rhoads, *Stepping Forth into the World: The Chinese Educational Mission to the Unites States, 1872-81* (Hong Kong: Hong Kong University Press, 2011), p.86.

Will you favor me with a receipt for the same.

Some of our students have lately changed their location because they entered High School in other place, but no boys who study at family house have been transferred.

One of Kia Yan' s younger brothers have has cut off his queue without gathering my consent but all the members of our mission and I are quite displeased with what he has done so.

Please tell Kia Yan not to do so, as we are particular in having a queue no matter we are in China or other countries.

I send you the enclosed check for $\$132^{70/100}$ for covering Kia Yan' s expenses for the quarter ending 31st inst, please favor me with a receipt for the same.

About three months ago Kia Yan was here and I told him to write a leaf (that is 2 pages) of Chinese every day except Sunday and to send them to me at the end of every quarter. But he has not done so please ask him to send them to me if he has. If not, hereafter he has to do as what I told him before because I want him to keep up the Chinese writing. His two brothers do subject to my order.

Kia Yan had made complain of having not sufficient expenses for his own use, but I have a disagreement with that. However give him two dollars ($\$2^{\underline{00}}$) every month hereafter instead of one. At the end of next quarter please send me written examination paper on every branch of his study. Kia Yan' s letter will be sent to China by next mail.

Please excuse me for not answering your last letter with respect to the written examination paper. My intention is to request you at the end of every quarter give the Chinese student some questions on all the branches of his studies and to have him write the answers in papers without my assistance then send them to me.

I will send all the examination papers of the triad of his

brothers to their cousin in China at the end of every year.[11]

從中可見，鄺氏的監護人工作頗為全面。雖然徐是私費生，但對他的管教一如官費生。鄺很重視徐的中文學習進度，要求 Atwell 監督及匯報，而他也會把收到的習作及試卷寄返中國，讓徐的家人查看。鄺氏告誡徐不要仿效兄弟們剪辮的舉動，但認為可以酌情增加每月零用錢，這顯示出他兼顧人情與規條的處事態度。約三年半後，鄺氏因父親過世辭任翻譯一職，[12] 但仍保留字典委員會秘書的職銜。他於 1868 年鐫刻的《華英句語》由「南豐吳嘉善」題字，吳嘉善（1820－1885）字子登，即 1879 年起出任「肄業局」的監督，是容閎及諸幼童力斥為破壞留學事業者。[13] 鄺氏處於容、吳兩人之間，當日如何調劑其中，頗堪注意。

從 1879 年起，鄺其照專注於編寫適合中國學生學習英語及西學的參考書，並籌備出版事宜。他曾於 1879－1881 年間與馬薩諸塞州春田（Springfield）市著名參考書出版商 G. & C. Merriam Company 有書信往還，主要洽商採用該公司出版的 *Webster's Unabridged Dictionary* 的內容於其新

---

[11] 信件分別寫於 1876 年 10 月 3 日、12 月 30 日及 1877 年 2 月 24 日、3 月 17 日。

[12] Ruthanne Lum McCunn, *Chinese American Portraits: personal histories 1828-1988* (San Francisco: Chronicle Books, 1988, p.21) 指鄺氏曾任"the official translator and interpreter for the Chinese Educational Mission from 1875 to 1881"，有誤。

[13] 官費留美事業半途而廢，已有學者提出容閎等亦應當負上責任，不能獨責吳嘉善，而吳氏也非頑固守舊官僚的說法，參李志茗：〈"留學界之大敵"吳嘉善的再評價——兼析容閎與吳嘉善之衝突〉，《史林》，1994 年 3 期，頁 34－39；高紅成：〈吳嘉善與洋務教育革新〉，《中國科技史雜志》，28 卷 1 期（2007 年），頁 20－33。

版《字典》及新編《英文成語字典》的版權問題。期間，他曾透過該公司的聯繫，於 1879 年參觀該市的美國軍械廠。[14]

及至官費留學事業中止，鄺其照於 1883 年初返回中國，曾於上海從事新聞翻譯工作，充當上海道台邵友濂（1840－1901）的翻譯官。同年 8 月中法戰爭中馬江海戰爆發，兩廣總督張之洞（1837－1909）急需外語人材，於同月 24 日去電邵友濂欲調鄺氏往粵相助，鄺乃取道香港前往廣州。1885 年 4 月 13 日，張之洞接得總理衙門電文將與法國議和，遂委任鄺其照、孫鴻勳、徐殿蘭及韋振聲等「委員」偕稅務司吳得祿前往越南傳達撤兵聖諭。鄺氏等於同月 21 日乘船從香港出發，兩日後抵越，在當地逗留近兩個月。期間，在前往雲貴總督岑毓英（1829－1889）及提督劉永福（1837－1917）的軍營中，鄺氏等遇到土寇襲擊，幾乎喪命，又因水土不服患病，後被召回廣東。[15] 1886 年 7 月，張之洞決定在總督衙門設立「辦理洋務處」，在「總辦」一職下設專職人員，負責搜集中外條約、檔案、圖籍，辦理總督交辦之事，並酬對外國副領事及翻譯人員等，其中英文（總）翻譯一職由鄺氏出任。[16] 1887 年 2 月前後，留美幼童之一梁敦彥（1858－1924）就協助他工作。[17]

---

[14] 2004 年 3 月筆者得該館協助把這些檔案文稿攝製為微縮膠捲，特此致謝。

[15] 苑書義等編：《張之洞全集》（石家莊：河北人民出版社，1998），第 3 冊，頁 1928。按此集只收錄部份電稿，鄺氏使越的行程及經過，見姜亞沙編：《張文襄公（未刊）電稿》（北京：全國圖書館文獻縮微複製中心，2005），第 1 冊，頁 97－102。

[16] 吳義雄：〈清末廣東對外交涉體制之演變〉，《學術研究》，1997 年第 9 期，頁 75。

[17] 高宗魯：《中國留美幼童書信集（續一）》，頁 67 收錄 1887 年 2 月 23 日吳仰曾寫給巴特拉夫人的信，提到：「（梁）敦彥在兩廣

鄺其照的官階，可考者有二。一是「參軍」，見於徐潤（1838－1911）《徐愚齋自敘年譜》及王韜（1828－1897）〈英語彙腋序〉。[18] 參軍為明清時代「經歷」一職的別稱，經歷設於中央及地方政府不少部門，一般掌收發文移，官階由正六品至正八品。二是「司馬」，見於胡福英為《字典》所寫序。[19] 鄺氏往越南宣諭聖旨時職銜為「候選布（政司）理問」，官階從六品。張之洞於 1886 年 10 月 27 日上奏朝廷，以鄺氏赴越之行「艱險勞苦」，請以正五品「同知」（雅稱「司馬」）「儘先選用」。[20] 由此推知，張氏所奏後來為清政府所准。

除教育工作及從政生涯，鄺氏的辦報事業也為論者所熟悉。1874 年於上海創辦的《滙報》，他是「滙報局」董事，總理一切局務；分別於 1886 及 1891 年在廣州創辦的《廣報》和《中西日報》，他也是主持人之一。總的來說，這幾份報紙評擊西方侵略中國，也揭露清政府高級官員的腐敗無能，因此雖然流傳較廣，也曾得到一些地方官員的支援，但最終還是被禁刊。[21]

總督府協助鄺其照，鄺是英文總翻譯。」不過也有美國報章報道梁與鄺不在同一部門工作，參“Chinese American Students: Some Account of the Boys Sent to This Country to Get an American Education”, *New Haven Register*, Vol. XLV, issue 50 (March 1, 1887), p.1

[18] 徐潤：《徐愚齋自敘年譜》（臺北縣永和鎮：文海出版社，1978），光緒元年條，頁 46；王韜：〈英語彙腋序〉，載鄺其照編著：《英語彙腋初集》（出版資料見下文），頁 IX。此序寫於光緒十年五月（1884 年 5－6 月）。

[19] 胡氏序文書於「丁亥（光緒十三年）夏五」，即 1887 年 6－7 月間。

[20] 《張文襄公（未刊）電稿》，頁 100。

[21] 方漢奇：《中國新聞事業編年史》（福州：福建人民出版社，

鄺其照何時過世，目前還沒有能確定，一說在 1891 年，一說他在 1897 年的「幾年前就死了」，一說則在民國初年。[22] 其長子翰光（敬文）在 1902 年為《雜字撮要》作序時既稱他為「先君」，則其卒年當不晚於此。[23] 鄺氏有子六人，第三子雅敬（康臣，1876－？）於哈特福德出生，1883 年隨父回國，後來成為廣州的大商人。[24]

貳、鄺其照的著作

鄺其照的著作，經永嶋大典（Nagashima Daisuke）、內田慶市（Uchida Keiichi）、宮田和子（Miyata Kazuko）、高田時雄（Takada Tokio）、高永偉、鄒振環、黃良植諸氏整

2000），第 1 冊，頁 78－79、《中國新聞事業通史》（北京：中國人民大學出版社，1992－），第 1 冊，頁 484－487。有指在廣州創辦的《述報》亦由鄺氏主持，但據李磊：《"述報"研究：對近代國人第一批自辦報刊的個案研究》（蘭州：蘭州大學出版社，2002）的考證，創辦者當另有其人。

[22] 第一說見前引陳肇基文，第二說由黃植良提出，但他對此亦存疑（筆者按：黃氏所編鄺氏簡譜中指「Hang Chow 給路易莎杜利特爾（Louisa J Doolittle）寫信」一句，似誤以地名「杭州」為人名。）。第三說由鄺氏族侄鄺旺提出，見〈聚龍村與鄺其照〉，電子版見 http://www.gzzxws.gov.cn/qxws/lwws/lwzj/fcd_6/201012/t20101229_20175.htm。

[23] 載 1923 年版《華英字典集成》，頁 396，是文寫於「光緒壬寅年仲秋」。

[24] "The Noah Webster of the Chinese", *Hartford Daily Courant*, Dec. 3, 1912, p.5 提到鄺氏子"Hong Shun was about 8 years old when he returned to China"，文中也提到鄺氏已過世。康涅狄格州歷史學會圖書館保存有鄺康臣攝於約 1880 年的照片，英譯名字為"Chin Fun"，參電子影像 http://images.lib.uconn.edu/cdm/singleitem/collection/cho/id/4023/rec/2。

理介紹，學界所知已多，筆者亦曾撰文作概述。[25]今以與本文所述有關，略加引錄各書版本及內容特點，並增補筆者所見新資料如下。

一、《字典集成》、《華英字典集成》與《增訂華英字典集成》

《字典集成》初版（*An English and Chinese Lexicon*）面世於1868年，為英華（粵）詞匯書，詞條約共八千。1875年，修訂本面世，仍題《字典集成》（*An English and Chinese Dictionary*），詞條增至一萬二千，並在商業通信文書及方言中加入注音，1879年上海申報館據此以石印翻刻成「點石齋本」。鄺氏於1882年再增訂舊作，改題《華英字典集成》（*An English and Chinese Dictionary*），於上海、倫敦、香港及三藩市同時發行。此版「大大增加了單詞和短語的

---

[25] 永嶋大典：《蘭和・英和辭書發達史》（東京：ゆまに書房，1996再版）；內田慶市：《近代における東西言語文化接触の研究》（吹田市：関西大学出版部，2001）及前引〈鄺其照の玄孫からのメール〉；高田時雄：〈清末の英語學——鄺其照とその著作〉，《東方學》，第117輯（2009年），頁1－19；宮田和子：《英華辞典の総合的研究：19世紀を中心として》；高永偉：〈鄺其照和他的《英語短語詞典》〉，《辭書研究》，2005年第3輯，頁158－165及〈鄺其照和他的《華英字典集成》〉，《復旦外國語言文學論叢》，2001年第1期，頁101－107；鄒振環：〈晚清翻譯出版史上的鄺其照〉，《東方翻譯》，2011年第5期，頁29－37；Man Shun Yeung, "Bilingual and Cross-Cultural Education for Chinese Students in the Late Nineteenth Century: A Study of Kwong Ki Chiu (1836-1901?) and His Works", 2004 Annual Conference of the Mid-Atlantic Region of the Association for Asian Studies, October, 22-24, 2004, The University of Pennsylvania, Philadelphia, U.S.A., 2004。

條數，雜用詞語表也大大擴充」，「單詞的分類更加細緻和準確。許多單詞後面附加解釋定義或同義詞」，而「商業通信格式和大事年表都經過細心修訂」。此版後曾於 1887、1896、1899、1902 等年份再版，內容續有增訂。[26] 除鄺氏自行出版者外，商務印書館於 1899 年亦曾修訂此字典，出版時改題《商務書館華英字典》。

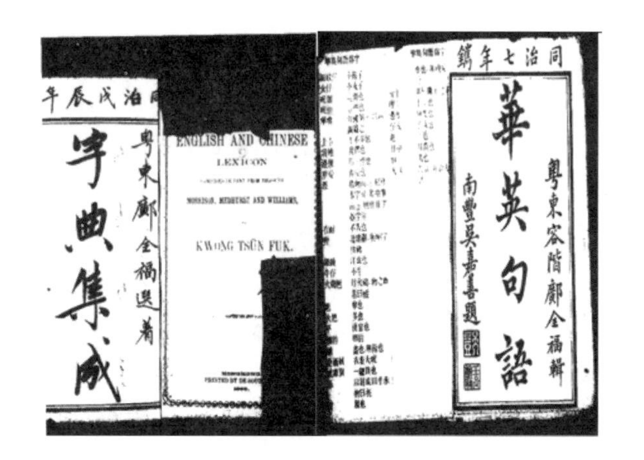

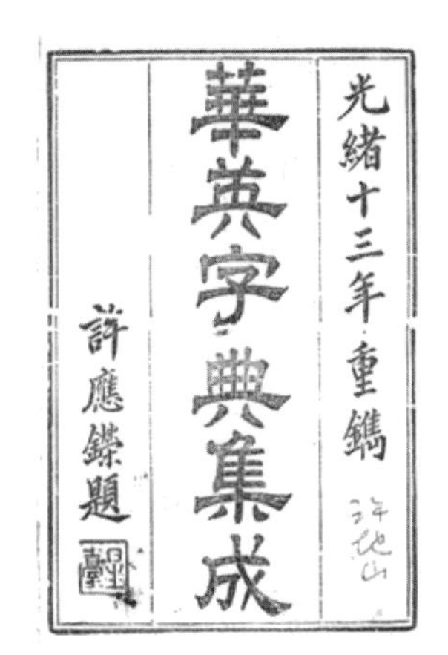

左圖　1868 年版《字典集成》，內附鄺氏《華英句語》。
右圖　1923 年版《華英字典集成》，底本為 1899 年版。

---

[26] 《近代における東西言語文化接触の研究》，頁228－230、232、238－240。內田指出《華英字典》1882年版跟前版相比，所受麥都思*Chinese and English Dictionary: containing all the words in the Chinese Imperial Dictionary, arranged according to the radicals*的影響越見減少，但沒有指出鄺氏增修時所用底本為何。據現存檔案史料，這底本當即*Webster's Unabridged Dictionary*，參“Bilingual and Cross-Cultural Education for Chinese Students in the Late Nineteenth Century”。

二、《英文成語字典》

《英文成語字典》（*A Dictionary of English Phrases with Illustrate Sentences*），1881 年於紐約、芝加哥、三藩市、倫敦及横濱出版。不管是中國學生還是外國人，在學習或查考英語短語時此書均具有重要參考價值，書首即載有歐美及日本各地人士的推介文字。日人增田藤之助（Masuda Tonosuke，1865－1942）改編此書，題為《英和雙解熟語大字彙》，1899 年由東京英學新誌社出版，後有 1902 及 1904 年再版本。商務印書館於清末民初出版的陳蔭明譯、顏惠慶（1877－1950）校訂《英漢成語辭林》和伍光建（1866－1943）編纂《英文成語辭典》，都提到鄺氏此書曾風行一時。

A
DICTIONARY
OF
ENGLISH PHRASES
WITH
ILLUSTRATIVE SENTENCES.

TO WHICH ARE ADDED
SOME ENGLISH PROVERBS, AND A SELECTION OF CHINESE PROVERBS AND MAXIMS; A FEW QUOTATIONS, WORDS, AND PHRASES, FROM THE LATIN AND FRENCH LANGUAGES; A CHRONOLOGICAL LIST OF THE CHINESE DYNASTIES, HARMONIZED WITH THE CHRONOLOGY OF WESTERN NATIONS AND ACCOMPANIED WITH AN HISTORICAL ACCOUNT OF THE RISE AND FALL OF THE DIFFERENT DYNASTIES; AND SHORT BIOGRAPHICAL SKETCHES OF CONFUCIUS AND OF JESUS.

BY
KWONG KI CHIU.
LATE A MEMBER OF THE CHINESE EDUCATIONAL MISSION IN THE UNITED STATES, AND COMPILER OF AN ENGLISH AND CHINESE DICTIONARY.

DETROIT
Gale Research Company • Book Tower
1971

左圖　1971 年復刻版《英文成語字典》

三、《英學初階》

是書於 1885 年同時在上海、倫敦、橫濱、香港及三藩市發行。全書共分八十九節，由淺入深，從英文字母、數字、動植物、日用器具談到山川景色、人物描述、軍事地理科技等主題。跟「系列」的其他著作不同，此書附有大量精美插圖，以便從事初等教育的人使用。據鄺氏自序，書名《英學初階》,「意使學讀英文者可為引證推求之用」。[27] 書中第 125 頁的插圖 “A Rocky Mountain Scene” ，應採自 Albert D. Richardson (1833－1869) *Beyond the Mississippi; from the great river to the great ocean* 一書。[28]

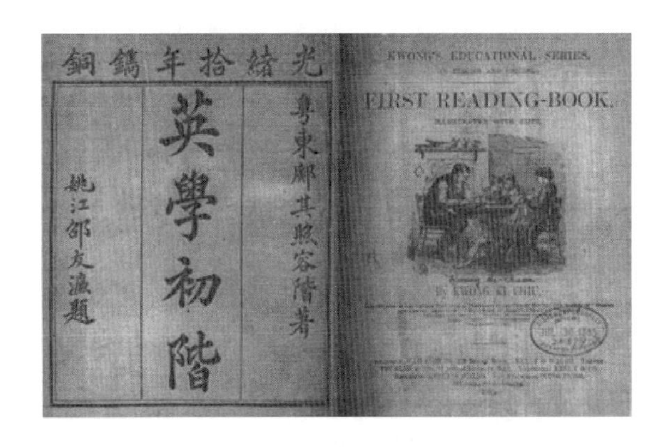

左圖 《英學初階》封面

[27] 《初階》，頁 VII。

[28] Albert D. Richardson, *Beyond the Mississippi; from the great river to the great ocean* (Hartford, Conn.: American publishing company; etc., 1867), p.302.

四、《英語彙腋初集》及《英語彙腋二集》

兩書亦於 1885 年同時在上海、倫敦、橫濱、香港及三藩市發行。《初集》分為七篇二百二十三節，首述字母、發音、拼字規律，次舉通用淺字，次析通用字分類，次列雜句類，次論英文特點及寫字法，最後以「身體」、「（人）倫（綱）紀」為目作引伸發揮。正文後附有俄國彼得大帝（Peter the Great）、林肯總統（President Liocoln）、格蘭特將軍（General Grant）及加菲爾德總統（President Garfield）四人的生平事蹟。《二集》分為十篇二百十二節，首論讀書法，次舉常用字，次載時令及天氣類語句，次析人的心思與七情，次列起床、穿衣、朝早問答等人事，次言食餐，次及讀書及書館事，次釋民居細務，次述遊歷及所見之物，最後以學堂及各教育相關條例之闡明作結。

《英語彙腋初集》封面　　《英語彙腋二集》封面

五、《應酬寶笈》

是書亦於 1885 年同時在上海、倫敦、橫濱、香港及三藩市發行，內載「書啟稟帖格式與吉凶儀禮等類，於學英文者最關急務。」[29] 正文前有書扎規格總論。正文分為十二篇，首四篇合計四十五節，分論各式書信寫作要旨及稱呼、款式，次析道賀信、慰問謝慰信、推薦介紹信。第五至八篇介紹貿易往來書信格式、致歉及建議類書信、單據及囑託類書信格式及拜帖等。第九篇共二十三節，論儀注及教儀。第十至十二篇先說明英語句讀、大寫用法、助活字用法、次為字後加字母法考釋，再次為各式題詞及其格式，最後開列中式紀年、歲時節氣用語及「官員頂色補服品級紀略」等作結。

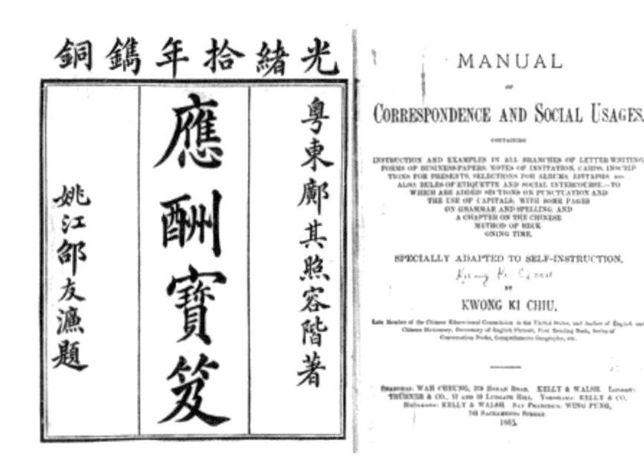
光緒拾年鐫銅

粵東鄺其照容階著

應酬寶笈

姚江郘友濂題

MANUAL

OF

CORRESPONDENCE AND SOCIAL USAGES.

CONTAINING

INSTRUCTION AND EXAMPLES IN ALL BRANCHES OF LETTER-WRITING, FORMS OF BUSINESS-PAPERS, NOTES OF INVITATION, CARDS, INSCRIPTIONS FOR PRESENTS, SELECTIONS FOR ALBUMS, EPITAPHS, &c. ALSO, RULES OF ETIQUETTE AND SOCIAL INTERCOURSE.—TO WHICH ARE ADDED SECTIONS ON PUNCTUATION AND THE USE OF CAPITALS; WITH SOME PAGES ON GRAMMAR AND SPELLING, AND A CHAPTER ON THE CHINESE METHOD OF RECKONING TIME.

SPECIALLY ADAPTED TO SELF-INSTRUCTION.

BY

KWONG KI CHIU.

KELLY & WALSH. TRÜBNER & CO. KELLY & WALSH. WING FUNG,

1885.

左圖　《應酬寶笈》封面

---

[29] 《初集》，頁 XX－XXI。

六、《翻譯新聞紙》

中國國家圖書館保存有鄺其照譯文兩冊，鉛印本。一冊載光緒十年五月－六月十一日（1884 年 6 月 23 日－8 月 1 日）譯稿，另一冊載十一年正月（有缺頁）－二月（1885 年 2 月 15 日－4 月 14 日）之間譯稿。以五月初一至初五的內容為例，譯稿題「廣東鄺其照繙譯，休寗張承顥叅校」，既有譯《字林（西）報》（*North China Daily News*）新聞，也有轉載《晉源報》、《文匯報》的內容；又有〈光緒十年五月初一至初五日繙譯西國近事〉，譯介同年三月初四－初十（1884 年 3 月 30 日－4 月 5 日）之間歐美報章的時事消息。[30]

七、私人信件

包括兩批。其一為康涅狄格州歷史學會圖書館保存容閎和鄺其照寫給 Harriet G. Atwell 女士的信件。[31] 容閎介紹鄺氏予 Atwell 認識的函件，寫於 1875 年 12 月 14 日。容閎提到鄺帶同私費生徐嘉猷來美，希望由她照顧及教導徐。鄺氏致 Atwell 的信件現存三十一封，寫於 1875－1878 年間，主要內容包括說明、查詢該生的生活及學習細節，向她傳達指示、要求做好監護工作，並按時匯寄監護費及徐的部份使費給她。其二為耶魯大學圖書館保存鄺氏致 G. &

[30] 2004 年秋筆者得該館協助取得光緒五年五月上旬部份譯稿複本，特此說明。有關此譯稿的更全面研究，參〈晚清翻譯出版史上的鄺其照〉。

[31] 2004 年夏筆者得該館協助把信件攝製為微縮膠捲，特此致謝。

C. Merriam Company 函件，寫於 1879－1881 年間，主要洽商採用 *Webster's Unabridged Dictionary* 的內容於其新版《華英字典集成》及新編《英文成語字典》的版權問題。期間，鄺氏曾透過該公司的聯繫，於 1879 年參觀該市的美國軍械廠。[32]

八、〈越南日記〉

載於《張文襄公（未刊）電稿》，記錄鄺其照等以「委員」身份前往越南傳達退兵聖諭的經過，時間由光緒十一年三月初七（1885 年 4 月 21 日）乘船從香港出發起，至五月初七（6 月 19 日）乘船返抵香港止。〈越南日記〉不僅詳細記載出使過程，還兼述沿途所見山川風土人情及時局現狀。此冊於〈越南日記〉前後還載有不具名者所撰〈謹將在越接譯英文電報數則附呈鈞鑒〉及〈謹將東京情形附列呈電〉，[33] 亦極有可能出自鄺氏手筆。

九、其他

除上述著作外，鄺其照尚有《地球五大洲全圖》一幅，為 1875 年單色印本，又有〈五大洲輿地戶口物產表〉及〈台灣番社考〉兩種，中國國家圖書館均有藏本，而後兩種亦

---

[32] 見於該館的“G. & C. Merriam Company Archive”，相關介紹參 Diana Smith, “Guide to the G. & C. Merriam Company Archive”, http://hdl.handle.net/10079/fa/beinecke.gcmerriam. 鄺氏所撰信件見於 GEN MSS 370” - (GEN MSS 370): Section I “Historical File”, Box 12, Folder 192 and Box 23, Folder 477。

[33] 《張文襄公（未刊）電稿》，第 3 冊，頁 1157－1160 及 1187－1198。

已收入王錫祺（1855－1913）編《小方壺齋輿地叢鈔》。又據〈英學初階序〉，鄺氏早年尚曾「將英國初學書一卷，譯著華文」。此「英國初學書」當指路康樂誤以為是《字典集成》所依據的底本，即 *The Irish First Book of Lessons*。鄺氏又著有《地球說略》，載各國「輿圖區宇所聚，垓埏所通」，[34] 為《初階》延伸讀物之一，惟佚存情況均不明。

參、《華英字典集成》及「鄺氏教育系列」所見晚清西學內容

晚清所謂「西學」，有廣狹二義，狹義特指近代歐美各國的自然科學與社會科學知識，廣義則為西方文化與知識的通稱。鄺其照於《初集》〈序〉有「不佞枕葄於西學者二十餘年矣」之句，王韜〈序〉亦言「今之為西學者有二，一曰由文義以達語言，一曰由語音以辨文字」，[35] 是皆採其廣義，尤以語言文字教育為其重點，最終則培訓出能與西方各國交涉往來的商貿、科技、法律和外交人材。派遣官費幼童留學美國是同治年間清政府的一項新嘗試。如果留學計劃成功，不僅這一百二十人可以直接為國所用，而且他們也會帶動潮流，讓國內學子更大規模學習西學。因此，如何有系統地從語言文字開始，到熟悉西方的應酬禮儀、政法制度、社會宗教和歷史文化等，就是鄺氏一直努力從事的教育和文化事業。據其自言，「系列」的編纂經過精心構思，再配合其他讀物，中國學子當能循序漸進地學習西學。《初階》等書為書館講授教材，《寶笈》則為自學教材，他推薦讀

[34] 《初集》，頁 XXI。
[35] 《初集》，頁 X 及 XV。

者在讀畢《初階》後，應當隨讀《初集》及《二集》，最後讀《地球說略》及《寶笈》。

鄺其照的著作有一個共通點，就是真實性高、帶有明顯的個人色彩，反映他在中國和美國的生活經歷和個人思想。他在《寶笈》中感謝史釗域的教導、在《字典》中有例句「我出差越南之東京時」，以及同書〈華英信札〉提到的不少人物和店鋪名字均與史實相符。[36] 以下兩例，也可以為證：

> 「駕上，汝是中國人麼？」「是，駕上。」「汝由中國何處來？」「由廣東省城。」「汝縣是何名？」「新寗。」「汝在哈富已久麼？」「五年餘。」「汝幾成一美國人了。汝悅意美國否？」「我甚悅意。」「我明白了。汝意多悅中國，是否？」「是真，駕上，人不能免偏愛其本國。」「我不責汝，此是自然之理。」[37]

> During the last few years I have per-formed my lite-ra-ry work in the house of Mr. Jay H. Filley, No. 22 Sum' ner St., Hart' ford, Conn.[38]

因此，仔細閱讀這些教材，實大有助於理解鄺氏提倡的西學內容，並評估其成效。

（一）鄺其照提倡的英語學習模式

---

36 《寶笈》，頁166；《字典》，頁 696。〈華英信札〉，頁 836 所言「金山大埠」「永豐店」的地址是真確的，「系列」諸書由該店於當地發行。

37 《二集》，〈美國人與中國人說〉，頁 183。

38 《寶笈》，頁167。據內田氏文頁 138－139，鄺雅敬於 1877 年起寄宿於 Filley 氏家中，而至少 1880 年時鄺其照也同住於此。

鄺氏於《初集》〈自序〉明確指出當時國內的新式學塾所用的西文教材並不適合國人使用，成效不高：

> 「邇來中邦多設西文學塾……獨是各塾所用以啟迪幼童之書，則猶未善也……西人所著幼學各書，用之於其國學校者，其徒皆曉然於西國語音者也；施之於華人，則多所未宜。蓋西人祇用此書以習文字焉耳……若華人則必先辨音而後識字，其辨音則必先辨之齒舌脣齶之間，故與西童同一誦讀是書，而難易分焉……其辨音識字，不若與人談論之易資習練，亦勢之所必然者也。況其書中有一字而數音者，苟不畫限以示分讀，苟不點記以示字中重音，則令肄習者何所適從，其畏難也必矣……前人所作英語各書，又皆僅見一斑，未能集厥大成，或限於篇幅，記載無多；或隘於見聞，采登未廣；或所習非所用，徒費課程，難專應對。」[39]

因此，「系列」改採以會話而非文法或閱讀為本的教授模式，既引發學習者的興趣，又能切合實際需要，即鄺氏所謂「倣傚出於自然，與嬰兒學話」無異之法。而《二集》較之《初集》，問答語氣尤為增備。[40]

綜合來說，在語音方面，「系列」「各書凡遇一字數音之處，均於字上加一點以示為重音，於字中加一畫以示微音，以助學習者掌握正確音韻，且易於記誦。至於中文語句，俱照尋常各處通用語音，

---

39 《初集》〈自序〉，頁 XV－XVIII。

40 同上，頁 XXVI－XXV；《二集》，頁 VI。

如日報中所錄文字，使人人皆曉。[41] 詞匯方面，《初集》、《二集》及《寶笈》於重要字詞均以濃墨印刷，《初集》共載英字三千二百，較過往的華英字書為詳備，《二集》又較《初集》增加七百六十餘字。書中所用成語，往往兼有註釋，記載精全；所載語句，多為日用應酬與貿易所需，實用性高。[42] 串字方面，《初階》於每節之首開列散字，讓學生將字母串引，以測試是否熟識。《寶笈》指出串字法為「西學常法」，但其中如「貼活字」（auxiliary verbs）等的用法，不論國人還是英國美國人均覺棘手，故書中把貼活字串成句語，並加上註解。[43] 句讀方面，鄺氏認為西文中此尤為重要，詞句清晰與否全在乎此，故此《寶笈》載有辨明句讀之法，並擇尋常而要緊句話，分段排解，又隨錄數句，以作示範，更於所引例款中詳加論述。[44] 文法方面，「系列」重點在口語會話，於此沒有大篇幅的介紹。鄺氏認為「既識說話，便知文法，不必多讀深奧各英書」，故文法特求淺近易學。[45] 最後，整個「系列」中，只有《初階》一書附有繪圖，用意是把「天下各方物產可供採覽者，務雕鐫其模像，復宣釋以文言行見」，以便於初等教育時使用。《寶笈》為公私對應酬酢之作，故多錄信札稟帖例式，而招牌墓誌模格，亦俱錄有數款，以備學者參考。其中遇有詞句意義有別，均附以旁解。書中特有一章，備寫禮物字樣、載列姓名格式，與吉凶大小儀節。[46]

字典是學習語文的基礎工具書，於詞匯的掌握尤為重要。鄺氏於此頗有自信，《二集》載有模擬兩人對話如下：

---

[41] 《初階》，頁 IX；《初集》，頁 XXIII 及 XXIV；《寶笈》，頁 XI。
[42] 《初集》，頁 XXIII 及 XXIV；《二集》，頁 VI。
[43] 《初集》，頁 X；《寶笈》，頁 XIII。
[44] 《寶笈》，頁 XIV。
[45] 《初集》，頁 XXV。《二集》頁 5－8 專論文法，而頁 1－20 其實亦為介紹文法的部份。
[46] 《寶笈》，頁 XV 及 XI。

「汝手執大書是何書？」「是我字典。」「是華字典否？」「是華英字典。」「誰人作此？」「是上好作手，我勸汝買。」「全否？」「我度甚全。」「每字載有註解否？」「每字有音及解。」「汝肯與我看否？」「甚悅意。」「各樣記號何多？」「他是分音輕重的。」「如此令人難讀些。」「不久便慣，汝將來自知。」「我以為字略小。「汝須知字典，祇用以查字。」……「我亦知此字典之字，配搭得宜。」「汝看其載許多事故。」「是。諺語、成語、喻言、常談，俱無欠闕。」「我立意買一部。」「如此更好，因汝小字典不全。」「是，我必買一大字典，如此部的。」[47]

為了豐富《字典》的內容，鄺氏在正文後又附加〈雜字撮要〉、〈語言文字合璧〉、〈中外年表〉等多種資料，使它能更有效幫助讀者學習西學。正如高永偉所分析，《字典》較前此同類型著作有三個突破點：一、明確為中國人學習英語而編寫、二、在收詞、詞目譯名、例證設置等方面均有所改進，三、實用性有所提高；不過書中仍然存在立目混亂、譯文不當或誤譯、例證設置標準不一和印刷錯誤較多的問題。[48] 有的論者也提到書中沒有收載專有名詞如“Kangaroo”，以「黨」譯“party”也連帶傳統的貶義概念，而以「節用、節儉」譯「經濟（economy）」一詞也不準確。[49] 不過，這自然是瑕不掩瑜的。

47　《二集》，頁362－363。

48　〈鄺其照和他的《華英字典集成》〉，頁105－106。

49　周振鶴：〈十九、二十世紀之際中日歐語言接觸研究——以‘歷史’、‘經濟’、‘封建’譯語的形成為說〉，《傳統文化與現代化》，1996年6期，頁50；方維規：〈西方“政黨”概念在中國的早期傳播〉，《二十一世紀》，2007年2期，頁61；“Australian English in English-Chinese Dictionaries”, *Australian Style*, Volume 19 No. 1 (October , 2012), p.1，電子版見

在鄺氏而言，教育固然以語文為起點，但卻不限於此，如書法一項，即為他所強調：「（《初集》）編末所論字學，極為切要」，「凡為師者，當留意於書內所論書法一章」，這就是指書中細論寫字法、紙筆墨桌等工具、坐位及執筆法、字母學習法等項的第五篇第五一十節。文中指出「好字，是要務否？」「是，中華諺語云：字為外才（external talent）」，從實用角度來說，「失業人，若寫得好字，不難得一職事。」《寶笈》於推薦介紹信類所列例子，即強調寫得好字易於受僱。[50]

（二）鄺其照對中西政法制度、文化社會、宗教思想等方面的比較和評論

「系列」由《初階》作起點，全書以介紹西方以至世界各地的自然風光、動植物、風俗人情及新科技發明為主，較少鄺氏個人評論和感情流露的文字。但從《初集》起，撰寫風格有了明顯的轉變，而由於它是入門讀物，影響相信較之《二集》尤大。全書政治觀點鮮明，評論及於同時代的政治人物。鄺氏推許曾國藩（1811－1872）、蔣益灃（1833－1874）和黎兆棠（1827－1894），寫後二人的篇幅甚長，重點說明黎氏主持福建船政學堂，「考選幼童入館，教英文及行船」，為「實心整頓之官」；而蔣氏推行「為國為民善政」，為「後人感恩」，卻因被誣告而降職他調。[51] 全書中文部份以此作結，繼以英文介紹前述彼德大帝等四位西方近代史上赫赫有名的帝王和總統，而重點尤在彼德大帝和格蘭特總統。[52] 前者為專制君主，但鄺氏寫他為國民而借鑒外國經驗，致力改革，並為此作出種種犧牲。三位美國總統的傳奇生平，則展示出他們由微不足道奮鬥至成為偉人的過程，是引發中國

---

http://www.ling.mq.edu.au/news/australian_style/v19_no1/Australian%20Style%2019.1.pdf。

50 《初集》，頁 XXI－XXII；《寶笈》，頁 51 及 178－187。

51 《初集》，頁 228－230。

52 同上，頁 231－247。

年青讀者向上的榜樣。結合《寶笈》第二十一節〈美國總統及國會紳耆職守〉及二十二節〈美國各省政治〉來看，[53] 鄺氏讚美的不僅是三位總統的個人素質，還在於為他們提供上進機會的政治制度。

有關文化和社會方面的介紹，「系列」各書顯出不同的編寫立場。《初集》於中西文化有兼容並舉之意，如在「他是誠求上帝人」一條下便是「孝心最好」；書中四次引用孔子（前551/552－前479）的言論，而談及基督教和「上帝」之處只有兩條，且不涉教義解說。[54]《二集》介紹西方的比重增大，談及基督教、「上帝」、聖經之處有四條，沒有再徵引孔子和儒者的言論，對中國典章制度和社會風氣亦多持批評態度。[55] 這種轉變，於「中國堅意法古，率由舊章」一條可以看到，而其傾向基督信仰一點，則由〈如何教人傳教〉一條可見。不過，總的來說，鄺氏主要從比較方法展示中西方在得功名及出仕/得官制度上的不同。[56] 至於《寶笈》，重點在說明中西方在禮儀習俗、信札函件的文體格式等方面的異同之處，沒有表達出明顯的褒貶態度，而且從「《新約全書》教人處世待人事，多與孔孟之教相同。」一句，亦可說明鄺氏持中西文化融通的立場。[57]

不過，有兩方面鄺其照是明顯認為中國應效法西方的。其一是美國的教育制度。《二集》〈凡例〉有言：

> 集內附錄一章，專講美國讀書事宜及各處學塾開設之盛，甚願學者留意此中節略，詳覽其規模條例，

---

53 《寶笈》，頁197－215。

54 《初集》引孔子言論之處，見頁124、180、201及227；頁227也有引子貢的話。提到「上帝」之處包括頁41及85。

55 《二集》論基督教之處見頁12、21、195及378；XXI－XXII；《寶笈》，頁51及178－187。

56 《二集》，頁19、378及頁383、392。

57 《寶笈》，頁192。

> 俾知所取法，並望我國家製作日隆，盡臻美善，於西國各有用之學，務求美備，如知美國等有妥善章程，亟宜仿行，頒發學塾，藉使造就人材，儲以待用。[58]

其二是興辦報業。《初集》〈富國強兵〉條有言：

> 故新聞紙，應准其到處分派不禁，及准主筆人將君民事情著論……西國試行此法，其效極佳，凡准開日報之國，百姓最廣見聞，及少拘泥，較易興發，足致安樂，外國自聯聲氣。依此而行，其國何難強盛。[59]

證諸鄺氏生平事蹟，兩條所論正其半生努力之事業目標。

（三）鄺其照筆下留美學童的學習與日常生活情況

眾所周知，即使出洋肄業局的正監督如陳蘭彬（1816－1895）、吳嘉善，對於留美幼童的學習與生活都有很多不滿之處。[60] 如何能把留學事業的正面訊息傳遞出來，尤其讓國內新舊知識份子認清留學的價值，是鄺氏著作的重點之一。《二集》有〈讀書書館事〉一章，從不同方面較全面描述留美學童們的學習生活。在他的筆下，學童們是用功而懂得分配時間的：

> 「汝何故如此歡喜？」「我喜因將近放假」……「若

58 《二集》，頁 IX。
59 《初集》十一節，頁 220。
60 李志剛：《容閎與近代中國》（台北市：正中書局，1981），頁 110－111 歸納陳蘭彬的論點有五而吳嘉善的論點有八。

> 假期如此久，汝豈不生厭？」「毫不見厭，且望玩樂甚多。」……「人或料汝不喜讀書。」「我願意讀書用功，但不能空過放假時候。」……「汝說得合理，我甚悅意。」「我遵先生教訓。」「是何教訓？」「放假時自己娛樂，讀書時務必認真。」

> 「汝或玩弄多於讀書。」「確不是，應讀書時則讀書，放學時方往玩弄。」「此是甚合，我見汝悅意此搭鑊館，我甚歡喜。」[61]

對於指責他們常運動一點，鄺氏從保持身體健康上解釋，指出「用工後稍歇為血脉運動，以保元氣」、「學徒最要令其多得天地生氣，及宜舒展。」[62]

鄺氏明言教育學童須從嚴，「有過不責，不能去其惡習」，並引孔子之言「愛之能勿勞乎？」為據。因此，「我面斥此童，因其慣習懶惰」、「當眾嚴斥此學生，因其不遵規矩。」而最終「他卻知我合理。」[63] 要知道學生有無進益，父母或代管人每月會從學校收到月結單，載明學生的功課高下，並須簽名，然後寄回其師。[64] 《初集》第七章為〈倫紀類〉，分為〈治家〉、〈子職〉、〈敬長〉、〈學生職分〉、〈夫婦門〉、〈夫道〉、〈婦道〉、〈睦鄰〉、〈友道〉、〈待工匠〉及〈政教〉等項教育學童，當中有不少徵引儒家經典之處，但沒有要求學童向尊長行跪拜之禮。[65] 所以，筆者認為鄺氏是嘗試調

---

61 《二集》，第十五節〈外國冬至〉，頁 45－46 及 155。「搭鑊館」即 “Boarding school”。

62 《初集》，頁 193。

63 同上，頁 31 及 201。

64 《二集》，頁 373。

65 《初集》，頁 199－213 及 222－227。

和中西文化風俗、求同存異的人。《寶笈》中就有不少篇章比較中西禮儀習俗的不同之處，[66] 不僅是要讓學童習知，也是讓其他中外讀者知道要入鄉隨俗，不要拘泥。

同樣的立場，也見於他解釋學童們有信奉基督教、拜上帝、參加家庭禮拜、星期日至教堂瞻禮的原因。鄺氏認為信教和祈禱有它的積極意義：〈倫紀類〉第二十八節〈祈禱〉載一兒早晚俱誦祈禱文，求上帝賜福予父母、求賜父母長命安樂。他也代弟祈禱，求獲上帝眷顧，如母親眷顧自己一般。他又代全家祈禱、代貧而無父母的孩童和一切不幸人祈禱。他也為自己祈禱，求上帝保佑他作好孩子，遵從教導、恭敬師長，令父母安樂。所以鄺氏以「此是甚好，我兒，朝晚常求上帝，自然賜福與汝」作結。宗教信仰、文化差異雖然存在，但如教理能導人向善，與中國傳統孝敬慈悲觀念結合，則當鼓勵學童信教，甚至在他們信教後向人傳教。[67]

肆、鄺其照的著作在晚清西學傳播上的貢獻與影響

鄺其照編寫的雙語教材，在晚清中外社會曾引起廣泛注意和使用，在傳播西學上有較大貢獻和影響。他早年所譯的「英國初學書一卷」，至遲在 1875 年上海就有了盜印版。[68] 影響力更大的《字典集成》初版面世，鄺氏自言其銷情頗佳，表現了「公眾對這樣一本書的需要和讚賞」。1875 年修訂本出版，改題《華英字典集成》，銷路也很好，1879 年上海申報館申昌書畫室「點石齋」出版了石印翻刻本。鄺氏於 1882 年再推出增訂本，作出精心修訂，自信此版「比

---

[66] 《寶笈》，第九章〈儀注及教〉，頁 104－164 即為一例。

[67] 《二集》，第二十八節〈祈禱〉，頁 195－196；「如何教人傳教」條，頁 378。

[68] *Stepping Forth into the World*, pp.35, 236.

以前的版本更能充分適應他們（按：指公眾）的需要，在引導英國人和中國人更充分地相互瞭解對方的語言和文學方面盡一己的職責。」在 Bancroft 的訪問中，他指出《字典》在中國猶如《韋氏大字典》（*Webster' s*）在美國那般普及。[69] 至 1899 年，商務印書館亦曾補訂此書，出版時改題《商務書館華英字典》。

對於鄺氏《字典》，辜鴻銘（1857－1930）批評它只是羅存德（Wilhelm Lobscheid，1822－1893）《英華字典》的簡單濃縮和轉錄，[70] 這是不準確的。《字典集成》的封頁已明言這是在綜合馬禮遜（Robert Morrison，1782－1834）、麥都思（Walter Henry Medhurst，1796－1857）和衛三畏（Samuel W. Williams，1812－1884）三人已有的成果上編寫的，何況鄺氏也加入了一些新詞條。其後於 1887、1896、1899、1902 等年份出版的各種版本，內容均續有增訂。[71] 前文介紹的〈越南日記〉，鄺氏於四月廿二、廿三兩日及二十七日的條目下就提到他乘公務之暇增改《華英字典》。[72] 由此可見，此書實是鄺氏二十年如一日、堅持不斷改進的成果。

《華英字典集成》對清末雙語詞典的編寫亦具先導作用。顏惠慶任職商務印書館時，與王佐廷合作增訂此書，改稱《商務書館華英字典》，於 1906 年出版。1904 年該館的銷售廣告有言：

---

69 "The Chinese in America 1883", p.1.

70 Ku Hung-Ming, "Introductory Notes", *Commercial Press English and Chinese Pronouncing Dictionary,* 載那須雅之監修：《近代英華・華英辞書集成》（東京：大空社，1999，據上海商務印書館 1903 年原版）。

71 《近代における東西言語文化接触の研究》，頁 228－230、232、238－240。

72 《張文襄公（未刊）電稿》，頁 1171 及 1173。

> 鄺君其照曾輯《華英字典》，頗便學界，顧世人尚欠缺略，茲特增益二萬餘字，全書計四萬言。釋義詳明，注詞嫺雅，並以文字連綴成句，以便選用。附錄減筆字解各種記號。有志西文者不可不手一編也。[73]

對鄺氏篳路藍縷之功有充份肯定。「點石齋本」《字典》尤其受歡迎，據說是每個能以英語寫作的中國人都熟知這個版本，而根據葉曉青的研究，《字典》也曾列入光緒帝學習英語的購書單中。[74] 馮鏡如（？－1913）在 1903 年出版的《新增華英字典》中，提到其師羅存德的《華英字典》久為涉獵西學者視為圭臬，但自譚達軒及鄺其照等的著作面世，「購之者眾而原書幾泯乎無傳」；汪康年（1860－1911）為馮氏書作序，亦言鄺、譚之「仿輯行世，久之，業西學者靡不案置一部，珎同拱璧。」由此可見《字典》在當時廣為流傳。[75]在日本，英語學者永峰秀樹（Nakamine Hideki，1848－1927）於明治十四年（1881）把 「點石齋本」《字典》施以訓譯，由東京竹雲書房發行，明治二十四年（1891）再版發行。[76]

---

73 鄒振環：〈光緒皇帝學習英語二三事〉，《清史研究》，2009 年第 3 期，頁 107－115。

74 *The North-China Herald and Supreme Court & Consular Gazette*, Vol. 43 (August, 1889), "Readings for the Week", p.136; 葉曉青：〈光緒帝最後的閱讀書目〉，《歷史研究》，2007 年第 2 期，頁 180－183。

75 兩文均載 F. Kingsell, *A Dictionary of the English and Chinese Language, With the Merchant and Mandarin Pronunciation* (Yokohama: Kingsell & Co., 1899)書首。

76 豐田實：《日本英學史の研究》（東京：岩波書店，1939；1995 年再版），頁 96－103。

其實早從編纂《字典集成》開始，鄺其照一直以他的作品作為中國學子的英語讀物或參考書，但同時也有意把西方人和日本人納入讀者群。《初集》〈凡例〉第七、八條有言：

> 是書所著華文，俱照尋常各處通用語音，如日報中所錄文字，人人皆曉。至文法，特求淺近易學，使西人習華語華文者，亦當引用。
> 是書平易通達，即如日本各國等人，操此以習西學，無不適用，皆能貫通也。[77]

《寶笈》亦言：「書中有偶引中國風俗、比較西邦習尚者，欲令西人讀此書，即識中國日用事宜，且藉點綴參差，彌增旨趣。」[78] 正因為預期這些著作會引起廣泛注意，所以鄺氏在各書的封頁及〈凡例〉的最後一條均列明取得中國和國外的牌照，以杜絕翻刻。許應鏘（1837－1896）於光緒十二年（1886）仲冬序《增訂華英字典集成》時，也提到鄺氏諸書「凡屬洋商及肄習西文學童，皆已家置一編，藉資考證。」胡福英於翌年夏為同書作序，說明了鄺氏編寫諸作時有通盤考慮，以期學子能循序漸進學習：

> 撰著群書，分別門類。其詞旨切近，藻繪紛披，引使隨肩，瞭如指掌，則《英學初階》之作，實引人入勝之資。而且《英語彙腋》著為編裘，千金而粲粲；《英文成語》輯其要錦，五色而翩翩。乃猶慮察識未遍，金瀛莫辨，覽乎碁布星羅之象，儀度未參異國，奚晉接於珠槃玉敦之交。於是《地球說略》、《應酬寶笈》兩書復同時備出焉。

有論者亦指出這套英文系列叢書，「在清末時期曾多次再

77　《初集》，頁 XXIII。
78　《寶笈》，頁 XIII。

版，是洋務派必讀之書，深受各界歡迎，暢銷東南亞和北美地區。」[79] 如果這是指「系列」，那大概是不錯的，但《字典》的情況則不同。由於要取得 G. & C. Merriam Company 同意使用《韋氏大字典》的內容，鄺氏《字典》在美國發行的冊數既有限制，售價也較高，未能於中國新移民中普及起來，因而不宜誇大其作用。[80] 不過，鄺的著作廣受國際出版及學術界注意及引錄卻是事實。如高第（Henri Cordier，1849－1925）於 1892 年《通報》撰文介紹最新的中國研究成果時，便列出兩部《字典》及「系列」各書。[81] William S. Sonnenschein（1855－1931）於 1895 年初版、1907 年再版的《讀者指南》中，也同樣列出除《初階》以外的上述著作。[82]

鄺氏推崇美國教育制度，這一點頗為具遠見的知識份子所認同。鄭觀應（1842－1922）《盛世危言》〈學校・上〉所附〈英法俄美日本學校規制〉中所論美國教育，即應源自鄺氏的著作。[83] 鄭氏又徵引鄺氏自美歸國後提到美國

---

79 吳志誠：〈聚龍村名人鄺其照——清末嶺南書報業界鉅子〉，文載廣州文史網 http://www.gzzxws.gov.cn/gxsl/zts/rwcq/201112/t20111215_25770.htm。

80 Stewart Culin, "Customs of the Chinese in America", *Journal of American Folklore*, Vol.3, no.10 (July-September 1890), p.192, note 1.

81 Henri Cordier, "Half a decade of Chinese Studies (1886-1891)", *T'oung Pao*, Vol. 3, No. 5 (1892), pp. 540-541.

82 William S. Sonnenschein, *A Reader's Guide: To the Choice of the Best Available Books {About 50,000) in Every Department of Science Art and Literature with the Dates of the First and Last Editions and the Price Size and Publisher's Name of Each Book* (London: Swan Sonnenschein & Co. Ltd; New York: G. P. Putnam's Sons; Boston: The American Library Bureau, 1901), pp.XXXVI, 660.

83 夏東元編：《鄭觀應集》（上海：上海人民出版社，1982－

「技藝院」（實業學堂）辦學情況的言論，還希望朝中重臣能加以採用。《盛世危言・後編》〈擬創設工藝書院機器廠節略〉有言：

> 余於癸未年（光緒九年，1883）繕呈鄺容階參贊所譯《美國水師學堂・工藝學堂・德國陸軍學堂各章程》，請北洋大臣張靖達（樹聲，1824－1884）、南洋大臣曾忠襄（國荃，1824－1890）及時奏辦，深冀總師幹 者痛除積痼，幡然一變。不料其泄遝至今，此我輩所悵然失望者也。[84]

惜其事終無成。鄺氏另一重要作品《英文成語字典》於晚清中外學界亦曾產生重要影響，本文以篇幅所限，未能作深入討論，他日將另撰文再作介紹。

1988），上冊，頁 258－259，此文後又收入陳忠倚輯：《皇朝經世文三編》（台北：國風出版社，1965）卷 43，頁 13。

[84] 同上，下冊，頁 174－175。

徵引及參考文獻

陳忠倚輯：《皇朝經世文三編》（臺北：國風出版社，1965）。
方漢奇：《中國新聞事業編年史》（福州：福建人民出版社，2000）。
方漢奇：《中國新聞事業通史》（北京：中國人民大學出版社，1992－）。
方維規：〈西方"政黨"概念在中國的早期傳播〉，《二十一世紀》，2007 年 2 期（2007 年 4 月），頁 57－72。
高紅成：〈吳嘉善與洋務教育革新〉，《中國科技史雜誌》，28 卷 1 期（2007 年），頁 20－33。
高永偉：〈鄺其照和他的《英語短語詞典》〉，《辭書研究》，2005 年第 3 輯，頁 158－165。
高永偉：〈鄺其照和他的《華英字典集成》〉，《復旦外國語言文學論叢》，2001 年第 1 期，頁 101－107。
姜亞沙編：《張文襄公（未刊）電稿》（北京：全國圖書館文獻縮微複製中心，2005）。
鄺其照編譯：《翻譯新聞紙》（中國國家圖書館藏鉛印本二冊）。
鄺旺：〈聚龍村與鄺其照〉，《廣州文史・芳村文史第 6 輯》，http://www.gzzxws.gov.cn/qxws/lwws/lwzj/fcd_6/201012/t20101229_20175.htm
李磊：《"述報"研究：對近代國人第一批自辦報刊的個案研究》（蘭州：蘭州大學出版社，2002）。
李志剛：《容閎與近代中國》（臺北：正中書局，1981）。
李志茗：〈"留學界之大敵"吳嘉善的再評價——兼析容閎與吳嘉善之衝突〉，《史林》，1994 年 3 期，頁 34－39
宮田和子：《英華辞典の総合的研究：19 世紀を中心とし

て》（東京：白帝社，2010）。
永嶋大典：《蘭和・英和辭書發達史》（東京：ゆまに書房，1996 年再版）。
那須雅之監修：《近代英華・華英辞書集成》（東京：大空社，1999；據上海商務印書館 1903 年原版）。
鈴木智夫：《近代中国と西洋国際社会》（東京：汲古書院，2007）。
高田時雄：〈清末の英語學——鄺其照とその著作〉，《東方學》，第 117 輯（2009 年），頁 1－19。
豐田實：《日本英學史の研究》（東京：岩波書店，1939；1995 年再版）。
內田慶市：《近代における東西言語文化接触の研究》（吹田市：関西大学出版部，2001）。
內田慶市：〈鄺其照の玄孫からのメール〉，《或問》，第 19 號（2010 年 12 月），頁 134。
吳義雄：〈清末廣東對外交涉體制之演變〉，《學術研究》，1997 年第 9 期，頁 72－77。
吳志誠：〈聚龍村名人鄺其照——清末嶺南書報業界鉅子〉，“廣州文史網”，
ttp://www.gzzxws.gov.cn/gxsl/zts/rwcq/201112/t20111215_
25770.htm
夏東元編：《鄭觀應集》（上海：上海人民出版社，1982－1988）。
徐潤：《徐愚齋自敘年譜》（臺北縣永和鎮：文海出版社，1978）。
葉曉青：〈光緒帝最後的閱讀書目〉，《歷史研究》，2007 年第 2 期，頁 180－183。

苑書義等編：《張之洞全集》（石家莊：河北人民出版社，1998）。

鍾叔河主編，林汝耀等標點：《走向世界叢書》（長沙市：岳麓書社，1985）。

周振鶴：〈十九、二十世紀之際中日歐語言接觸研究——以'歷史'、'經濟'、'封建'譯語的形成為說〉，《傳統文化與現代化》，1996年6期，頁48－54。

鄒振環：〈光緒皇帝學習英語二三事〉，《清史研究》，2009年第3期，頁107－115。

鄒振環：〈晚清翻譯出版史上的鄺其照〉，《東方翻譯》，2011年第5期，頁29－37。

傳記文學雜誌社編輯，高宗魯譯註：《中國留美幼童書信集》（臺北：傳記文學出版社，1986）。

Atwell, H. Georgia, "Correspondence, 1875-1885 (1 folder)", Historical manuscripts, Connecticut Historical Society Library.

Bickley, Gillian, The Development of Education in Hong Kong 1841-1897: as Revealed by the Early Education Reports of the Hong Kong Government 1848-1896 (Hong Kong: Proverse Hong Kong, 2002).

Chan, Bruce A., "The CEM Staff: Three Notable Figures", http://www.cemconnections.org/index.php?option=com_content&task=view&id=183&Itemid=61

Cohn, Henry S. and Gee, Harvey, ' "NO, NO, NO, NO!": THREE SONS OF CONNECTICUT WHO OPPOSED THE CHINESE EXCLUSION ACTS', http://lsr.nellco.org/uconn/cpilj/papers/5/

"Connecticut History Online",

http://www.cthistoryonline.org/cho/project/index.htm

Cordicr, Henri, "Half a decade of Chinese Studies (1886-1891)", T'oung Pao, vol.3, no.5 (1892), pp. 540-541.

Courtney, Steve, Joseph Hopkins Twichell: The Life and Times of Mark Twain's Closest Friend (Athens: University of Georgia Press, 2010).

Culin, Stewart, "Customs of the Chinese in America", Journal of American Folklore, vol.3, no.10 (Jul.-Sept., 1890), pp.191-200.

Gao Yongwei, "Australian English in English-Chinese Dictionaries", Australian Style, vol.19, no.1 (Oct., 2012), pp.1-4,
http://www.ling.mq.edu.au/news/australian_style/v19_no1/Australian%20Style%2019.1.pdf

Kingsell, F., A Dictionary of the English and Chinese Language, with the Merchant and Mandarin Pronunciation (Yokohama: Kingsell & Co., 1899).

Kwang, Ki-Chaou, "The Chinese in America 1883",
http://content.cdlib.org/ark:/13030/hb9h4nb3bg

Kwong, Ki-chiu, An English and Chinese Dictionary (Hong Kong: Kelly and Walsh, 1923).

Kwong, Ki-chiu, A Dictionary of English Phrases with Illustrative Sentences (Detroit: Gale Research Co., 1971, Facsimile of the 1881 edition).

Kwong, Ki-chiu, "Correspondence, 1879-81 and 1870-80",
"G. & C. Merriam Company Archive": Section I
"Historical File - Box 12 Folder 192 and Box 23 Folder

477", Beinecke Rare Book and Manuscript Library, Yale University Library.

Kwong, Ki-chiu, Manual Correspondence and Social Usages (Shanghai: Wah Cheung; London: Kelly & Walsh; Yokohama: Kelly & Co.; Hong Kong: Kelly & Walsh; San Francisco: Wing Fung, 1885).

Kwong, Ki-chiu, The First Conversation Book (Shanghai: Wah Cheung; London: Kelly & Walsh; Yokohama: Kelly & Co.; Hong Kong: Kelly & Walsh; San Francisco: Wing Fung, 1885).

Kwong, Ki-chiu, The First Reading Book (Shanghai: Wah Cheung; London: Kelly & Walsh; Yokohama: Kelly & Co.; Hong Kong: Kelly & Walsh; San Francisco: Wing Fung, 1885),

Kwong, Ki-chiu, The Second Conversation Book (Shanghai: Wah Cheung; London: Kelly & Walsh; Yokohama: Kelly & Co.; Hong Kong: Kelly & Walsh; San Francisco: Wing Fung, 1885).

Kwong, Tsün Fuk, An English and Chinese Lexicon (Hong Kong, Printed by De Souz & Co., 1868).

McCunn, Ruthanne Lum, **Chinese American Portraits: Personal Histories 1828-1988** (San Francisco: Chronicle Books, 1988).

"Readings for the Week", The North-China Herald and Supreme Court & Consular Gazette, vol. 43 (Aug., 1889), p.136.

Rhoads, Edward J. M., Stepping Forth into the World: The Chinese Educational Mission to the Unites States,

1872-81 (Hong Kong: Hong Kong University Press, 2011).

Richardson, Albert D., Beyond the Mississippi; from the Great River to the Great Ocean (Hartford, Conn.: American publishing company; etc., 1867).

Smith, Diana, "Guide to the G. & C. Merriam Company Archive", http://hdl.handle.net/10079/fa/beinecke.gcmerriam.

Sonnenschein, William S., A Reader's Guide: To the Choice of the Best Available Books (About 50,000) in Every Department of Science Art and Literature with the Dates of the First and Last Editions and the Price Size and Publisher's Name of Each Book (London: Swan Sonnenschein & Co. Ltd; New York: G. P. Putnam's Sons; Boston: The American Library Bureau, 1901).

Stokes, Gwenneth, Queen's College, 1862-1962 (Hong Kong: Queen's College, 1962).

Tang, Louise Su, Cantonese Yankee (Pasadena, CA: Oak Garden Press, 2010).

"The Noah Webster of the Chinese", Hartford Daily Courant, Dec. 3, 1912, p.5

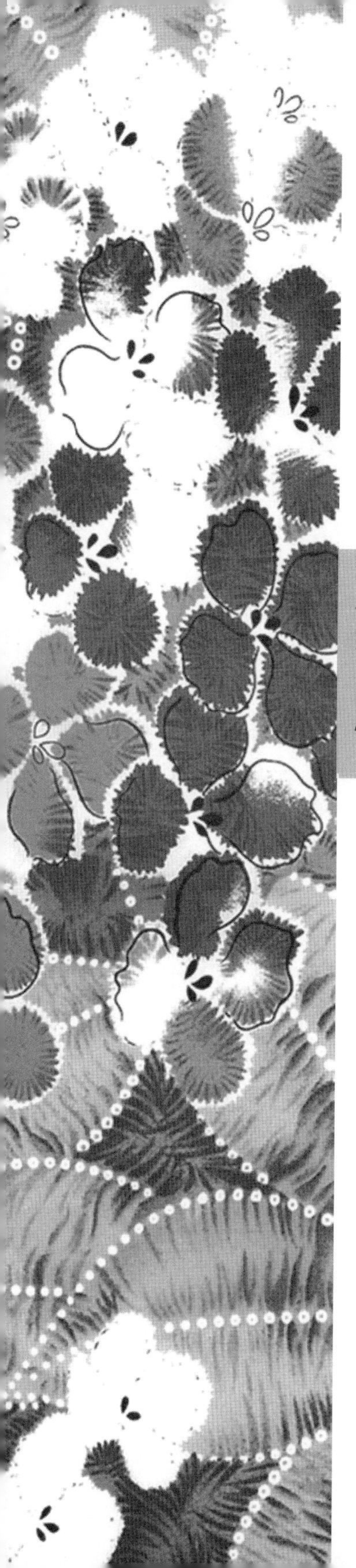

鄭懷德《艮齋詩集》版本考

阮進立*

* 作者現為越南・胡志明師範大學語文學系講師

壹、前言

《艮齋詩集》是越南阮朝官員、華僑後代鄭懷德(1764-1825)[1]所著作的漢文詩集。它不僅是越南的一部文學作品,更是十八、九世紀之交越中關係史的一部寶貴史料。它的確是一部具有真實性、史料性並蘊含越中文化史的重要著作。香港學者陳荊和先生讚之為:「於文學、史學雙方面均有特殊價值，對於越南歷史及華僑史之研究實予莫大裨益。」[2]而臺灣學者龔顯宗先生則認為:「是瞭解懷德本人和阮朝歷史、風物、民情、外交不可或缺的著作。」[3]

《艮齋詩集》刻印於越南阮朝嘉隆十八年(1819)。根據陳荊和先生在《艮齋詩集》一書,在第二次世界大戰前，越南順化皇宮新書院及聚奎書院各藏一本《艮齋詩集》。後來，皇宮新書院及聚奎書院合併為保大書院，由教育部考古院接管，僅存一部木刻本。此外，越南河內遠東博古學院亦藏三部鈔本,其架藏號碼為 A780、A1392 及 A3139。

1962 年 10 月,《艮齋詩集》經由新亞研究所東亞研究室編輯，並在香港出版。此版本自它問世以來，流傳至今已有 50 年的歷史,一直受到學者的關注。關於 1962 年《艮齋詩集》一書之產生，應從 1958 年開始講述。那年，香港學者陳荊和先生應聘到越南順化大學講學。在越南的這一段時間，先生到處尋找並蒐集《艮齋詩集》之各種版本。

---

[1] 關於鄭懷德之出生年，目前國內外學者共有二種說法：一為其出生於 1764 年；另一個則為 1765 年。據懷德於《艮齋詩集》中之說法，當他十歲那年，其父親鄭慶就逝世了，而鄭慶逝世於 1773 年。因此，筆者推論懷德應出生於 1764 年才較合理。

[2] 見新亞研究所東南亞研究室,《艮齋詩集》(香港：新亞研究所，民 51 年)，頁 21。

[3] 龔顯宗,〈華裔越南漢學家、外交家鄭懷德〉,《歷史月刊》，第 150 期 (臺北：2000 年)，頁 108。

不過，當時乃是越南戰爭期間，南越和北越被劃分，其蒐集工作因此也遇到不少困難。在其不停地努力蒐集之下，終於找到了《艮齋詩集》之二種版本：一為順化保大書院所藏之一部木刻本(以下簡稱順化本)；二為西貢保藏院所藏之一部鈔本(以下簡稱西貢本)，此二種版本各有其優劣。例如順化本之各葉緣邊及卷末多為紙魚所蝕，甚至還缺乏了由鄭懷德所記之〈自序〉及由禮部左參知葵江侯阮迪吉所題之〈艮齋詩集序〉等篇幅。反之，西貢本中的〈自序〉則齊全，且其詩句間所見之原註有若干處比順化本略多。

經過考量之後，陳先生最後以順化本為主；同時以西貢本為補充之版本，並依照順化本「艮齋詩集全編目錄」之秩序重新予以排印。我們今日所見到的 1962 年《艮齋詩集》之版本，實為陳荊和先生之莫大功勞，這一點值得我們再次肯定。如上述所言，陳荊和先生曾在越南找到了《艮齋詩集》之二部版本。不過，我們知道至少還有其他的三部版本他未曾接觸與研究，那就是當年由河內遠東博古學院所藏之版本。最近，筆者從越南河內漢喃研究院找到《艮齋詩集》之另外三部版本，其架藏號碼則與遠東博古學院所藏之號碼是相同的，即為 A780、A1392 及 A3139。經過對照、考證與分析，筆者發現 1962 年之版本與此三部版本卻有許多不同之處，尤其是錯字方面；而且此版本的各編之布置也與其他版本稍有出入。因此，本文撰寫之目的，乃針對《艮齋詩集》的版本進行較詳細的考證，首先則對於鄭懷德之生平及其著作作一綜括性的敘述，使得我們有一基礎的瞭解，然後纔進一步針對此四部版本進行詳細地比較，以略見其差異；同時亦歸納其異同特色，並將例子分列各處。如此則可窺知此四部版本之間的不同，希望可為學術研究界多提供一個必要的參考資料。

貳、鄭懷德生平及其著作

鄭懷德本名安，號止山，又號艮齋，是越南阮朝的功臣，也是越南第十八世紀著名的詩學家、外交家和史學家。其祖先原籍中國福建省福州府長樂縣福湖鄉之人，世為官族。其遠祖圜浦公任兵部尚書，於明末致仕。清初，其祖鄭會因不堪變服剃髮之令，便留髮南渡，客寓邊和鎮福隆府平安縣清河社(即今日越南同奈省邊和市)。其父鄭慶自少篤學，不僅善大字，又通詩書六藝，且為象棋名手。阮朝阮世宗時鄭慶曾以捐納而受六品官，就職於新平府倉場。

鄭懷德在邊和鎮出生，十歲那年其父親鄭慶去世，他跟隨母林氏到藩鎮寓居，還跟隨鄧德術先生及武長纘先生學習。「懷德為人謹慎，風度沈整，學問博洽，義論常持大體，德業文章為世所推重，尤工於詩。[4]」對於懷德之嗜好，龔顯宗先生曾曰：

> 懷德少好吟詠，響慕唐詩風調，曾購唐名集諸家法語，鑽仰沈研，究其氣格體裁關底蘊之所在。寢食其間，意翻題，漸得其興味，並與先輩交遊。年十餘，集集諸同好，組織詩社，名曰嘉定山會。[5]

所謂「嘉定山會」，指的是會中詩友，均「以山字為號，用誌其詩學之宗風焉。」[6]嘉定山會的詩友中又以鄭懷

4　鄭永常，《漢文文學在安南的興替》(台北市：台灣商務，民 76 年)，頁 200。

5　龔顯宗，〈華裔越南漢學家、外交家鄭懷德〉，頁 108。

6　鄭懷德，《艮齋詩集・自序》，越南河內漢喃研究院藏版影印本，架藏號碼為 A1392。

德、吳仁靜及黎光定最為著名。此三人為世人所推重，稱為「嘉定三家」，而其合著之詩集則名為《嘉定三家詩集》。

懷德一生著作甚豐，其著作不僅為漢文，而且還使用喃字來創作。不過到了現在，大多數作品已佚失或散失，如：《歷代紀元》、《康濟錄》、《華程錄》、《北使詩集》、《嘉定三家詩集》。而現存的作品僅有：《艮齋詩集》及《嘉定城通志》二書(漢文)及《使華感作》(共十八首用字喃寫成的連環詩)。

鄭懷德的宦路可說是相當亨通，一生曾擔任過阮朝很多重要的職位，如嘉定城協總鎮、入清正使、禮部尚書、吏部尚書、兵部尚書、國史館副總裁等。陳荊和先生曾讚之為：「於內政、外交及軍政各方面歷任重職，深為阮世祖及阮聖祖所倚重；其在越南廟堂所佔地位之崇高，實越南華僑史上罕見。[7]」公元 1825 年，鄭懷德逝世，壽命六十一歲。

參、幾種《艮齋詩集》版本之比較

筆者未曾看過陳荊和先生所蒐集到的順化本及西貢本，因此無法將之列入於比較之範圍內。不過，據陳荊和先生之說法，1962 年《艮齋詩集》之版本其實就是由順化本及西貢本此二部版本合併而成。以下則將 1962 年之版本與漢喃研究院所藏之 A780、A1392 及 A3139 等版本進行對照及比較，以看出各版本之間的不同。[8]

---

[7] 新亞研究所東南亞研究室，《艮齋詩集》，頁 20-21。

[8] 除了上述所提到的四部版本之外，其實還有一部由中國復旦大學文史研究院及越南漢喃研究院合編之《越南漢文燕行文獻集成・第八冊》的版本(上海市：復旦大學出版社，2010 年) 。不過，此版本與上述之 A780 是同一個版本的，且只收入〈艮齋觀光集〉

首先，關於 A780、A1392 及 A3139 等三種本子之封面，其上方皆鐫刻「嘉隆十八年仲春鐫」；封面右下則均鐫刻「本齋藏板」；封面中間則為「艮齋詩集」等四大字；封面左下則僅見到唯一一個「鄭」字。此三部版本之封面雖然相同，但經過仔細地對照、考證之後，筆者發現在刻字、內容及其順序均有不少的差異，顯然不是同一個版本。而 1962 年之版本雖是順化本及西貢本之結合，照理論上來講，其內容及排列順序應該與上述的三部版本大致相同。不過，經過比較之後，1962 年之版本除了照錄原文，尚存在「異體字」、「刪省文字」、「增補文字」及「改易文字」等狀況。茲說明如下並以表列之。

一、此四部版本在篇目順序上之不同

根據 1962 年《艮齋詩集》之版本中的「艮齋詩集全編目錄」之記載，此詩集之內容可分為：〈卷首〉、〈艮齋退食追編〉、〈艮齋觀光集〉、〈艮齋可以集〉及〈自序〉等五部份。其中又包括：

列號	卷、篇	文字內容
1	〈卷首〉	有禮部左參知阮迪吉之詩序(嘉隆四年仲春)、吏部參知吳時位詩跋(嘉隆四年仲春)及翰林院嘉定城正督學高輝耀詩跋(嘉隆十七年孟秋)。
2	〈艮齋退食追編〉	蒐集自壬寅年至辛酉年約二十年間所作之舊詩，凡一百二十七首。

而已，因此本文就不再將之列入比較。

3	〈艮齋觀光集〉	彙集壬戌及癸亥兩年間，懷德奉命如清請封，往返途中所賦之詩稿，凡一百五十二首。
4	〈艮齋可以集〉	收拾甲子年以後至戊寅年間，應制、贈送、哀輓及雜詠等，凡四十八首。
5	〈自序〉	敘述家系、履歷、出使中國經過及刻刊本《艮齋詩集》之原由。

經過考證與對照，筆者發現 1962 年之版本與其他三部版本在篇目順序上有所不同。1962 年之版本是由二種不同之版本的綜合，因此其包括齊全上述之內容，即:「艮齋詩集序」一則」、「艮齋詩集跋」一則、「讀艮齋詩集跋」一則；〈艮齋退食追編〉;〈艮齋觀光集〉;〈艮齋可以集〉及〈自序〉一則。而有關 A780 版本和 A3139 版本之內容，其篇幅及順序與 1962 版本是相同，但均缺乏「自序」一則。

在此四部版本當中，最讓筆者注意的則是 A1392 之版本，此版本除了包括上述的五部分內容之外，還特別地增加一些篇幅，且此版本的各編之布置也與其他版本稍有出入。茲將其內容及排列的順序說明如下:〈自序〉一則;〈艮齋觀光集〉;〈艮齋可以集〉;《拾英堂詩集》之封面一頁;《嘉定三家詩》之封面一頁;「艮齋詩集全編目錄」、「華原詩草目錄」、「拾英堂詩集目錄」;「艮齋詩集序」一則、「艮齋詩集跋」一則、「讀艮齋詩集跋」;「嘉定參家詩序」;〈艮齋退食追編〉。

總體看來，此四部版本的確是有同有異，其篇幅或多或少，或缺乏或齊全。其中，最值得我們注意就是 A1392 此版本。此版本很有可能是我們常提到的《嘉定三家詩》

之合著。[9]

二、此四部版本在文字上之不同

《艮齋詩集》此四部版本除了在篇目順序上有所不同之外，它們之間在文字上也有不少差異，特別在錯字方面。以下則針對其存在問題提出討論。

（一）因「異體字」或「字形相近」而導致不同

異體字是漢字自古以來就存在的現象，所謂「異體字」指的是音義相同而寫法不同的字。換言之，它們的音義在任何情況下都相同並可以互相代替的字。在考察此四部版本時，筆者發現它們之間有許多不同的寫法。異體字之主要問題大部分集中在 1962 年之版本，而另外三部版本它們所用的字幾乎都相同。

此外，陳荊和先生自己也承認，他所蒐集到的版本有些是不齊全的，多數為紙魚所蝕。因此，在他將所蒐集到的版本重新予以排印時，也許會有不少模糊或看不清的字，所以他只好用「猜測」之方法，按照所看到的字形，再加上前後全文之意思，選出較合理的字而用之。這即本文所謂「字形相近」者。現將所見之問題說明如下：

[9] 鄭懷德之《艮齋詩集》、吳仁靜之《華原詩草》及黎光定之《拾英堂詩集》乃即《嘉定三家詩》之合著。在此只看到其封面、目錄及〈嘉定參家詩序〉，而其他全文則不見，也許已被拆開分卷。

<table>
<tr><th>列號</th><th>版本</th><th>頁/行/篇</th><th>文字內容</th></tr>
<tr><td rowspan="4">1</td><td>1962 本</td><td>二四/五</td><td>「……撰述輒見推于同輩此出而……。」</td></tr>
<tr><td>A780 本</td><td rowspan="3">〈艮齋詩集序〉</td><td>「……譔述輒見推于同輩比出而……。」</td></tr>
<tr><td>A1392 本</td><td rowspan="2">與 A780 本同。</td></tr>
<tr><td>A3139 本</td></tr>
<tr><td rowspan="4">2</td><td>1962 本</td><td>二四/九</td><td>「……不得紘構……」。</td></tr>
<tr><td>A780 本</td><td rowspan="3">〈艮齋詩集序〉</td><td>「……不待結構……」。</td></tr>
<tr><td>A1392 本</td><td rowspan="2">與 A780 本同。</td></tr>
<tr><td>A3139 本</td></tr>
<tr><td rowspan="4">3</td><td>1962 本</td><td>二五/二</td><td>「……余於詩極拙且懶未足涉其藩籬……。」</td></tr>
<tr><td>A780 本</td><td rowspan="3">〈艮齋詩集序〉</td><td>「……余於詩極拙且嬾未足涉其籓籬……。」</td></tr>
<tr><td>A1392 本</td><td>與 A780 本同。</td></tr>
<tr><td>A3139 本</td><td>「……余於詩極拙且嬾未足涉其籓籬……。」</td></tr>
</table>

4	1962 本	二五/三	「……余受而得竟之飽看全貌因略次其平日之所良言者弁於卷端……。」
	A780 本	〈艮齋詩集序〉	「……余受而得竟之飽看全豹因略次其平日之所自言者弁于卷端……。」
	A1392 本		與 A780 本同。
	A3139 本		
5	1962 本	二五/五	「陟勸懲之政於以揄揚風雅獎進幹歐上佐……」。
	A780 本	〈艮齋詩集序〉	「陟勸懲之政於以挖揚風雅獎進韓歐上佐……」。
	A1392 本		與 A780 本同。
	A3139 本		
6	1962 本	二六/八	「……良禽舄……。」
	A780 本	〈艮齋詩集跋〉	「……良禽焉……。」
	A1392 本		與 A780 本同。
	A3139 本		

<table>
<tr><td rowspan="4">7</td><td>1962 本</td><td>三十/二</td><td>「……廟籌外……。」</td></tr>
<tr><td>A780 本</td><td rowspan="3">〈讀艮齋詩集跋〉</td><td>「……廟筭外……。」</td></tr>
<tr><td>A1392 本</td><td>與 A780 本同。</td></tr>
<tr><td>A3139 本</td><td>「……廟算外……。」</td></tr>
<tr><td rowspan="4">8</td><td>1962 本</td><td>三十/三</td><td>「……從容囘斡……。」</td></tr>
<tr><td>A780 本</td><td rowspan="3">〈讀艮齋詩集跋〉</td><td>「……從容回斡……。」</td></tr>
<tr><td>A1392 本</td><td>與 A780 本同。</td></tr>
<tr><td>A3139 本</td><td>與 1962 本同。</td></tr>
<tr><td rowspan="4">9</td><td>1962 本</td><td>三十/四</td><td>「……吟咏盈篇滿什……。」</td></tr>
<tr><td>A780 本</td><td rowspan="3">〈讀艮齋詩集跋〉</td><td>「……吟咏盈篇滿什……。」</td></tr>
<tr><td>A1392 本</td><td rowspan="2">與 A780 本同。</td></tr>
<tr><td>A3139 本</td></tr>
<tr><td rowspan="4">10</td><td>1962 本</td><td>三二/五</td><td>「鬬雪委梅先……」。</td></tr>
<tr><td>A780 本</td><td rowspan="3">〈蓮〉</td><td>「鬪雪委梅先……」。</td></tr>
<tr><td>A1392 本</td><td rowspan="2">與 A780 本同。</td></tr>
<tr><td>A3139</td></tr>
</table>

	本		
11	1962 本	三二/七	「……東窗日欲午……」。
	A780 本	〈春日晏起〉	「……東窓日欲午……」。
	A1392 本		與 A780 本同。
	A3139 本		
12	1962 本	三二/九	「……涉河濡傅免………」。
	A780 本	〈江月同吳汝山書懷〉	「……涉河濡傳免………」。
	A1392 本		與 A780 本同。
	A3139 本		
13	1962 本	三三/三	「……匿影自囘鄉……三五東鄰叟」。
	A780 本	〈亂後歸〉	「……匿影自還鄉……三五東隣叟」。
	A1392 本		與 A780 本同。
	A3139 本		
14	1962 本	三三/五	「……荷稍長白蛩……」。
	A780 本	〈亂後九日登梅邱〉	「……荷消長白蛩……」。

	A1392本		與 A780 本同。
	A3139本		
15	1962 本	三三/六	「以武彝茶贈無汝山」。
	A780本	〈以武彝茶贈無汝山〉	「以武彝茶贈無汝山」。
	A1392本		與 A780 本同。
	A3139本		
16	1962 本	三五/五	「……缶筎真臘忽元……」。
	A780本	〈元日客高綿國〉	「……缶筎真臘忽元……」。
	A1392本		與 A780 本同。
	A3139本		
17	1962 本	三五/八	「……新州解纜繫藩……」。
	A780本	〈客高綿國寄懷葉鳴鳳岐山〉	「……新州解纜繫番……」。
	A1392本		與 A780 本同。
	A3139本		
18	1962 本	三八/六	「……閑擔閨思試金……」。
	A780	〈釣女〉	「……閑拋閨思試金……」。

	本		
	A1392 本		與 A780 本同。
	A3139 本		
19	1962 本	三九/二	「……類以雪而育……」。
	A780 本	〈金銀魚〉	「……顭以雪而育……」。
	A1392 本		與 A780 本同。
	A3139 本		
20	1962 本	三九/八	「……面鑄雞形間……」。
	A780 本	〈秋日客中作〉	「……面鑄鷄形印……」。
	A1392 本		與 A780 本同。
	A3139 本		
21	1962 本	四一/二	「……蕭騷舊舘寒春樹……為向遺編拈得句……」。
	A780 本	〈哭陳南來〉	「……蕭騷舊館寒春樹……為向遺編抽得句……」。
	A1392 本		與 A780 本同。
	A3139		

	本		
22	1962 本	四二/五	「……山上蒼茫羨有松…… 風翻雅韻來吟鶴……」。
	A780 本	〈冬松〉	「……山上蒼[illegible]羨有松…… 風翻雅韻來唫鶴……」。
	A1392 本		與 A780 本同。
	A3139 本		「……山上蒼[illegible]羨有松…… 風翻雅韻來金鶴……」。
23	1962 本	四四/三	「……閑蹤肯許狂風蕩……」
	A780 本	〈山雪〉	「……閑蹤肯許狂風蕩……」
	A1392 本		與 A780 本同。
	A3139 本		
24	1962 本	四五/二	「……定知停手再添春」。
	A780 本	〈美人理箏〉	「……定知停手再添香」。
	A1392 本		與 A780 本同。
	A3139 本		
25	1962 本	四五/四	「……好向妝臺整釵……」。
	A780 本	〈美人曉起〉	「……好向粧臺整釵……」。

<table>
<tr><td rowspan="2"></td><td>A1392 本</td><td rowspan="2"></td><td rowspan="2">與 A780 本同。</td></tr>
<tr><td>A3139 本</td></tr>
<tr><td rowspan="4">26</td><td>1962 本</td><td>四五/八</td><td>「凌烟魚趁迷新……」。</td></tr>
<tr><td>A780 本</td><td rowspan="3">〈江�曉市〉</td><td>「凌壼魚趁迷新渡……」。</td></tr>
<tr><td>A1392 本</td><td rowspan="2">與 A780 本同。</td></tr>
<tr><td>A3139 本</td></tr>
<tr><td rowspan="4">27</td><td>1962 本</td><td>四六/一</td><td>「……破由寒催畦畔雁霑坭淨洗隴頭牛……」。</td></tr>
<tr><td>A780 本</td><td rowspan="3">〈田家秋雨〉</td><td>「……破由寒催畦畔鴈霑泥淨洗隴頭牛……」。</td></tr>
<tr><td>A1392 本</td><td>與 A780 本同。</td></tr>
<tr><td>A3139 本</td><td>「……破由寒催畦畔雁霑泥淨洗隴頭牛……」。</td></tr>
<tr><td rowspan="4">28</td><td>1962 本</td><td>四七/八</td><td>「……一樽留戀臨歧……」。</td></tr>
<tr><td>A780 本</td><td rowspan="3">〈送先鋒將軍阮文誠進征平順鎮〉</td><td>「……一樽留戀臨崎……」。</td></tr>
<tr><td>A1392 本</td><td rowspan="2">與 A780 本同。</td></tr>
<tr><td>A3139 本</td></tr>
</table>

<table>
<tr><td rowspan="4">29</td><td>1962 本</td><td>四八/十</td><td>「攤書檢得舊紈巾……」。</td></tr>
<tr><td>A780 本</td><td rowspan="3">〈病後所寄〉</td><td>「攤書撿得舊紈巾……」。</td></tr>
<tr><td>A1392 本</td><td rowspan="2">與 A780 本同。</td></tr>
<tr><td>A3139 本</td></tr>
<tr><td rowspan="4">30</td><td>1962 本</td><td>四九/四</td><td>「馥郁蠟梅香孤山處士莊懷春瘦瘠……堪贈做金妝」。</td></tr>
<tr><td>A780 本</td><td rowspan="3">〈蠟梅〉</td><td>「馥郁蠟槑香孤山處士莊懷旾瘦瘠……堪贈做金粧」。</td></tr>
<tr><td>A1392 本</td><td rowspan="2">與 A780 本同。</td></tr>
<tr><td>A3139 本</td></tr>
<tr><td rowspan="4">31</td><td>1962 本</td><td>四九/六</td><td>「胡牀支礎潤……病荥墜同聆……」。</td></tr>
<tr><td>A780 本</td><td rowspan="3">〈聽雨〉</td><td>「胡床支礎潤……病葉墜同聆……」。</td></tr>
<tr><td>A1392 本</td><td rowspan="2">與 A780 本同。</td></tr>
<tr><td>A3139 本</td></tr>
<tr><td rowspan="2">32</td><td>1962 本</td><td>五〇/一</td><td>「……欹斜笑整被僮……」。</td></tr>
<tr><td>A780 本</td><td>〈賀禮部阮洪都再娶〉</td><td>「……欹斜咲整被僮……」。</td></tr>
</table>

	A1392本		與A780本同。
	A3139本		
33	1962本	五〇/六	「山屯答兵部左參知黎光定兼水漕寄慰」
	A780本	〈山屯答兵部左參知黎光定兼水漕寄慰〉	「山屯答兵部右參知黎光定兼水漕寄慰」
	A1392本		與A780本同。
	A3139本		
34	1962本	五一/九	「……歸仁城係古闍槃城為占城故址」。
	A780本	〈題兵部右參知敏政侯黎光定歸仁府地圖〉	「……歸仁城係古闍磐城為占城故址」。
	A1392本		與A780本同。
	A3139本		
35	1962本	五二/一	綽約東籬整淡妝……步風響屧裁纖蘂笑月傾城趁晚涼……」。
	A780本	〈西施菊〉	綽約東籬整淡粧……步風響㡚裁纖蘂笑月傾城趁晚凉……」。

<table>
<tr><td rowspan="2"></td><td>A1392 本</td><td rowspan="2"></td><td rowspan="2">與 A780 本同。</td></tr>
<tr><td>A3139 本</td></tr>
<tr><td rowspan="4">36</td><td>1962 本</td><td>五二/五</td><td>「……遲花開不折……」。</td></tr>
<tr><td>A780 本</td><td rowspan="3">〈艮齋題壁〉</td><td>「……庭花開不折……」。</td></tr>
<tr><td>A1392 本</td><td rowspan="2">與 A780 本同。</td></tr>
<tr><td>A3139 本</td></tr>
<tr><td rowspan="4">37</td><td>1962 本</td><td>五二/七</td><td>「……晴翻花底懸丹……」。</td></tr>
<tr><td>A780 本</td><td rowspan="3">〈倒掛鳥〉</td><td>「……晴翻花底懸丹……」。</td></tr>
<tr><td>A1392 本</td><td rowspan="2">與 A780 本同。</td></tr>
<tr><td>A3139 本</td></tr>
<tr><td rowspan="4">38</td><td>1962 本</td><td>五二/十</td><td>「江湖浪跡逐鯀鮐……似爾山用經苦節」。</td></tr>
<tr><td>A780 本</td><td rowspan="3">〈過山魚〉</td><td>「江湖混跡逐鯀鮐……似爾山川經苦節」。</td></tr>
<tr><td>A1392 本</td><td rowspan="2">與 A780 本同。</td></tr>
<tr><td>A3139 本</td></tr>
</table>

39	1962 本	五三/三	「……雙雙牛女渡銀……」。
	A780 本	〈七夕雨〉	「……雙雙牛女渡銀河……」。
	A1392 本		與 A780 本同。
	A3139 本		與 1962 本同。
40	1962 本	五三/十	「……白眉供奉邁毛蟲季常釋服形容怪……」。
	A780 本	〈白眉猴〉	「……白眉供奉邁毛虫季常釋服形容恠……」。
	A1392 本		與 A780 本同。
	A3139 本		「……白眉供奉邁毛虫季常釋服形容怪……」。
41	1962 本	五四/六	「……個字題風奏九……」。
	A780 本	〈湘妃竹〉	「……个字題風奏九……」。
	A1392 本		與 A780 本同。
	A3139 本		
42	1962 本	五四/九	「……鏡臺嬾對整花……」。
	A780 本	〈閨情〉	「……鏡臺嬾對悴花……」。

	A1392 本		與 A780 本同。
	A3139 本		
43	1962 本	五七/二	「……遊女採蓮休亂……」。
	A780 本	〈蓮沼眠鷗〉	「……遊女採花休亂……」。
	A1392 本		與 A780 本同。
	A3139 本		
44	1962 本	五八/三	「……雙筯頻淹振縷金」。
	A780 本	〈橘社繅絲〉	「……雙筯頻淹振縷金」。
	A1392 本		與 A780 本同。
	A3139 本		
45	1962 本	五八/六	「迴瀾萬頃濁如泔……」。
	A780 本	〈錦潭分派〉	「迴瀾萬頃濁如泔……」。
	A1392 本		與 A780 本同。
	A3139 本		與 1962 本同。
46	1962 本	五九/五	「……雨堤春樹輞川……」。

	A780本	〈平水歸帆〉	「……兩堤春樹輞川……」。
	A1392本		與 A780 本同。
	A3139本		
47	1962 本	五九/八	「……榕陰蔽芾市廛涼……篦蜆害魚滿竹坊」。
	A780本	〈漁津山市〉	「……榕陰蔽芾市廛涼……篦蜆罾魚滿竹坊」。
	A1392本		與 A780 本同。
	A3139本		
48	1962 本	六〇/一	「……煙銷村落見隻隻……渡頭人喚繫津艧……」。
	A780本	〈僊浦江村〉	「……煙銷村落見雙雙……渡頭人喚繫津艘……」。
	A1392本		與 A780 本同。
	A3139本		
49	1962 本	六〇/八	「……當家老大供耕……」。
	A780本	〈鎮定春耕〉	「……當家老大供畊……」。
	A1392		與 A780 本同。

	本		
	A3139本		
50	1962本	六一/五	「……長愛綿綿繼瓞……」。
	A780本	〈塞概瓜田〉	「……長愛緜緜繼瓞……」。
	A1392本		與A780本同。
	A3139本		與1962本同。
51	1962本	六一/七	「……網曬柳隄漁畹晚……暉蟹調肉甲藏庫……極浦何人聲款乃……」。
	A780本	〈鰲州暮景〉	「……網晒柳隄漁畹晚……暉蟹調肉甲藏庫……極浦何人聲欵乃……」。
	A1392本		與A780本同。
	A3139本		
52	1962本	六二/九	「……灑淅湫江雨正……」。
	A780本	〈美湫夜雨〉	「……瀟淅湫江雨正……」。
	A1392本		與A780本同。
	A3139		

	本		
53	1962 本	六三/五	「……解醒粥煑黃花鱺」。
	A780 本	〈龍川酒艇〉	「……解醒粥煑黃花鱺」。
	A1392 本		與 A780 本同。
	A3139 本		
54	1962 本	六四/一	「……漏咽飅飅雁寒……」。
	A780 本	〈新州戍鼓〉	「……漏咽飅飅雁寒……」。
	A1392 本		與 A780 本同。
	A3139 本		
55	1962 本	六五/三	「……悔心無奈雉難……」。
	A780 本	〈韓信〉	「……捫心無奈雉難……」。
	A1392 本		與 A780 本同。
	A3139 本		
56	1962 本	六五/八	「……妖矯龍孫醉後庭金華玉佩響陳琮班姬愬款詞同聲……徒勢太乙燃藜夜……」。
	A780 本	〈咏史・其一〉	「……妖矯龍孫醉後庭金華玉

			佩響琜玎班姬愬欵詞同聲……徒勞太乙燃藜夜……」。
	A1392本		與A780本同。
	A3139本		
57	1962本	六六/一	「……三楊未起樗蒱……」。
	A780本	〈咏史・其二〉	「……三楊未起樗蒲……」。
	A1392本		與A780本同。
	A3139本		
58	1962本	六六/九	「青鰕」。
	A780本	〈青鰕〉	「青蝦」。
	A1392本		與A780本同。
	A3139本		
59	1962本	六七/九	「……海港接見……」。
	A780本	〈請入貢事例時・其一〉	「……海澳接見……」。
	A1392本		與A780本同。
	A3139		

	本		
60	1962 本	六八/六	「……十年前已築詩……」。
	A780 本	〈請入貢事例時‧其二〉	「……十秊前已築詩……」。
	A1392 本		與 A780 本同。
	A3139 本		
61	1962 本	六八/八	「……南藩增廣帝輿……」。
	A780 本	〈請入貢事例時‧其三〉	「……南藩增廣帝輿……」。
	A1392 本		與 A780 本同。
	A3139 本		
62	1962 本	六八/九	「……折取梅枝掛寶……」。
	A780 本	〈請入貢事例時‧其三〉	「……折取梅枝掛寚符……」。
	A1392 本		與 A780 本同。
	A3139 本		
63	1962 本	七三/三	「……客夢纏蛋戶候潮知月上一網漁網括將煙」。
	A780 本	〈虎門關夜泊〉	「……客夢纏蜑戶候潮知月上一網漁網括將煙」。

	A1392本		與A780本同。
	A3139本		
64	1962本	七五/五	「留題十三行至潘同文花」。
	A780本	〈留題十三行至潘同文花園〉	「留題十三行主潘同文花」。
	A1392本		與A780本同。
	A3139本		
65	1962本	七五/九	「……義鹿家在寺南……」。
	A780本	〈遊海幢寺贈慧真上人〉	「……義鹿塚在寺南……」。
	A1392本		與A780本同。
	A3139本		
66	1962本	七六/一	「……半壁朋泉二泉名」。
	A780本	〈宿白雲山寺〉	「……半璧朋泉二泉名」。
	A1392本		與A780本同。
	A3139本		與1962本同。
67	1962本	七六/九	「商船居民屢受其害……。」

	A780 本	〈和雲間姚建秀才見贈原韻〉	「商船居民累受其害……。」
	A1392 本		與 A780 本同。
	A3139 本		
68	1962 本	七八/一	「……日曉憑迎燠榻穿窗寒送定更鍾……」。
	A780 本	〈冬月由廣東……十三韻〉	「……日曉憑迎燠榻穿窓寒送定更鐘……」。
	A1392 本		與 A780 本同。
	A3139 本		
69	1962 本	七八/五	「……忽忽纔過伏波……」。
	A780 本	〈冬月由廣東……十三韻〉	「……匆匆纔過伏波……」。
	A1392 本		與 A780 本同。
	A3139 本		
70	1962 本	七九/二	「……我鄙儒愛禮慶今尋遠……」。
	A780 本	〈冬月由廣東……十三韻〉	「……我鄙儒愛禮慶今柔遠……」。
	A1392		與 A780 本同。

	本		
	A3139 本		
71	1962 本	八一/六	「……蒼梧古道半埋……」。
	A780 本	〈冬月由廣東……十三韻〉	「……蒼梧古道半埋……」。
	A1392 本		與 A780 本同。
	A3139 本		
72	1962 本	八一/九	「……萬里忽忽天外……」。
	A780 本	〈冬月由廣東……十三韻〉	「……萬里匆匆天外……」。
	A1392 本		與 A780 本同。
	A3139 本		
73	1962 本	八二/三	「……屋含蟬聯炎帝……」。
	A780 本	〈冬月由廣東……十三韻〉	「……屋舍蟬聯炎帝……」。
	A1392 本		與 A780 本同。
	A3139 本		
74	1962 本	八二/七	「……擎出雲間補納……」。
	A780 本	〈冬月由廣東……十三	「……擎出雲間補衲……」。

	A1392本	韻〉	與 A780 本同。
	A3139本		
75	1962 本	八三/一	「……雲開山竇夕嵐……」。
	A780本	〈冬月由廣東……十三韻〉	「……雲闢山竇夕嵐……」。
	A1392本		與 A780 本同。
	A3139本		
76	1962 本	八六/一	「……栖霞遠上敞巖扉越客簪纓燿翠微……」。
	A780本	〈登棲霞山寺〉	「……栖霞遠上敞嵒扉越客簪纓燿翠微……」。
	A1392本		與 A780 本同。
	A3139本		
77	1962 本	八七/一	「遷橋鶯語柳綿蠻……」。
	A780本	〈使館清明同請封副使阮迪吉題懷〉	「遷喬鶯語柳緜蠻……」。
	A1392本		與 A780 本同。
	A3139本		

<table>
<tr><td rowspan="4">78</td><td>1962 本</td><td>八七/七</td><td>「……星使間開淹馹……」。</td></tr>
<tr><td>A780 本</td><td rowspan="3">〈旅次花朝〉</td><td>「……星使間關淹驛……」。</td></tr>
<tr><td>A1392 本</td><td>與 A780 本同。</td></tr>
<tr><td>A3139 本</td><td>「……星使間開淹驛……」。</td></tr>
<tr><td rowspan="4">79</td><td>1962 本</td><td>八七/九</td><td>「馹舍夢故表弟仁山」。</td></tr>
<tr><td>A780 本</td><td rowspan="3">〈馹舍夢故表弟仁山〉</td><td>「驛舍夢故表弟仁山」。</td></tr>
<tr><td>A1392 本</td><td rowspan="2">與 A780 本同。</td></tr>
<tr><td>A3139 本</td></tr>
<tr><td rowspan="4">80</td><td>1962 本</td><td>八七/十</td><td>「事示夢殷勤汝醒……」。</td></tr>
<tr><td>A780 本</td><td rowspan="3">〈馹舍夢故表弟仁山〉</td><td>「事示夢慇勤汝醒……」。</td></tr>
<tr><td>A1392 本</td><td rowspan="2">與 A780 本同。</td></tr>
<tr><td>A3139 本</td></tr>
<tr><td rowspan="4">81</td><td>1962 本</td><td>八八/三</td><td>「……嘉定常思煿食爠」。</td></tr>
<tr><td>A780 本</td><td rowspan="3">〈遣悶戲呈使部列位〉</td><td>「……嘉定常思煿食玃」。</td></tr>
<tr><td>A1392 本</td><td rowspan="2">與 A780 本同。</td></tr>
<tr><td>A3139</td></tr>
</table>

	本		
82	1962 本	九〇/四	「……逆人非國土空有解衣誡」。
	A780 本	〈酷暑〉	「……逢人非國土空有解衣誡」。
	A1392 本		與 A780 本同。
	A3139 本		
83	1962 本	九二/六	「……斜陽放砲汎泊」。
	A780 本	〈湖南道中舟行難詠〉	「……斜陽放礮汎泊」。
	A1392 本		與 A780 本同。
	A3139 本		
84	1962 本	九九/六	「……不獨披娑觀世音……」。
	A780 本	〈使停漢陽天都庵留題〉	「……不獨披袈觀世音……」。
	A1392 本		與 A780 本同。
	A3139 本		
85	1962 本	九九/七	「書贈天都庵明達老禪師」。
	A780 本	〈書贈天都庵明達老禪	「書贈天都庵明遠老禪師」。

	A1392本	師〉	與 A780 本同。
	A3139本		
86	1962 本	一〇〇/四	「……幾回嘴嚼美人……」。
	A780本	〈時天氣……紀遇〉	「……幾回咀嚼美人……」。
	A1392本		與 A780 本同。
	A3139本		
87	1962 本	一〇二/一	「……聳軒秋雲靄道聲……忽忽輿病過南京……」。
	A780本	〈鄭州臥病……之作〉	「……軒聳秋雲靄道聲……匆匆輿病過南京……」。
	A1392本		與 A780 本同。
	A3139本		
88	1962 本	一〇五/五	「……出疆人已甚情……」。
	A780本	〈宜溝驛七夕〉	「……出疆人已忘情……」。
	A1392本		與 A780 本同。
	A3139本		「……出疆人已忘晴……」。

<table>
<tr><td rowspan="4">89</td><td>1962 本</td><td>一〇八/八</td><td>「……石匣城開口內兵弁駐札之所……」。</td></tr>
<tr><td>A780 本</td><td rowspan="3">〈陡廣仁嶺〉</td><td>「……石匣城關口內游擊駐札之所……」。</td></tr>
<tr><td>A1392 本</td><td rowspan="2">與 A780 本同。</td></tr>
<tr><td>A3139 本</td></tr>
<tr><td rowspan="4">90</td><td>1962 本</td><td>一〇九/五</td><td>「……韜匱雲深結綠懷……」。</td></tr>
<tr><td>A780 本</td><td rowspan="3">〈信陽州歸程所訪不遇〉</td><td>「……韞匱雲深結綠懷……」。</td></tr>
<tr><td>A1392 本</td><td rowspan="2">與 A780 本同。</td></tr>
<tr><td>A3139 本</td></tr>
<tr><td rowspan="4">91</td><td>1962 本</td><td>一〇九/八</td><td>「雲機曾聞蜀道難……」。</td></tr>
<tr><td>A780 本</td><td rowspan="3">〈五險灘〉</td><td>「雲棧曾聞蜀道難……」。</td></tr>
<tr><td>A1392 本</td><td rowspan="2">與 A780 本同。</td></tr>
<tr><td>A3139 本</td></tr>
<tr><td rowspan="3">92</td><td>1962 本</td><td>一一四/九</td><td>「……日麗濃陰投柳幕……」。</td></tr>
<tr><td>A780 本</td><td rowspan="2">〈睡鶯〉</td><td>「……日耍濃陰投柳幕……」。</td></tr>
<tr><td>A1392</td><td>與 A780 本同。</td></tr>
</table>

	本		
	A3139 本		
93	1962 本	一一六/九	「……捲幕開匳整淑媛……」。
	A780 本	〈邨女臨粧〉	「……捲幙開奩整淑媛……」。
	A1392 本		與 A780 本同。
	A3139 本		
94	1962 本	一二一/一	「……檬果放來越地秧瑣碎繁葩讒王鼪……玉齒漿粘密蠟香……」。
	A780 本	〈檬果〉	「……檬果頒來越地秧瑣碎繁葩讒玉鼪……瓠齒漿粘密蠟香……」。
	A1392 本		與 A780 本同。
	A3139 本		
95	1962 本	一二一/十	「……皀筵可嘴擬甘櫃……」。
	A780 本	〈野石榴〉	「……皀筵可咀擬甘櫃……」。
	A1392 本		與 A780 本同。
	A3139		

	本		
96	1962 本	一二三/八	「檖間方蠹作窩房……秋露沾濡玉蠶香……當年趙武如魯見……」。
	A780 本	〈藤蠹〉	「檖間芳蠹作窩房……秋露沾濡玉蚕香……當年趙武如曾見……」。
	A1392 本		與 A780 本同。
	A3139 本		
97	1962 本	一二四/一	「……水族縐螯肯讓渠……」。
	A780 本	〈血螯〉	「……水族皺螯肯讓渠……」。
	A1392 本		與 A780 本同。
	A3139 本		

（二）因「刪省文字」而導致不同

所謂「刪省文字」，即 1819 年刻印之版本有之，而 1962 年版本經過重新編排之後已漏失一些字詞。這樣的問題雖然不多，但也許會影響到《艮齋詩集》之原文。茲說明如下：

列號	版本	頁/行/篇	文字內容
1	1962 本	二四/八	「……蓋其為人和而不流俗……」。
	A780 本	〈艮齋詩集序〉	「……蓋其為人和而不流於俗……」。
	A1392 本		與 A780 本同。
	A3139 本		
2	1962 本	六七/七	「……地方官給賜衣糧送回國……」。
	A780 本	〈專政人心思〉	「……地方官給賜衣糧繕修船艘引送回國……」。
	A1392 本		與 A780 本同。
	A3139 本		
3	1962 本	六七/十	「……使旗詣行在所拜命余因和韻一首別韻一首用表餞情若以……」。
	A780 本	〈請入貢事例時〉	「……使旛言詣行在所拜命前往余因和韻一首別韻一首用表餞情若云……」。
	A1392		與 A780 本同。

	本		
	A3139本		
4	1962本	七三/十	「贈奧城伴吏蔡世高」。
4	A780本	〈贈奧城伴吏蔡世高〉	「贈奧城伴吏蔡世高外委」。
4	A1392本	〈贈奧城伴吏蔡世高〉	與A780本同。
4	A3139本	〈贈奧城伴吏蔡世高〉	與A780本同。
5	1962本	一〇八/三	「……嶺在承德府熱河之南」。
5	A780本	〈陡廣仁嶺〉	「……嶺在承德府熱河之南康熙初年截嶺開路盤旋上下車馬可行」。
5	A1392本	〈陡廣仁嶺〉	與A780本同。
5	A3139本	〈陡廣仁嶺〉	與A780本同。

（三）因「增補文字」而導致不同

與「刪省文字」的情形剛好相反，「增補文字」則是在1962年之版本可看到一些在1819年未能看到的字詞。這些增加的文字也不多，但也是我們應該要注意之處，因此亦將之列入討論。茲說明如下：

列號	版本	頁/行/篇	文字內容
1	1962 本	三五/四	「……古為真臘國」。
	A780 本	〈元日客高綿國〉	「……古為真臘」。
	A1392 本		與 A780 本同。
	A3139 本		
2	1962 本	七一/五	「天然晴川氏奉檢較」。
	A780 本	〈艮齋退食追編集終〉	「天然晴川氏檢較」。
	A1392 本		與 A780 本同。
	A3139 本		
3	1962 本	七六/二	「……孫閣白猿事出此……」。
	A780 本	〈宿白雲山寺〉	無此文，三本同。
	A1392 本		
	A3139 本		
4	1962 本	八七/一	「富春京城朝會閣名……」。
	A780 本	〈使館清明同請封副使阮迪吉題懷〉	「富春京城朝會閣……」。
	A1392 本		與 A780 本同。
	A3139 本		

（四）因「改易文字」而導致不同

所謂「改易文字」指的是 1962 年之版本與 1819 年之另外三部版本，其文字內容完全不同，有時是字詞的順序顛倒；有時是文字之間卻有重大之差異。此問題令人推想本詩集除上述所提到的四部版本之外是否另有其他不同版本傳於世？也就是說，陳荊和先生所蒐集到的版本也許是較特殊的版本。《艮齋詩集》有關改易文字之詳細內容如下：

<table>
<tr><th>列號</th><th>版本</th><th>頁/行/篇</th><th>文字內容</th></tr>
<tr><td rowspan="4">1</td><td>1962 本</td><td>二六/九</td><td>「……丙午以前……。」</td></tr>
<tr><td>A780 本</td><td rowspan="3">〈艮齋詩集跋〉</td><td>「……丁未以前……。」</td></tr>
<tr><td>A1392 本</td><td rowspan="2">與 A780 本同。</td></tr>
<tr><td>A3139 本</td></tr>
<tr><td rowspan="4">2</td><td>1962 本</td><td>二七/一</td><td>「……王進師討……。」</td></tr>
<tr><td>A780 本</td><td rowspan="3">〈艮齋詩集跋〉</td><td>「……王師進討……。」</td></tr>
<tr><td>A1392 本</td><td rowspan="2">與 A780 本同。</td></tr>
<tr><td>A3139 本</td></tr>
<tr><td rowspan="2">3</td><td>1962 本</td><td>三二/二</td><td>「欽差吏部尚書行嘉定城協總鎮安全侯鄭懷德甫輯」。</td></tr>
<tr><td>A780 本</td><td>〈艮齋退食</td><td>「吏部尚書欽差嘉定城協總</td></tr>
</table>

		追編〉	鎮安全侯鄭懷德甫輯」。
	A1392本		與 A780 本同。
	A3139本		
4	1962 本	三五/十	「……朝命隸嘉定閫帥拓土立功卒贈輔國都督春秋二祭……」。
	A780 本	〈題陳將軍廟〉	「……朝命八農耐拓土立功卒贈輔國都督列在祀典」。
	A1392本		與 A780 本同。
	A3139本		
5	1962 本	三六/一	「真臘時以鐵索截江拒戰陳破之後于其處建祠地名鐵壘」。
	A780 本	〈題陳將軍廟〉	「真臘時以鉄索截江拒戰陳破之因名其處為鉄壘云後卒於嘉定今平陽縣新政村祀廟存焉列在祀典」。
	A1392本		與 A780 本同。
	A3139本		與 A780 本同，但「新政村祀

			廟存焉列在祀典」中的「廟」寫作「庙」。
6	1962 本	三七/十	「十年久鞘馮生鋏千里遙乘范子舟……」。
	A780 本	〈真臘寄懷許華峯〉	「十年久鞘馮驩鋏千里遙乘范蠭舟……」。
	A1392 本		與 A780 本同。
	A3139 本		「十年久鞘馮驩鋏千里遙乘范蠡舟……」。
7	1962 本	四一/一	「……陳河僊鎮人流寓客死藩安鎮」。
	A780 本	〈哭陳南來〉	「……陳河僊鎮人客死藩安鎮因而葬焉」。
	A1392 本		與 A780 本同。
	A3139 本		「……陳河僊鎮人客死藩安鎮因而葬之」。
8	1962 本	四二/八	「……苞淍秋夜迎風響子串春枝逐雨聲……當年博取嬰童樂……」。
	A780 本	〈鈴兒草〉	「……苞翻夏曝迎風響子落春叢逐雨聲……當秊博取嬰

			童樂……」。
	A1392本		與A780本同。
	A3139本		
9	1962本	五四/四	「……若使延年能解妬……」。
	A780本	〈并頭菊〉	「……若使延年還解妬……」。
	A1392本		與A780本同。
	A3139本		
10	1962本	五四/九	「……鏡臺嬾對整花顏……」。
	A780本	〈閨情〉	「……鏡臺嬾對悴花顏……」。
	A1392本		與A780本同。
	A3139本		
11	1962本	六一/十	「……隔岸斜飛五色綾……」。
	A780本	〈龜嶼晚霞〉	「……隔岸斜披五色綾……」。
	A1392本		與A780本同。
	A3139本		
12	1962本	六二/三	「……湖心珠頷失龍驪……」。
	A780本	〈龍湖印	「……湖心珠頷出龍驪……」。

	A1392本	月〉	與A780本同。
	A3139本		
13	1962本	六二/六	「芹滁海嶠履巉巖……」。
	A780本	〈獺澳觀瀾〉	「芹滁海嶠立巉巖……」。
	A1392本		與A780本同。
	A3139本		
14	1962本	六七/三	「送兵部參知靜遠侯吳汝山奉使大清……專政人心思阮遂假」。
	A780本	〈送兵部參知……〉	「送兵部參知靜遠侯吳汝山奉使行……專政人心思我朝先世功德遂假竊」。
	A1392本		與A780本同。
	A3139本		
15	1962本	六七/五	「御名兵清君側掩襲黎京昭統帝……往廣東省間行侯問昭統帝……」。
	A780本	〈送兵部參知……〉	「御名兵清君側掩襲昇隆城黎昭統……往廣東間行侯問

			昭統消息……」。
	A1392本		與A780本同。
	A3139本		與A780本同，但「昪隆城黎昭統……」中的「隆」作「龍」。
16	1962本	六七/六	「港適值白蓮教唱亂於四川……王師西征歸仁城……」。
	A780本	〈送兵部參知……〉	「港適值白蓮教煽亂於四川……王師進征歸仁城……」。
	A1392本		與A780本同。
	A3139本		
17	1962本	六八/五	「……英雄心跡動風雷不辱……」。
	A780本	〈請入貢事例時〉	「……英雄氣概凜風雷不辱……」。
	A1392本		與A780本同。
	A3139本		
18	1962本	六九/二	「……禾根入夜宿遊兵……」。
	A780本	〈秋日虬蒙山屯書事〉	「……禾根入夜宿奇兵……」。
	A1392		與A780本同。

	本		
	A3139本		
19	1962 本	六九/九	「御駕乘虛進取富春……」。
	A780 本	〈巳未年四月〉	「御兵乘虛進取富春……」。
	A1392本		與 A780 本同。
	A3139本		
20	1962 本	七〇/七	「……吳公無後……」。
	A780 本	〈巳未年四月〉	「……吳公無子……」。
	A1392本		與 A780 本同。
	A3139本		「……公吳無子……」。
21	1962 本	七二/二	「欽差吏部尚書行嘉定城協總鎮安全侯鄭懷德甫輯」。
	A780 本	〈艮齋觀光集〉	「吏部尚書欽差嘉定城協總鎮安全侯鄭懷德甫輯」。
	A1392本		與 A780 本同。
	A3139本		
22	1962 本	七三/二	「……關後砲台名每夜放砲以定更……」。

	A780本	〈虎門關夜泊〉	「……關後砲臺名常夜放砲以定更……」。
	A1392本		與A780本同。
	A3139本		
23	1962本	七五/三	「水引河南遶野……春闌補闕乾坤……」。
	A780本	〈花田灌叟〉	「水引河西遶野……春闌闕補乾坤……」。
	A1392本		與A780本同。
	A3139本		「水引河西遶野……春蘭闕神補乾坤……」。
24	1962本	七五/四	「……賣籃歸擔香遺路旨酒攜來奠素馨」。
	A780本	〈花田灌叟〉	「……香籃換有東城酒歸向村前奠素馨」。
	A1392本		與A780本同。
	A3139本		與A780本同，但「……香籃換有東城酒……」中的「換」作「喚」。

25	1962 本	七七/九	「南國輸誠昨向東……」。
	A780 本	〈冬月……十三題〉	「南國輸誠向粵東……」。
	A1392 本		與 A780 本同。
	A3139 本		「南國輸城向越東……」。
26	1962 本	七九/二	「……我鄙儒愛禮慶今尋遠……」。
	A780 本	〈冬月……十三題〉	「……我鄙儒愛禮慶今柔遠……」。
	A1392 本		與 A780 本同。
	A3139 本		
27	1962 本	七九/五	「……窖炊粗糲重陪菜……」。
	A780 本	〈冬月……十三題〉	「……窖炊麤糲重陪菜……」。
	A1392 本		與 A780 本同。
	A3139 本		
28	1962 本	八一/五	「……無絃琴是知音客……」。
	A780 本	〈冬月……十三題〉	「……無絃琴待知音客……」。
	A1392 本		與 A780 本同。
	A3139		

	本		
29	1962 本	八二/二	「……擔頭分帶嶺梅香」。
	A780 本	〈冬月……十三題〉	「……輿頭分插嶺梅香」。
	A1392 本		與 A780 本同。
	A3139 本		
30	1962 本	八三/三	「……水陸莫勞程萬里……」。
	A780 本	〈冬月……十三題〉	「……水陸莫勞程里萬……」。
	A1392 本		與 A780 本同。
	A3139 本		與 1962 本同。
31	1962 本	八五/四	「……警柝還翰音」。
	A780 本	〈桂林除夜〉	「……警柝還鵾音」。
	A1392 本		與 A780 本同。
	A3139 本		
32	1962 本	八五/六	「……水點盆燈檢鬢皤」。
	A780 本	〈桂林除夜〉	「……點水盆燈檢鬢皤」。
	A1392 本		與 A780 本同。
	A3139 本		

<table>
<tr><td rowspan="4">33</td><td>1962 本</td><td>八九/九</td><td>「太和趨進日菖蒲為壽序朝班」。</td></tr>
<tr><td>A780 本</td><td rowspan="3">〈舟中端陽〉</td><td>「太和趨進日菖蒲獻壽出朝班」。</td></tr>
<tr><td>A1392 本</td><td rowspan="2">與 A780 本同。</td></tr>
<tr><td>A3139 本</td></tr>
<tr><td rowspan="4">34</td><td>1962 本</td><td>九四/六</td><td>「……移向剡溪作意栽」。</td></tr>
<tr><td>A780 本</td><td rowspan="3">〈題長沙趙和縣扇面李翰林畫梅〉</td><td>「……移向鷄林作意栽」。</td></tr>
<tr><td>A1392 本</td><td rowspan="2">與 A780 本同。</td></tr>
<tr><td>A3139 本</td></tr>
<tr><td rowspan="4">35</td><td>1962 本</td><td>九四/七</td><td>「……清風為獻早春回」。</td></tr>
<tr><td>A780 本</td><td rowspan="3">〈題長沙趙和縣扇面李翰林畫梅〉</td><td>「……清風為惹早春回」。</td></tr>
<tr><td>A1392 本</td><td rowspan="2">與 A780 本同。</td></tr>
<tr><td>A3139 本</td></tr>
<tr><td rowspan="2">36</td><td>1962 本</td><td>九七/三</td><td>「武昌贅寵駕公車……沔水煙花開步幛……」。</td></tr>
<tr><td>A780 本</td><td>〈題黃鶴樓〉</td><td>「武昌既贅返公車……沔水煙花開步幛……」。</td></tr>
</table>

	A1392本		與 A780 本同。
	A3139本		「武昌既贊返公車……沔水煙花開步嶂……」。
37	1962 本	九七/六	「……綠蘋燠帶春眠塢……」。
	A780 本	〈鸚鵡州〉	「……翠衿奇挺西來白……」。
	A1392本		與 A780 本同。
	A3139本		
38	1962 本	九八/六	「緩步閒探小院東雙嬌宛在畫圖中整容並逞閨間玉携袖相邀林下風翡翠金釵含結綠鴛鴦花譜點殷紅片身愿拖英雄手莫使秋深怨落桐」。
	A780 本	〈漢陽府……〉	「習靜閑開小院東梳粧二女宛圖中羞人默念因緣譜按歲潛分正閨桐筆墨有情和日月鶯花無意出簾櫳秘辛心薄風流惡酷愛喬家嫁兩雄」。
	A1392本		與 A780 本同。
	A3139本		亦與 A780 本同，但「秘辛心薄風流惡」中的「薄」則寫

			成「泊」。
39	1962本	九九/八	「……試縛龜繩風樹靜閑挑鬼仗月湖光……」。
	A780本	〈書贈天都庵明達老禪師〉	「……試縛龜毛風樹靜閑挑鬼角月湖光……」。
	A1392本		與A780本同。
	A3139本		
40	1962本	一〇一/四	「……千載追思疑塚事分香何有片情真」。
	A780本	〈鄴中〉	「……運用徒勞疑塚智分香猶爾賊情真」。
	A1392本		與A780本同。
	A3139本		
41	1962本	一〇五/九	「……對各送酬謝玩好潤筆之物又要落款姓名亦祇以異之意也」。
	A780本	〈題梧下二美人圖〉	「……對各送酬謝玩好潤筆之禮止要落款越南國使姓名以誌希遇」。
	A1392		與A780本同。

	本		
	A3139 本		
42	1962 本	一〇七/四	「奉觀音大士……佛前燈鑊盛油百斤號千年燭常點不絕」。
	A780 本	〈使停隆興寺漫題〉	「寺奉觀音大士……佛前燈鑊號千年燭貯油百斤常點不絕」。
	A1392 本		與 A780 本同。
	A3139 本		「寺奉觀音大士……伏前燈護号千年燭貯油百斤常點不絕」。
43	1962 本	一〇七/五	「……螭朝御碣拱蒼松……」。
	A780 本	〈使停隆興寺漫題〉	「……螭朝御碣拱霜松……」。
	A1392 本		與 A780 本同。
	A3139 本		
44	1962 本	一〇八/四	「……赤日肩頭擔……帝德從開後康熙初年開鑿可行寬平絕險端」。
	A780 本	〈陡廣仁	「……赤日胸前捧……皇路

		嶺〉	開通後寬平絕險難」。
	A1392本		與 A780 本同。
	A3139本		
45	1962 本	一〇八/八	「……石匣城開口內兵弁駐札之所……」。
	A780 本	〈古北口紀見〉	「……石匣城關口內游擊駐札之所……」。
	A1392本		與 A780 本同。
	A3139本		
46	1962 本	一一二/二	「欽差吏部尚書行嘉定城協總鎮安全侯鄭懷德甫輯」。
	A780 本	〈艮齋可以集〉	「吏部尚書欽差嘉定城協總鎮安全侯鄭懷德甫輯」。
	A1392本		與 A780 本同。
	A3139本		
47	1962 本	一一二/六	「……桂子香孫占曉風」。
	A780 本	〈澆花〉	「……桂子蘭孫占曉風」。
	A1392本		與 A780 本同。

	A3139 本		「……桂子蘭孫占曉風」。
48	1962 本	一一三/四	「……蒼玉霜開交艷瓣」。
	A780 本	〈芥花〉	「……蒼玉霜開交挹瓣」。
	A1392 本		與 A780 本同。
	A3139 本		
49	1962 本	一一三/六	「……老婦閑擔光簠簋……」。
	A780 本	〈芥花〉	「……老婦新炰光簠簋……」。
	A1392 本		與 A780 本同。
	A3139 本		
50	1962 本	一一三/九	「普陀山下跡初移……」。
	A780 本	〈觀音竹〉	「補陀山下跡初移……」。
	A1392 本		與 A780 本同。
	A3139 本		
51	1962 本	一一八/七	「坤生功既竣」。
	A780 本	〈皇仁殿應制題刻十首〉	「坤生功既就」。
	A1392 本		與 A780 本同。
	A3139		

	本		
52	1962 本	一二〇/二	「……易標夭桃端結子……和墨伊誰伴老儒」。
	A780 本	〈悼阮桂姬〉	「……易摽夭桃端結子……研墨憑誰助老儒」。
	A1392 本		與 A780 本同。
	A3139 本		「……易摽夭桃端結子……研墨憑誰助我儒老」。
53	1962 本	一二一/六	「波羅蜜樹名書白樹為少實多研……」。
	A780 本	〈波羅蜜〉	「波羅蜜樹木書云樹如少實多斫……」。
	A1392 本		與 A780 本同。
	A3139 本		
54	1962 本	一二三/一	「佛梨頭……」。
	A780 本	〈佛梨頭〉	「佛頭梨……」。
	A1392 本		與 A780 本同。
	A3139 本		
55	1962 本	一二四/四	「……跨浪常纓郭璞冠……」。

	A780本	〈巤〉	「……鬪浪常纓郭璞冠……」。
	A1392本		與 A780 本同。
	A3139本		
56	1962 本	一二五/二	「……碑下水師雨……」。
	A780 本	〈情好〉	「……彈下水師雨……」。
	A1392本		與 A780 本同。
	A3139本		

肆、結語

姚伯岳先生在《版本學》中認為，一種質量較好、價值較高的版本應具備以下三個條件：(一)內容完整，沒有刪削或殘缺的現象；(二)文字內容正確，很少或較少在傳抄或刻印中發生的錯訛脫衍等文字錯誤；(三)文字內容有其特色，或具有其他版本所沒有的重要內容。[10]同樣的，嚴佐之先生在《古籍版本學概論》也提出類似的看法，說：

> 版本優劣同時表現在版本的形式外觀和文字內容上。若以形式而論，凡字體端正，行格疏郎，版面整潔，紙張潔白，墨色濃黑，刻工精細，印刷精細的版本皆可謂優者。但版本研究的根本目的在於為文獻研

[10] 以上關於版本價值的標準參考於姚伯岳：《版本學》，(北京：北京大學出版社，1993 年 12 月)頁 145-146。

> 究提供真實可信的版本依據，所以衡量版本優劣的主要因素不在於形式外觀，而在內容。[11]

如此看來，一個好的版本，其優劣高下及價值大小的基本標準不外於「文字內容」的完整與準確與否。觀察鄭懷德之《艮齋詩集》的各種版本，目前國內外所通行者，係 1962 年 10 月香港新亞研究所東亞研究室編輯之版本。但我們若用上述的標準來看的話，那麼 1962 年的《艮齋詩集》不得謂之為好的版本。因為，若是從《艮齋詩集》各本的整體看來，我們幾乎都看不出 1962 年的版本與其他三個版本之間存在怎樣的差異。但一通過文字對校與考證，可以發現 1962 年的版本之正文、注文都與 1819 年的其他三個版本卻有許多不同之處。例如 1962 年的版本除了照錄原文之外，另有「異體字」、「刪省文字」、「增補文字」及「改易文字」等四種狀況。其中，「異體字」、「字形相近」及「改易文字」等問題較多且最為明顯。

總之，1819 年以來的各種版本之間的確有同有異，各有千秋。但其主要的差異表現於：(一)篇目順序上之不同；(二)文字上之不同。從本文所提出之內容看來，1819 年之三部版本的文字幾乎是相同的，其中雖然也有些差異，但並不多。反之，1962 年之版本問題較多，不少錯別字或有些文字內容較有其特殊。我們若能以 1819 年的三部版本為底本，再以 1962 年的版本為輔本，重新校正與整理，相信

---

[11] 參見嚴佐之：《古籍版本學概論》，(上海：華東師範大學出版社，1989 年 10 月)，頁 174。

可得一個好的版本。

筆者今日所提出的問題，也許只是《艮齋詩集》所存在的其中某方面而已，希望這些簡略的問題將得到學者之關注，能提供或推薦相關的建議及資料，讓我們可以繼續研究下去，期待可推出一部較完整、齊全的《艮齋詩集》之版本。

徵引及參考文獻

一、專書

中國・復旦大學文史研究院、越南・漢喃研究院合編，《越南漢文燕行文獻集成・第八冊》，上海：復旦大學出版社，2010年。

新亞研究所東南亞研究室，《艮齋詩集》，香港：新亞研究所，民51年。

鄭永常，《漢文文學在安南的興替》，臺北：台灣商務，民76年。

鄭懷德，《艮齋詩集》，越南河內漢喃研究院藏版影印本，架藏號碼為A1392。

鄭懷德，《艮齋詩集》，越南河內漢喃研究院藏版影印本，架藏號碼為A3139。

鄭懷德，《艮齋詩集》，越南河內漢喃研究院藏版影印本，架藏號碼為A780。

鄭懷德、吳仁靜、黎光定等著、懷英編譯與註解，《嘉定三家》，同奈：同奈綜合出版社，2006年。

鄭懷德著、李越勇編譯與註解，《嘉定城通志》，同奈：同奈綜合出版社，2006年。

二、期刊論文：

鄭瑞明，〈華僑鄭懷德對越南的貢獻〉，《歷史學報》，04(臺北：1976)，頁221-240。

龔顯宗，〈華裔越南漢學家、外交家鄭懷德〉，《歷史月刊》，150(臺北：2000)，頁107-112。

“有+VP”句於漢語共同語中的對應和運用

湯翠蘭*

* 作者現為澳門理工學院語言暨翻譯高等學校副教授

壹、引言

對於"有+VP"句式（即"我有問過他了"之類的句式）的研究，誠如傅習濤[1]所說，早期較局限於方言的範圍。在漢語共同語（即國語和普通話）中，正如趙元任認為，"你有看見他沒有？"這類句式是從粵語（廣州話）學來的一個新用法，又受到臺灣閩南話的加強影響，但是對於北方人來說，還是有點不習慣。[2]雖然大陸在 1998 年出版的《普通話水平測試大綱》修訂本[3]時已把"你有沒有吃過飯？"列為合乎規範的疑問向，但是表示肯定的"有+VP"句式（即"我有吃過飯"）仍視為不合規範的。然而，最近十來年，有不少學者觀察到，此句式出現在漢語共同語中的情況，甚至有越來越頻密的趨勢，因而出現了一系列討論有關句式在漢語共同語中出現的情況、形成原因以及與方言、古代漢語等的關係、"有+VP"的語義、語用、"有"的定性以及從認知語言學以及語法系統對稱性等方面的研究論文。雖然如此，漢語共同語的標準中，"有+VP"句式的地位仍未獲認可。本文嘗試從粵方言中"有+VP"句式在漢語共同語的對應分析以及觀察其實際的運用情況。

貳、粵語"有+VP"在漢語共同語中的對應

---

[1] 傅習濤：〈「有+VP」研究述評〉，《漢學研究通訊》26:3（總 103 期）（2007 年 8 月），頁 1—9。

[2] 趙元任著，丁邦新譯：《中國話的文法》（臺灣：學生書局），1994 年，頁 373。（又見香港中文大學出版社，1980 年）

[3] 劉照雄主編：《普通話水平測試大綱（修訂本）》（吉林人民出版社），1998 年，頁 487。

根據施其生[4]、劉曉梅和李如龍[5]、汪化雲和陳金仙[6]等人的研究，"有+VP"（如"我有去"）句式在閩、粵、客家乃至於吳方言都是常見的。以粵方言為例子，"有+VP"中的"有"，表示：(一)曾經 ，如：你有去睇佢咩？——我有去。／佢有講過呢件事咩？／你有問過冇？（你問過沒有？）(二)加強語氣，如：今日我有頭痛，所以唔上班。[7]正如張洪年[8]指出，助詞"咗"為完成體，表示動作的完成，如"我食咗飯。"，即"我吃了飯了"，表示吃飯動作的完成。作為疑問句時，我們可以用"你食咗飯未？"或"你有冇食飯？"作提問，但如果要問動作究竟有沒有發生完成，就一定要用"有冇"的形式來問；而"我有食飯。"一句即是表示肯定發生完成"食飯"這事情。而助詞"咗"不能和"有、冇、未"並用，即不能出現"有去咗睇佢"之類的句子。也就是說，"有+VP"句式在表示完成之餘，還表示確定、肯定[9]。也因此，粵語中會出現這四種表達不同語義的句子：

1.佢去咗睇戲。(表完成)

---

[4] 施其生：〈論"有"字句〉，《語言研究》1996:1(總第 30 期)(1996 年)，頁 26—31。

[5] 劉曉梅、李如龍：〈東南方言語法對普通話的影響四種〉，《語言研究》24:4(2004 年 12 月)，頁 61-64。

[6] 汪化雲、陳金仙：〈也說"有+VP"句〉，《貴州教育學院學報(社會科學)》第 20 卷第 1 期(總第 75 期)(2004 年)，頁 70—72。

[7] 解釋及例如節錄自白宛如：《廣州方言詞典》(江蘇教育出版社，1998 年)，頁 214。

[8] 張洪年：《香港粵語語法的研究》(香港：香港中文大學，2007 年)，頁 152 及 154 頁。

[9] 苟曲波：〈"有+Vp"結構的三個平面考察〉，《新余高專學報》第 15 卷第 3 期(2010 年 6 月)，頁 56—58。

2.佢有去睇戲。(表完成,確定)
3.佢去過睇戲。(表經驗)
4.佢有去過睇戲。(表經驗,確定)

如果以客觀事實陳述的否定形式出現,即是:

1n. 佢未去睇戲。
2n. 佢冇去睇戲。
3n. 佢未去過睇戲。
4n. 佢冇去過睇戲。

對應於標準、規範的漢語共同語,分別為:

1a. 他去了看電影。
2a. 他去了看電影。
3a. 他去過看電影。
4a. 他去過看電影。

而其否定形式則是:

1an. 他沒去看電影。
2an. 他沒去看電影。
3an. 他沒去過看電影。
4an. 他沒去過看電影。

粵語中,表確定義的帶“有”句子,對應到漢語共同語後,與不帶確定義的句子變得同形、沒有區別。廣東、香港、澳門、臺灣等地屬閩、粵、客家方言區的人傾向把“有”字強加到漢語共同語中[10],構成“有+VP”句式去區別於普通完成體、經驗體和帶確定義的完成體和經驗體,即用“他有去看電影”和“他有去過看電影”表達確定。從否定形式來看,粵語一般表未完成義為“未[mei^{22}]+VP,而帶確定未完成義的則為“冇(無)[mou^{13}]+VP”;漢語共同語中沒有區別,只有一種“沒+VP”。

---

[10] 同注 3。

然而，以港澳地區為例，相關的普通話教學書[11]中，大都專設一節說明粵語中"有字句"在普通話中的對應，全都仍視這種"有+VP"句式為不合規範、不正確的。

參、"有+VP"在澳門報章中的實際運用情況

雖然在中國大陸地區的正式規範語文中，"有+VP"句式屬不正確，然而實際上，無論在電視媒體或報紙媒體中，這種句式日益增加。從 2002 年起，已有學者陸陸續續發表了所收集到的相關語料[12]，這些語料包括來自香港、大陸以及臺灣地區；但是，到目前為止，我們仍未看見有文章提及海峽兩岸地區其中一員——澳門的相關情況。本文希望可以為此填補空白。

為了更確實地了解"有+VP"句式在澳門的實際運用情況，本文嘗試利用電子剪報系統慧科新聞資料平台（Wisers Informational Portal）。該系統為一站式新聞資訊

---

[11] 常用的有(1)黃翊編：《普通話進階》（香港：和平圖書－海峰出版社），1997 年 4 月；(2) 陳建民編著：《普通話常用口語詞和句》（香港：香港普通話研習社、新華彩印出版社），1998 年 8 月；程相文主編：《漢語普通話教程．精讀課本》第一冊（北京：北京語言文化大學出版社），1997 年 6 月等等。

[12] 從年份順序排列分別有石定栩、王燦龍、朱志瑜：〈香港書面漢語語句法變異：粵語的移用、文言的保留及其他〉，《語言文字應用》2002:3，2002 年 8 月，頁 23-32；孫琴：〈對話中的"有+VP"〉，《南京師範大學文學院學報》2003:3，2003 年 9 月，頁 162-166；管娟娟：〈論"有+VP"句〉，《柳州職業技技學院學報》第 6 卷第 1 期，2006 年 3 月，頁 85-90；竇煥新：〈臺灣普通話中的"有+動詞"研究〉，《渤海大學學報（哲學社會科學版）》第 28 卷第 3 期，2006 年 5 月，頁 47-50；蘭碧仙：〈"有+VP"$_2$結構分析〉，《集美大學學報（哲學社會科學版）》第 12 卷第 3 期，2009 年 7 月，頁 58-94，等等。

檢索平台，是資料最全面的新聞資料庫，單就澳門地區而言，資料庫所包含的報章無一遺漏。我們嘗試透過系統，以隨機抽選連續兩年同月同日一天的所有澳門的中文報章，去搜尋有關帶“有”的語料，再作進一步的篩選、處理和分類。

有一點須注意的是，“有+VP”句式實分為“有+VP”$_1$和“有+VP”$_2$兩種。“有+VP”$_1$句式可分兩類：第一類為指稱化動詞，即“有”後的 VP 已指稱化，具名詞性質，可加量詞（如“個”、“些”、“點（兒）”）和助詞（“所”）等；第二類則視作古漢語的遺存，甚至“有”只視為語素，與後面成份結合成詞（如“有待”、“有望”、“有助”等），“有”後 VP 多為單音節動詞，或以對舉方式出現（如“有說有笑”、“有增無減”等）。而“有+VP”$_2$句式則是本文所關注的句式，也是第二節中所討論的句式，觔“有”後的“VP”不帶指稱性，表確定義的完成體。另外，有一點值得注意的是，港澳地區報章較多出現文言語體風格的用語，因而出現有些理應屬於“有+VP”$_2$句式的例句，由於當中又呈現古漢語的文言語體風格，如“有傳”句子，以及“有”前帶狀語“偶”、“均”、“稍”等，又或有不確定的情況（如“賠率又有下調”），究竟屬於“有+VP”$_1$句式還是“有+VP”$_2$句式，仍待進一步的釐清，就此本文均採取一個較嚴格的尺度，暫時把它們剔除在“有+VP”$_2$句式之外。

我們隨機選擇了 2012 年 8 月 15 日星期三當天的所有澳門報章尋找“有”的新聞條目，共搜得 328 則新聞，260,364 字數，而“有”字有 3,277 個，除去“沒有”、“有否”、“未有”、“有限”、“有關”、“只有”、“唯有”非動詞的條目以及熟語後，動詞“有”共出現 2,765

次，而當中“有”後接動詞的有 175 次，而當中合乎“有+VP”$_{2}$句式的共有以下 6 條：

1. 該調查有分區進行，結果顯示，各區居民就地區巴士服務亦有不同的優先訴求，離島區特別關注於離島區增設巴士總站或大型綜合轉乘站的計劃和資訊，祈望當局能提供一個多路線的巴士站方便巴士使用者乘車到澳門各處，以及確保離島區巴士使用者於繁忙時段亦能便利地乘搭巴士。（華僑報 13）
2. 只要有 3 至 5 個此類「變化」，而賠率又有下調，便可以跟進投注。（市民日報 P12）
3. 另一位參賽者，即將升讀高二的陳雅亮，一直有報讀時裝設計相關課程。（澳門日報 A10）
4. 問天明有下令照顧其妻家蔚嗎？（澳門日報 D01）
5. 問王維基有接洽過她嗎？阿佘表示沒有，亦冇見過面。（澳門日報 D01）
6. 景海鵬除表示歡迎外，又反問在場學生是否已經有到過北京航太城參觀。（大眾報 P01）

例句（5）的 VP 帶狀語“分區”，除此以外，其餘 5 句均可以把“有”刪除或改用助詞“了”而成為規範的漢語共同語。

我們再以去年的同一天，即 2011 年 8 月 15 日星期一的報章作比照。通過系統檢索，帶“有”字的新聞共 431 則，326,482 字數，而“有”字有 3,734 個，除去“沒有”等條目後，動詞“有”共出現 3,510 次，而而當中“有”後接動詞的有 119 次，合乎“有+VP”$_{2}$句式的共 8 條：

1. 有的店家會一併說明“本店濃縮果汁不含塑化劑”，但我也會憂慮着，這該不會是有加“起雲劑”，但沒加“塑化劑”吧？（澳門日報 F04）

2.現時部份旅遊書，**有介紹關前街和十月初五街數間傳統特色食肆**，據了解，將有一家品牌手信店在十月初五街落戶……（正報 P04）
3.羅莎琳德表示，早前**有聽聞事件**，認為導遊協會必須管制低團費、無牌導遊等問題，並建議導遊盡量避免帶旅客到購物點，因為抽傭等行為會降低導遊的專業形象。（華僑報 13）
4.至於美國主權信貸評級被調低，他稱，雖然評級被調低，但與其他歐洲發達國家仍屬較高的評級，因此，不需要過於擔心，又認為此是國際金融市場上常見的事情，不必過度反應，認為政府已**有正視問題**。（大眾報 P04）
5.行程中，台灣學員全朝文是原住民，屬布農族，去年**有參加過交流團活動**，認識不少來自兩岸四地青年，更成為好朋友，今年更再度參加交流團。（澳門日報 C02）
6.民政總署在日常水質檢測工作中，亦**有對自來水的鉻金屬含量進行專門檢測**，且並未發現鉻含量超出安全標準，市民可以放心使用。（正報 P01）
7.華聯茶莊也**有考慮過搬上工業大廈**，減少每年颱風季節期間受水浸威脅之苦，但考慮到區內不少老顧客，怕搬上工業大廈後零售部份的老顧客找不到，始於沒有離開十月初五街。（正報 P04）
8.老闆還說了個有趣的月餅製作“潛規則”，不知道大家平時吃月餅時是否**有注意到**，黑豆沙餡的月餅通常都是不加蛋黃的，這並不是口感或者其它製作原因，而是因為兆頭不好，黑豆沙加蛋黃，不就成了“烏雲蔽月”了嘛。（濠江日報 C04）

例句（11）至（14）為的 VP 為動詞加賓語，例句（15）至（18）中 VP 的動詞都有後附成分，如助詞"過"、動詞"到"作補語。以規範的漢語角度來看，均須刪除動詞"有"。

從基數來看，"有+VP"$_2$句式於 2011 年出現的次數（8 句）要比後一年 2012 年（6 句）要多。然而，如果我們再以動詞"有"出現的條目數量去計算比率，即分別以 3,510 和 2,765 作為分母，我們得出的比率分別是 0.228% 和 0.217%；當中只有 0.05%的差別在統計上是無意義的。如果以"有+VP"句式的數目作為分母（即 175 和 117），得出的比率分是 4.57%和 5.13%，一年內"有+VP"$_2$句式的運用在單日計算中略有增幅。也就是說，我們都可以清楚看到，這種"有+VP"$_2$句式在澳門報章已在應用，而且屬穩定的情況。

雖然這樣的數據可能有欠全面，但是在單日報章中出現不止一例的情況卻是不爭的事實。進一步來說，這種句式已經不只是在口語上出現，而是出現在被視為較正規的報章中。情況不容再忽視。

香港和澳門雖然分別位於珠江口的東西岸，然而在文字應用上卻有着不一樣的態度。香港的態度傾向於開放、隨意，從上世紀五十世紀，已有文言、白話、粵語混合而成的"三及弟"文體在報章上出現[13]，到了近年甚至通篇都以粵語行文的現象，因此，早在 2002 年石定栩等[14]已注意到香港報章中有"有+VP"句式的出現，並對此現象加

13 黃仲鳴：《香港三及第文體流變史》（香港：香港作家協會，2002 年 9 月），頁 1。

14 石定栩、王燦龍、朱志瑜：〈香港書面漢語句法變異：粵語的移用、文言的保留及其他〉，《語言文字應用》2002:3（2002 年 8 月），頁 23—32。

以研究分析；而澳門的態度則是較為保守，恪守書面語的規範，而現在此種“有+VP”句式澳門報章中出現的頻率漸高，則表示越來越多人認同這種句式存在的合理性，即以用表示“確定義”的完成體。

肆、討論

根據劉利[15]和張文國、張文強[16]於 1996 年的研究，於先秦時代已有“有+VP”的結構，劉利認為那是表完成體的結構。王國栓、馬慶株 2008 年的研究[17]進一步總結，認為“有+VP”的結構從先秦至兩漢以至唐代，都普遍使用，但唐代以後這種句式日漸減少，並以清代八旗子弟文康所著的《兒女英雄傳》中只出現 2 個例子為據，說明此種句式在北方方言中走向消失的證明。南方方言中，如粵方言、閩方言則仍保留“有+VP”結構，為合法的句式。此結構的否定式則分別為於粵方言為“冇”，閩方言為“無”。這兩種方言的正反疑問句的形式，剛好是肯定式和否定式的疊加，即“有冇”及“有無”，是對稱的。然而，漢語共同語中，此句式的肯定形式為後加助詞“VP+了”，否定形式為“沒+VP”，而正反疑問句式外則是“有沒有+VP”，是不對稱的[18]。

---

15 劉利：（古漢語“有 VP”結構中“有”的表體功能），《徐州師範大學學報(哲學社會科學版)》第一期(1997 年)，頁 66—68。

16 張文國、張文強：〈論先秦漢語的“有(無)+VP”結構〉，《廣西大學學報(哲社版)》1996 年第 3 期(1996 年)，頁 61—67。

17 王國栓、馬慶株：〈普通話中走向對稱的“有+VP(+了)”結構〉，《南開語言學刊》2008 年第 2 期(總第 12 期)(2008 年)，頁 87—91。

18 石毓智：〈漢語的領有動詞與完成體的表達〉，《語言研究》第 24 卷第 2 期(2004 年 6 月)，頁 34—42。

上世紀 80 年代始，隨着香港和臺灣兩地經濟的發展，港臺文化亦備受追捧。先有香港的電視、電影媒體配成帶有粵方言特色的漢語共同語，流通各地華人社區，後期則是隨着臺灣當地方言的日漸抬頭，加上娛樂電視頻道又日益增多，出現大量共同語和閩南方言混用的以及帶有閩南方言色彩的共同語產生的情況。到了近期，由於綜藝節目均唯臺灣馬首是瞻，大陸地方電視衛星頻道紛紛仿效，除了模仿節目形式、內容外，還模仿臺灣主持人說話的腔調和句型用字，便出現粵方言和閩南方言開始大量進入漢語共同語的情況，其中一個影響就是"有+VP"句式大量且高頻地出現。我們從本文第三節中對偏向傳統保守的澳門報章中"有+VP"句式數量作統計，證明在近一年內，此句式出現的頻率大幅提高。

然而，石毓智曾指出：

> "然而社會文化因素並不是能直接影響到語言，而且影響的範圍和程度都是非常有限的。有那些高頻率出現的常見表達才具有影響語言的可能性，同時其影響的範圍、時間和程度都會受到語言系統的狀況的制約。"[19]

社會文化因素固然重要，高頻出現也不可忽視其影響力。然而，此種"有+VP"備受關注、備受討論的其中一個重要原因，在於它對漢語共同語語法系統的影響。

此種句式的出現，一方面讓原來處於不對稱狀況的語

---

[19] 石毓智：〈論社會平均值對語法的影響——漢語"有"的程度表達式產生的原因〉，《語言科學》第 3 卷第 6 期(總第 13 期)(2004 年 11 月)，頁 16—26。

法系統得以改變，成為對稱的局面，即用“有+VP”去表達相關活動的確實完成，以“沒+VP”去表達相關活動確實未完成，疑問句則是以肯定式和否定式疊加的形式出現，即“有沒有+VP”。另一方面，之前““VP+了”結構是既表示動作實現、完成又表示確定相關活動或動作行為確實完成”，增加了“有+VP”句式，可以令“VP+了”句式的功能單一。有了“有+VP”句式去表達狀況活動的已然、完成義，“VP+了”句式就只需表達動作的實現、完成義。這樣的分工可以令表義系統變得嚴謹、精確。

因此，我們認為，此種句式雖然是受方言的影響，但是其實那只是方言中保留了古漢語中對稱的用法，況且，一方面它的“再現”讓語法系統更完善，另一方面現今運用的頻率也不低，如果我們繼續漠視它的存在，仍不考慮給予它一個合法、合規範的地位，那我們這一套標準、規範就會受人質疑是一套僵化且不合時宜的規則，最終將不受人重視或甚至受人唾棄，失去標準化、規範化原有的目的和精神。

反觀臺灣的情況，相關單位已注意到相關問題，也給予這種句式一定的合法性、正確性。就以國立臺灣博物館於 2012 年底開展的“臺灣礁點東沙環礁特展”的學習單為例，我們看到其中一個問題是：“說說看，在日常生活中，你**有吃過哪些海裡的植物**呢？”這種給予“有+VP”[2]句式一個合法地位的做法是注意現實、與時並進的。

徵引及參考文獻

一、專書：

白宛如：《廣州方言詞典》，江蘇教育出版社，1998年。
張洪年：《香港粵語語法的研究》，香港：香港中文大學，2007年。
陳建民編著：《普通話常用口語詞和句》，香港：香港普通話研習社、新華彩印出版社，1998年8月。
黃仲鳴：《香港三及第文體流變史》，香港：香港作家協會，2002年9月。
黃　翊編：《普通話進階》，香港：和平圖書－海峰出版社，1997年4月。
程相文主編：《漢語普通話教程．精讀課本》第一冊，北京：北京語言文化大學出版社，1997年6月。
趙元任著，丁邦新譯：《中國話的文法》（臺灣：學生書局），1994年，頁373。（又見香港中文大學出版社，1980年）。
劉照雄主編：《普通話水平測試大綱（修訂本）》（吉林人民出版社），1998年。

二、期刊與會議論文

王國栓、馬慶株：〈普通話中走向對稱的"有+VP（+了）"結構〉，《南開語言學刊》2008年第2期（總第12期）（2008年），頁87—91。
石毓智：〈漢語的領有動詞與完成體的表達〉，《語言研究》

第 24 卷第 2 期（2004 年 6 月），頁 34—42。
石毓智：〈論社會平均值對語法的影響——漢語“有”的程度表達式產生的原因〉，《語言科學》第 3 卷第 6 期（總第 13 期）（2004 年 11 月），頁 16—26。
石定栩、王燦龍、朱志瑜：〈香港書面漢語語句法變異：粵語的移用、文言的保留及其他〉，《語言文字應用》2002:3，2002 年 8 月，頁 23-32。
汪化雲、陳金仙：〈也說“有+VP”句〉，《貴州教育學院學報（社會科學）》第 20 卷第 1 期（總第 75 期）（2004 年），頁 70—72。
苟曲波：〈“有+Vp”結構的三個平面考察〉，《新余高專學報》第 15 卷第 3 期（2010 年 6 月），頁 56—58。
施其生：〈論“有”字句〉，《語言研究》1996:1（總第 30 期）（1996 年），頁 26—31。
孫　琴：〈對話中的“有+VP”〉，《南京師範大學文學院學報》2003:3，2003 年 9 月，頁 162-166。
張文國、張文強：〈論先秦漢語的“有（無）+VP”結構〉，《廣西大學學報（哲社版）》1996 年第 3 期（1996 年），頁 61—67。
傅習濤：〈「有+VP」研究述評〉，《漢學研究通訊》26:3（總 103 期）（2007 年 8 月），頁 1—9。
管娟娟：〈論“有+VP”句〉，《柳州職業技技學院學報》第 6 卷第 1 期，2006 年 3 月，頁 85-90。
劉　利：（古漢語“有 VP”結構中“有”的表體功能），《徐州師範大學學報（哲學社會科學版）》第一期（1997 年），頁 66—68。
劉曉梅、李如龍：〈東南方言語法對普通話的影響四種〉，《語言研究》24:4（2004 年 12 月），頁 61-64。

竇焕新：〈臺灣普通話中的"有+動詞"研究〉，《渤海大學學報（哲學社會科學版）》第28卷第3期，2006年5月，頁47-50。
蘭碧仙：〈"有+VP"2結構分析〉，《集美大學學報（哲學社會科學版）》第12卷第3期，2009年7月，頁58-94。

三、其他

慧科新聞資料平台（Wisers Informational Portal）。

閩、客語俗字相關疑義淺析——兼論現行小學語文學習領域閩、客語教材之俗字選編規範與相關實務

許文獻*

* 作者現為國立屏東教育大學中國語文學系專案助理教授兼教學資源中心學生學習組組長

壹、前言

俗字之發展與研究，在漢語語言文字發展史上，占有舉足輕重之地位，即以方言俗字研究而言，明代以前，受到歷代政權語言文字規範政策影響，其發展幾乎是處於混沌未明之狀態，甚至有多數字例未見載於字書，惟下迄日據與民國時期，方言俗字始逐漸受到重視，即如姚榮松師所言，不僅方言俗字，包括所有方言字之規範與整理，仍為今後語文教育發展之重點。[1]
因此，本文擬從閩、客語俗字所見疑義著手，並以文字學、聲韻學、語言學與方言學之相關理論，試論此中相關要點。

貳、方言字詞研究評議

古人造字，不外溯本、借用與新造，即如姚榮松師所歸納以漢字記錄方言之三大共通法則。[2]故所謂方言字者，應指記錄方言音義之文字，其例或見於辭書，惟多數仍屬於民間方言區之特定用字，或如詹伯慧所云之「狹義之方言詞」也。[3]而以閩、客語漢字之發展史而言，姚榮松師曾作討論，並認為其規範性工作乃今後所應加強之重點。[4]但其實方言之文字化活動，早已行之有年，包括早期黃石輝、郭秋生、李獻章與賴和等之「以臺灣話文描寫臺灣事物」運動，此俱臺灣方言語文化之先鋒，繼而有林繼雄「新文

---

[1] 姚榮松師：〈臺灣閩南語的漢字〉，收入董忠司主編《臺灣閩南語概論講授資料彙編》(臺北市：臺灣語文學會，1996年)，頁113-137。
[2] 同注1。
[3] 詹伯慧著、董忠司校訂：《現代漢語方言(附：臺灣的厦・客語)》(臺北市：新學識文教出版中心，1983年)，頁48-57。
[4] 同注1。

繼雄「新文書法」、鄭良偉之「漢羅文字」與洪惟仁之「通俗並重」原則。[5]惟此等活動仍有部分待商之原則與標準，尤其是漢字選字之標準，亟待進行統一與確立，因此，有關方言字之研究，在未來仍有相當大之開展空間。

而對於方言字之整理，姚榮松師曾針對閩南語方言字進行相當縝密之分類，共分爲五大類、九小類[6]，而游汝杰更全盤整理與歸納方言字之類型。[7]倘依游汝杰之分類，方言字又可分爲「方言本字」、「方言訓讀字」、「方言雜字」與「方言拼音文字」等類別。[8]茲綜上諸家之說，並略作評議：

一、關於本字考之研究：方言本字之考證，有音義溯源與文獻考證等兩項重要步驟。然而，此類研究最大困難仍在於文獻考證之疏理，其猶游汝杰所云：

> 但是許多方言本字在古代文獻裡是找不到實際用例的，因為一般的古代文獻所用的是標準的書面語，不用或很少用方言詞。[9]

---

[5] 洪惟仁：〈一種無漢字詞素的解決辦法〉，收入洪惟仁著《臺灣文學與台語文字》（臺北市：前衛出版社，1992 年），頁 140-150；杜建坊：《歌仔冊起鼓：語言、文學與文化》（臺北市：臺灣書房出版公司，2008 年），頁 4-7。

[6] 姚榮松師：〈閩南語書面語的漢字規範〉，《教學與研究》第 12 期（1990 年）。

[7] 游汝杰：《漢語方言學導論》（上海：上海教育出版社，2000 年），頁 218-229。

[8] 同注 7。

[9] 同注 7。

再者，方言本字亦有字形異寫問題[10]，徒增考證之困難。而以閩、客語本字研究而言，徐芳敏著有《閩南語本字與相關問題探索》，乃近年方言本字研究之專著。[11]

二、關於方言訓讀字之研究：方言訓讀字類似古代訓詁資料中之聲訓，惟音義上之要求未如聲訓一般嚴格，惟大抵而言，其訓讀音義仍為方言字詞研究之要項。

三、關於方言雜字之研究：方言雜字乃民間約定俗成之方言字詞，其使用層次與標準性不如上述之方言本字與方言訓讀字，歷來似亦缺少系統性之整理，因此，九零年代閩語字研究始有所謂「正俗之辯」。[12]實則漢字之發展，正俗界限本就不甚清楚，此殆用字者政策與觀感之異耳，部份俗字更因通俗、通用之故進入辭書，例如：「囝」，因此，正俗似毋需強分[13]，即如謝美齡所云：「方言或以其多存無本字語彙之故，應無俗字，皆屬『語彙的正字』」。[14]

然而，若以字形形義之演變條件而言，俗字又可從方言雜字中別立一類，並進一步確立其性質，例如：杜建坊認為「俗字」主要特徵乃在於「約定俗成」[15]，董紹克或

---

10 同注 9。

11 徐芳敏：《閩南語本字與相關問題探索》（臺北市：大安出版社，2003 年）。

12 洪惟仁：〈民主科學的台語文研究——再向鄭良偉教授請教〉，收入洪惟仁著《臺灣文學與台語文字》（臺北市：前衛出版社，1992 年），頁 123-139。

13 拙著：〈試論漢語俗字在對外華語教學上之理論與應用〉，漢字文化節：漢字推廣學術研討會，2010 年 1 月。

14 謝美齡：〈臺灣閩南語字略例——兼論母語教學漢字書寫問題〉，《臺中師院學報》第 16 期（2002 年 7 月），頁 677-690。

15 杜建坊：《歌仔冊起鼓：語言、文學與文化》（臺北市：臺灣書房出版公司，2008 年），頁 59-60。

謂其爲「方俗字」[16]，而游汝杰曾對方言雜字之分類與性質進行界定，其中亦談及方言俗字：

> 現在把這些方塊漢字總稱為方言雜字，分為以下四類，略加討論：方言專用字、方言同音字、方言俗字、方言合音字。這四類方言雜字的共同特點有三個。一是它們只用於記錄方言或者用法標準，跟全民共同使用的書面語中的方塊漢字不同。二是這些字未經正式規範，寫法不穩定，同一個詞在各地寫法可能不同，就是在同一個地方，寫法也可能因人而異。三是開放性。一方面新的雜字不斷產生；另一方面舊的雜字可能流行一時就廢棄了，自生自滅。

所謂方言俗字者，嚴格說來，應屬方言雜字中之其中一個類屬。值得注意的是，游汝杰又曾云「方言俗字是生造的方塊漢字，爲辭書所認可的標準漢字庫所不容。」[17]可知方言俗字之義界又當涉及方塊漢字結構判讀與「標準漢字庫」設計等問題，換言之，方言俗字字形研究乃現今漢字規範研究之重點，以姚榮松師與羅肇錦師所主持之國科會計畫「臺灣閩南語、客家話及國語常用詞彙的對譯研究」而言[18]，該計畫對造字問題則持較保留之態度。[19]

---

16 董紹克：〈方言字初探〉，《語言研究》第 2 期（2005 年 6 月），頁 83-86。

17 同注 9。

18 姚榮松師（主持人）、羅肇錦師（共同主持人）：《臺灣閩南語、客家話及國語常用詞彙的對譯研究》，行政院國家科學委員會專題研究計畫成果報告，1998 年 1 月 31 日。

19 近年國內已有不少漢字字形資料庫之建構，包括：中央研究院漢字構形資料庫、教育部《異體字字典》修訂計畫等，而國內此類綜上述學者之說，可知所謂方言俗字者，屬方言雜字之一類，其定義與性質應包含：

（一）在民間使用。
（二）屬於為記錄方言音義而造之漢字，有別於書面語漢字，且幾乎未見載於字書。
（三）未經過規範化整理，故異寫或異構甚多。
（四）在使用上約定俗成，能在方言區內多數人之間流傳者，甚至可作為童蒙傳習之內容。
（五）基本上，方言俗字應屬漢字構形系統，且多合於六書體例，然而，亦有未盡相合者。
（六）文字使用層次變動甚大，新舊交替率高於書面漢字。
（七）以手寫體居多。

四、關於方言拼音字之研究：方言拼音字之創制，初期僅為傳教之便，後又成為民間書信往來之一部分，若以漢語方言區而言，則又以閩語區最為盛行。惟此類文字多以漢字部分筆劃或記音符號為主，因此，在造字功能上，反不如上述之方言俗字。值得一提的是，臺灣另有一套方言拼音符號，大抵以國語注音符號為基礎，再行改良而來，其優點在於可配合注音教學，但卻容易造成學習者之音讀混淆，尤需謹慎使用。

五、關於漢羅文字之研究：姚榮松師曾將閩語方言字分為全漢字、漢羅文字與羅馬字等三類。[20]其中，全漢字即游汝杰所分出之本字、訓讀字與雜字等，羅馬字則

資料庫對於漢字相關字形之建構與開發，大抵有以下幾項重要建樹與成果：

（一）已能容納相當數量之方言俗字。
（二）手寫字稿亦收羅豐富。

[20] 同注 1。

屬拼音文字，至於漢羅文字乃鄭良偉所倡行，且被多數閩語作家所接受者。此類漢羅文字之優點在於可以不受漢字音義侷限，且回歸拼音本質，惟其缺點卻在於使用者若對拼音不甚熟悉，則易減緩其閱讀之速率與效率。

綜上所述，茲試擬方言字各類別之性質關係圖：.

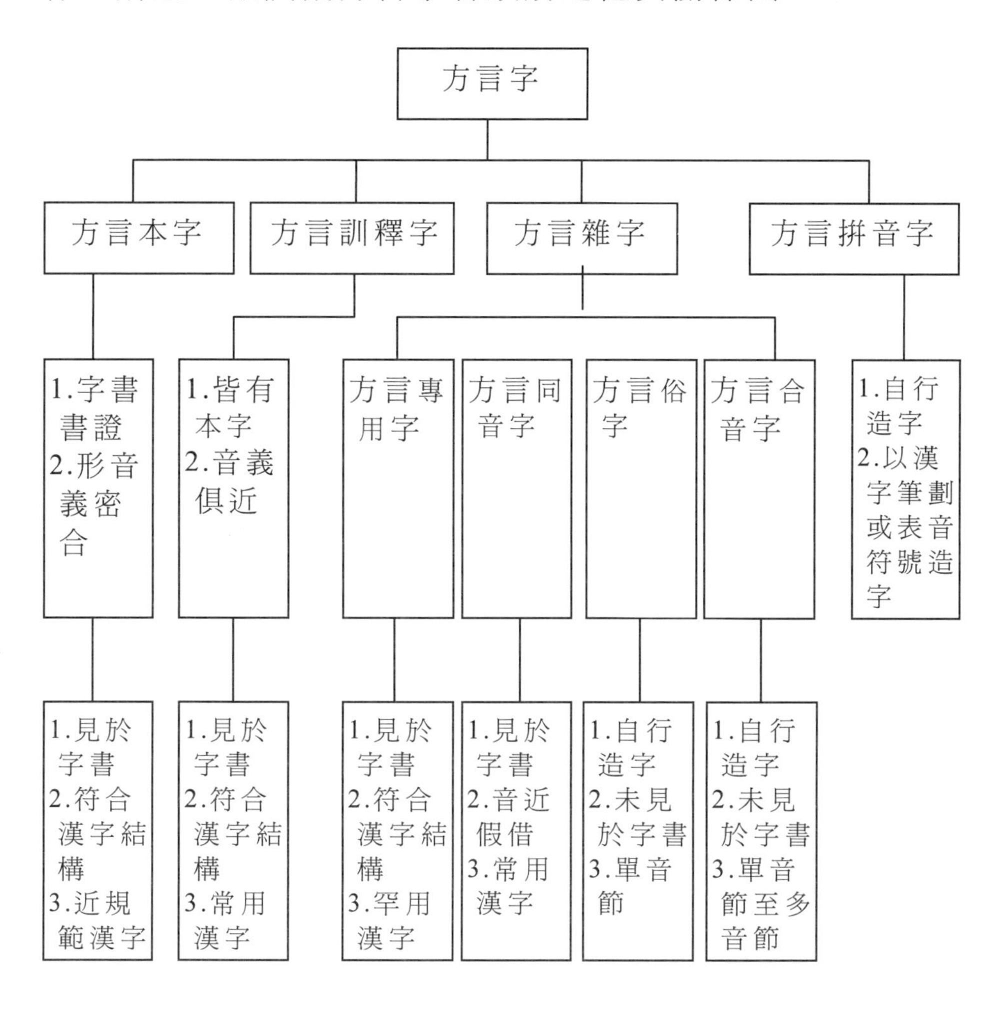

是故，方言字詞之研究層面仍涉及諸多疑義，倘以方言俗字而言，雖僅屬方言字詞之其中一小類，惟其例又多與本字考證、方言異寫字詞、訓讀音義有關，因此，此中之相關疑義包括：

一、記載方言俗字之重要文獻。
二、方言俗字之造字方式。
三、方言俗字之形、音、義關係。
四、方言俗字之用字層次。
五、方言俗字在現行語文教材教法上之應用。

因此，本文擬以閩、客語俗字為研究範疇，試論上述所列各項疑義。

參、記載閩、客語俗字之重要文獻

方言俗字之通行地域與使用人口往往有其限制性，因此，多難以見容於字書，即以今所見閩、客語俗字而言，其主要文獻來源大抵為：

一、地方韻書：此類文獻乃地方人士為方言之辨音識字而編，其通行地域與人口皆有侷限性，以今所見地方韻書而言，仍以閩語最多，包括：《戚林八音》（閩語：福州）、《滙音妙語》（閩語：泉州）、《拍掌知音》（閩語：泉州）、《雅俗通十五音》（閩語：漳州、廈門）、《潮汕十五音》（閩語：潮州、汕頭）、《渡江書十五音》（閩南語）等，其中，《渡江書十五音》屬傳鈔文獻，彌足珍貴。另戲文亦為重要文獻，此中又包括南管、歌仔冊與流行歌書寫文等，杜建坊曾依文字腔調之使用情況，將歌仔冊分為四期（早期以泉腔為主，戰後用字甚爲廣泛）[21]，而洪惟仁更曾分析三種文獻文字之差異，乃在於：

> 鶴佬語及客語歌曲多半是口耳相傳，文字只是輔助工具。南管是文人戲曲，故用字較講究；歌仔冊是寫給識字不多的民眾習歌的歌本，故同音或音近假借字特多，流行歌曲受到現代中文影響甚深，義借字較多。[22]

因此，閱讀對象之不同，乃方言俗字在造字上或用字產生差異之主要影響因素。另需注意的是，文人習用之本字，即便是俗字，若其例見載於字書，則語文使用層次便有所不同，例如：向陽臺語詩「輭」(《土地的歌》) 與「軟」(《向陽臺語詩選》)，其中「軟」字在辭書中雖屬俗字(《廣韻》、《玉篇》)，但比一般罕見俗字之使用層次更高。

二、西洋傳教士或日人針對方言所編之字典：此類字典以羅馬字爲主，包括所謂「白話字」，惟其所收錄之漢字或方言字亦不在少數，此中更包括不少方言俗字，然而，部分字例在臺灣因受到政經因素影響，已有式微之趨勢；另日據時期亦有部份辭書爲閩語另造漢字，惟其所選漢字多未能符合「音義之系統性」，例如：an3 ni1 選用「如此」，因此，其沿續性之發展或有不足。

---

[21] 杜建坊：《歌仔冊起鼓：語言、文學與文化》(臺北市：臺灣書房出版公司，2008 年)，頁 50-51。

[22] 洪惟仁：〈一種無漢字詞素的解決辦法〉，收入洪惟仁著《臺灣文學與台語文字》(臺北市：前衛出版社，1992 年 2 月初版)，頁 140-150。

三、本為俗字，後為字書所收錄者：漢字之發展，往往是正簡交替或正俗通轉，即其例在早期本為俗體字，至後代或為官民通行字，甚或成為官方認可之規範正體字；抑或其例在早期本為正體字，至後代卻因官方規範用字之取捨，淪為俗體字。凡此類例在漢字發展史上，所在皆有，若以方言俗字而言，其例本為俗字，後又為字書所收錄者，亦不在少數，例如：「圳」，其本字為「甽」，原見於《集韻》，惟其俗字字形「圳」字，後亦見載於字書《字匯補》。

綜上所述，可知方言俗字之推廣，其關鍵仍在於主觀約定俗成與客觀政經因素等條件，而相關文獻之保存，則可作為判定俗字語文使用層次或情況之主要依據。

肆、閩、客語俗字之造字分析

倘依游汝杰與謝美齡之整理分析，方言俗字造字方式仍以形聲與會意居多，並搭配合音字或部份特殊造字結構。[23]以閩客語俗字而言，大抵可分為以下幾類：

一、形聲造字：

（一）一形一聲：一形一聲乃形聲正例，而在閩、客之方言俗字中，以一形一聲造字條例所造之字，亦不在少數，例如：垵、埕、𡟓、芏、箃等。此類字例形符表類別義，聲符表音、不表義，惟其聲符仍多與本字音讀未相盡合，僅能言其音近耳。

（二）亦聲字：此為聲符表義者，此類字例較少，但在

---

[23] 游汝杰：《漢語方言學導論》（上海：上海教育出版社，2000 年），頁 218-229；謝美齡：〈臺灣閩南語字略例——兼論母語教學漢字書寫問題〉，《臺中師院學報》第 16 期（2002 年 7 月），頁 677-690。

識讀上較具優勢，例如：悖、㧎、䶜等。

（三）聲符替換：

1.屘：「屘」字在各方言區習見，包括：西北官話與吳語等，皆可見其例。張光宇曾考證此字當从松得聲[24]，吳守禮與陳麗雪則另造一字為「膌」，使其讀音更貼近本字，且聲符更具表義功能，藉以表示小或卑微之意。[25]此或聲符替換之方言俗字例，且源於《方言》所載之古方言，並與所謂「轉語」有關，甚至可能源自古楚語之「沙（屎）」字。[26]

2.簳：此即閩語所習見「簳仔店」一詞之首字俗字字形，民間或寫作「柑」，近年王華南則另用一字「簀」[27]，乃「敢」、「甘」與「貢」之聲符替換例，惟閩語甘聲系收-m韻尾，倘以音系之一貫性原則，似仍以从甘聲者為佳。

3.沃（澳）：此種聲符替換模式古文字習見，疑古聲系發展之遺存，例如：上博楚簡即習見「夭」與「奧」之聲符替換異文例。

（四）後起形聲字：此類字例多為提昇音義識讀功能而造，例如：「嫲」，原作「嘛」，其詞例即流行語「嘛也通」，吳守禮與陳麗雪則另造一字為「嫲」，可釋為从亦馬聲，具充份表音與表義之功能。[28]值得注

---

[24] 張光宇：〈閩南語的"屘siáo"字〉，《第一屆臺灣語言國際研討會論文集》（1993年），頁B2-01-B2-05。

[25] 吳守禮、陳麗雪：《台語正字》（臺北：林榮三文化公益基金會，2005年），頁9-50。

[26] 拙著：〈揚雄《方言》「轉語」與「代語」初探〉，近期待刊稿。

[27] 王華南：《台語漢字正解》（臺北市：臺原出版社，2010年），頁251。

[28] 同注25，頁37。

意的是，部分新造之形聲字，在有意或無意間，具有示源功能，例如：「仝（共）」字，其所从之工聲，與共聲系、厷（尤）聲系同源。

（五）聲系特色：閩、客語俗字不約而同地習用部分聲系，例如：麻聲系，其例在閩、客語中習見，甚至在客家話中，部分聲系更具有辨義之語法功能，即如早期客家話俗字「息『嫲』」、「雞『嫲』」、「鴨『嫲』」[29]，又或作「𤳇」，皆有相近義類，並疑與古方音歌部通轉例有關，然而，在今客語認證標準中，此類字例已大幅減少，並改爲「嫲」；[30]又如「小（肖）」聲系，其例閩、客語習見，例如：「膭」（閩語）、「艄」（客語）、「狷」（客語），此類字例多具有鄙夷之意；另「昔（錯）」聲系之使用亦相當普遍，惟其例又分涉不同語音，例如：「錯幹譙」、「稓目」[31]，易造成音讀辨識上之困難。

二、會意造字：會意乃六書之一，屬基本造字之法，並與同爲合體字之形聲字相輔相成，沿續幾千年來漢字之血脈與發展。而在閩、客語俗字中，會意字例亦不在少數，例如：

（一）比類合誼：儷、躼、歪、嬲等。

（二）依位會意：奀、杢、坳、笁等。

三、特殊造字法：此類方言俗字以會意字爲基礎，以字表詞，並以單一漢字表達兩個音節以上詞彙。然而，在

---

[29] 以上客語麻聲系字例語料根據黃基正：《客家字音譜與詞彙》（臺北：商鼎文化出版社，2006年）。

[30] 《客語能力認證基本詞彙——中級、中高級暨語料選粹（大埔腔）》（臺北市：行政院客家委員會，2009年）。

[31] 此詞彙文字語料引自王華南：《台語漢字正解》（臺北市：臺原出版社，2010年），頁282-283。

論述此類字例之字形結構前，需先釐清此類字例與方言「合音字」之區別，大抵而言，此類字例與「合音字」不同之處，乃在於「合音字」可從字形結構讀出其所欲表達之詞彙，惟此類字卻需具有會意字「比類合誼，以見指撝」之形構之旨，再如游汝杰曾對「合音字」音讀規律所作之界定，其云：

> 合音字的讀音都是由前後兩個音節緊縮而成，大致聲母與前字關係較大，韻母及聲調與後字關係較大，但具體如何緊縮，因各方言音節結構規律不同，而有不同，並無統一的規則，不過有一個總的原則是共同的，即合音字的讀音必需合乎各方言的音節結構。……不是所有的合音都有相應的合音字。合音是語音流變現象。許多合音是在快說時即語速加快時才出現的，慢說時仍分成兩個音節。有相應的合音字的合音，大致都是已經凝固的語流音變現象，至少是出現頻率較高的合音。[32]

可知游汝杰提到三項方言合音俗字之語音特點，即「類反切法」、「因地制宜」與「語流音變」等，其重點皆在表音，與本文此處所論兼表音義之特殊字例或有不同。而以閩、客語俗字所見特殊造字字例而言，其最具爭議者，又屬會意兼合音字與形構未知之例，例如：

（一）𫝺：此字从勿从會，表「不（勿）會」之意，兼具會意與合音之功能。然而，此字原有之俗字字形

[32] 同注 7。

又寫作「袂」[33]，其形構表音義之功能反不如「艙」字，惟此字形構又與另一俗字「艘」相類，二字之形構之旨類同。

（二）炁：此字表示帶領之意，依形可釋作从毛从火，然而，「毛」與「火」未具表義功能，待考。

（三）辷：謝美齡釋此字从辵，「一」示滑倒之狀態，[34]或可从。

（四）夵、閄：此類字例在歌仔冊中習見，例如：「錢銀根『閄』開賣盡，愛得勇件君一身」（周協隆〈新編包食歌〉），值得注意的是，在古文字中，「丨」字乃「針」字初文[35]，因此，頗疑此字或可釋作从夭持丨或从門从丨，以示持物以刺或突進之意。

（五）冇：「冇」字在閩、客語中甚爲常見，在客語中更作狀語副詞之用[36]，謝美齡將其歸類爲「以一字之形而兼具閩南語中二音二義」例。[37]其義類可分爲「中空或脆弱」（閩語）、「不一定存在」（閩語）等兩種，知此等類例可能以其所从之「月」形虛象來表達抽象概念，頗有古文字省體指事之意味。

（六）⺘、⺦：此類字例將「水」形拆分爲二字，並分讀如二音節之辭彙（phin3、phong5），屬擬聲詞，與古漢語之聯緜詞頗爲相類，當即一語素二音節之

---

[33] 洪惟仁：〈台語文字化理論建設者——評介鄭注〈走向標準化的臺灣語文〉〉，收入洪惟仁著《臺灣文學與台語文字》（臺北市：前衛出版社，1992年），頁103-113。

[34] 同注14。

[35] 裘錫圭：〈釋郭店《緇衣》"出言有丨，黎明所訂"——兼說"丨"爲"針"之初文〉，裘錫圭著《中國出土古文獻十講》（上海市：復旦大學出版社，2004年），頁294-302。

[36] 同注18，頁79。

[37] 同注14。

結構，然而，以漢字造字理論而言，其例雖類省體象形，惟因其未具單字獨立語素，此中仍有諸多疑義尚待考證。

（七）㫩：此字原意爲「畏縮」，在釋形上著實費解，例如：謝美齡即對此字之釋形存疑。[38]頗疑此字以通假爲用，借形聲字「㫩」之形爲之，若然，則其例當可釋作形聲字中之省形字。

（八）迌迌：此詞彙閩語習見，可作「行路」或「遊玩」解，近同於客語之「彳亍」，洪惟仁認爲此類字例乃閩語俗字通行化之代表[39]，而姚榮松師則疑其例與閩語漳泉腔異讀有關[40]，值得注意的是，此例已收入辭書，因此，吳守禮與陳麗雪即認爲此非「杜撰之俗字」[41]，在方言俗字之研究上，有一定之意義與價值。

（九）美水：此字即閩語中所習見「美水咚咚」一詞之詞根，其例从美水聲，形構表音與表義之功能甚佳，惟該字在書寫結構上與漢字方塊結構特徵仍不甚相合。[42]

四、在相關形構之使用上：依本文之初步統計，閩、客語方言俗字最爲習見之偏旁形構，以幾個特定形符爲主，包括：人、口、辵、肉（月）、子等五類，與古文

---

[38] 同注 14。

[39] 同注 33。

[40] 同注 1。

[41] 吳守禮、陳麗雪：《台語正字》（臺北：林榮三文化公益基金會，2005 年），頁 89。

[42] 拙著：〈漢字方塊結構之分類標準與教材教法〉，第九屆世界華語文教學研討會，2009 年 12 月。

字之發展類同。[43]从口者或許與形構之旨之語義辨識有關，餘則皆與生活有關，甚或用於表屎尿鄙夷意義，例如：「扃」、「[illegible]」等，其例大抵从尸，閩、客語皆然，此類从尸諸例之形源，疑本源於古文字，亦屬漢字發展史上之一環。

五、待商之造字：部分方言俗字在造字上易與漢字其他字形混淆，尤需辨明，例如：「頷[illegible]」(頸)字所从之「艮」，易與古代食器「簋(皀)」形相混，其造字模式或可再商。

除上所列之造字類型外，近代學者或為特定目的，包括教學或編纂字書等所造之方言字例，其例雖與六書法則大抵相符，惟多數字例未見載於字書，或徒增困擾，例如：閩南語「在」、「店」等字之用字歧議，凡諸如此類者，在在顯示閩、客語俗字字形仍有討論空間。

伍、閩、客語俗字之整理與規範化

綜上所述，知閩、客語俗字目前之研究工作，應首重整理與規範化，並藉此以整合國內語文教學之相關領域，例如：鄭良偉認為方言字若採用漢字，應符合其「社會通行性」、「音字系統性」、「音義易解性」、「本字可靠性」、「語文演變及連貫性」與「字數字形簡易性」等原則；而姚榮松師則認為閩南語漢字之規範化應包括五項原則，即「標準化不是一元化」、「音字系統化的優先考慮」、「保持漢字的優點」、「約定俗成與不造字原則」、「虛詞必需通盤規劃，

---

[43] 何琳儀：《戰國古文字典——戰國文字聲系》(北京：中華書局，1998年)；馮勝君：《郭店簡與上博簡對比研究》(長沙市：線裝書局，2007年)。

不受各種原則拘束」等[44]；至於臧汀生師則認為方言字應「力求充分利用既存的通用俗字與已然約定俗成的漢字」；另外，董忠司對於方言俗字之整理與規範，更進一步認為應「盡量採用最具公信力的漢字」與「力求自然易懂」[45]；林寒生亦制定「地自為字」、「行自為字」、「人自為字」等原則。[46]甚至在上述研究基礎上，近年行政院客家委員會對於俗字亦要求儘量少用，以求通行。[47]

因此，關於方言俗字之規範化，應力守「造字（字形之規範）」、「用字（音義之規範）」與「詞本位（詞彙語法之規範）」等三大原則，茲試論此中要義：

一、造字（字形之規範）：

（一）儘量使用合體字，即會意字與形聲字，形構表意力求合於本字，聲符若能示語源者更佳，例如：上述之「仝」（共）字、「腈（𡳞）」字。

（二）借字應優先於造字。

（三）選擇字頻與構字頻度俱高之形構（字根或部首）。

（四）屬「規則形聲字」者優先（即聲符與本字音近或音同者），例如：「渺」。

（五）避免使用易與其他字形混淆者，例如：「麼」字在閩語俗字中又可寫作「セ」形，此易與標音符號或日語文字相混，或宜避之。

（六）儘量使用習見偏旁造字，如本文上所云之「人、辵、肉（月）」等偏旁，以強化方言字之通用性。

---

[44] 同注 1。

[45] 董忠司：《臺灣閩南語辭典》（臺北市：五南圖書公司，2000 年）。

[46] 林寒生：〈漢字方言字的性質、來源、類型和規範〉，《語言文字應用》第 1 期（2003 年 2 月），頁 56-62。

[47] 同注 30。

（七）力求符合漢字方塊結構特徵，以利於書寫教學。

（八）合音字能使學習者印象深刻，且學習效率高，例如：閩語之「省」（啥人）、「皆」（共伊）、障（只樣），惟其同義異構者甚多，且多與漢字方塊結構不合，不利於漢字書寫教學，尤需注意，例如：「齊」（一下）、這（一下）、「㑳」等字。

（九）應配合地域性出版品，使用合適之造字。[48]

二、用字（音義之規範）：

（一）用字應以漢字形構為基礎：洪惟仁曾認為方言「有音無字」之解決方案大抵有三種，包括「假借」、「訓用」與「新創」[49]，其中，「假借」法最易施行，惟洪惟仁所使用「閏號」之方式，雖可明確標示，卻仍有回歸羅馬拼音標音之疑慮，若再以吳守禮之閩語拼音系統進行標示，則又使閩語之記字或拼音更趨繁複矣。因此，方言俗字之用字仍應回歸漢字形構體系，以強化或簡化學習歷程。

（二）在語音與字形之演變基礎上，應慎選聲符、訓讀字或通假字，尤其應以記音為主要基礎[50]，因小學語文教學主要對象為具備初步漢語母語基礎之兒童，建議在選字上可優先考慮音義借字（訓讀字），如同上述洪惟仁所論流行歌書寫文之選字背景（具有中文基礎者），此類字例如：「明仔『載』（『早起』合音）」、「虧（㓹）」等，俱可作為方言用字揀擇之對象。

---

[48] 趙一凡：〈港台書面語中的方言字問題〉，《語言理論研究》第 2 期（2007 年），頁 41-42。

[49] 同注 22。

[50] 同注 22。

（三）從本字或從俗，應考量其音義演變之系統性：洪惟仁曾提出「通俗不是惟一原則」之概念[51]，換言之，方言字應回歸上述姚榮松師所云「漢字結構之優點或表記功能」，以強化讀者之閱讀與學習印象，例如：「人」（zin5）、「儂」（lang5），此二字語義近同，音讀卻不同，但另造二字，更能明確表音；又「啥曉」一詞，洪惟仁使用此二字代替[52]，除聲調外，其表音與表義功能甚佳，毋需再強取艱僻字代之；又如上述「籤仔店」之「籤」字，其例之通用性不如另一異構「柑」，其例改為从甘，反而較能顯示閩語之韻尾語音特徵。

（四）在特定地方腔調與文白讀用字之選擇上，宜多加留意，例如：「圭」與「雞」聲系（漳泉異讀之衍生字）、「姚公擇葯有几項，煎好食了無輕『鬆』（閩語泉腔）」（〈最新大舜耕田歌〉）、「無相『去』（閩語漳腔）嫌借補蓋，查某意四恁足知」（宋阿食〈鴛鴦水鴨相逢歌〉）、「雲横秦嶺『家』何在（文讀），降下風雨直直來（白讀）」（〈特別遊台新歌〉）等，此等類例受地方腔調與文白異讀之影響，其用字或有其原則，尤需注意。

（五）一字異義者，可作為優先教學之對象，使教學者能及早活用此類字例，例如：上述之「嬲」字（閩語：奇怪、玩耍；客語：休息）。

三、詞本位（詞彙語法之規範）：

（一）擬聲詞或情狀語之使用原則：語言之起源與發

---

[51] 同注 12。
[52] 同注 12。

展，多與音律叶和有關，因此，上古漢語如《詩經》、《楚辭》等古籍中，皆具有許多擬聲詞或情狀語，或可補足語言文字上使用之不足。而在語文教學上，閩、客方言俗字亦有諸多此類字例或辭例，可作為優先教學之對象，例如：上述「羕咚咚」[53]、「紅襮襮」[54]、从黑構詞者（「黑黗紅」、「黑䵩䵩），尤其「黗」字更為閩、客語音義通用之字例，可強化學習者之印象。

（二）流行詞字例之採用原則：如上所述，「𨑨迌」一詞，其字形雖屬艱僻字，但透過流行文化之傳遞，例如：閩語流行歌曲，已成為大眾所能接受與通用之例，此亦可作為優先選取以進行教學之對象。

（三）具有語法功能者，建議作為優先教學之對象，以強化學習者音義之辨識能力，例如：上述客家話之㾓聲系。

四、閩、客語俗字在語文教學上之分級標準：

（一）應以合乎漢字構形規範者優先，例如：六書理論或方塊結構。

（二）應以同形異義字優先。

（三）應以具語法功能者優先。

（四）應製作閩、客語俗字分級量表。

（五）需符合語文同步或識寫同步之原則。

綜上論證內容，茲試擬「漢字教學字集編纂示例（方言字類）」表，謹供學界作參考：

---

[53] 惟此例詞根「羕」字之方塊結構不甚理想，在用字或造字上，或可再作考慮。

[54] 此字字形根據王華南：《台語漢字正解》（臺北市：臺原出版社，2010年），頁227-228。

【優先實施教學字集（著底色字例爲建議優先實施教學者）】

	常用字		字形演變			語文與識寫		多媒體
	臺灣	大陸	字源	圖像	輪廓與方塊	語文同步	識寫同步	
埮	△	△	△	△	○	○	○	○
埕	○	○	○	○	○	○	○	○
媠	○	○	△	△	○	△	△	○
箃（柑）	○	○	△	△	△	△	△	○
屘	○	○	○	○	△	△	△	△
瑪	○	△	△	△	△	○	○	△
仝（共）	○	○	○	○	○	○	○	○
艙	○	○	○	△	△	○	○	○

上述「埕」與「仝（共）」二字之指標程度較佳，或可作爲優先實施教學之對象，但仍需依實際教學情況與對象而定。

陸、現行小學語文學習領域閩、客語教材之俗字選編規範與相關實務

在上述基礎上，本文擬就現行小學語文學習領域閩、客語俗字教材進行實務分析，並擇定以《客語能力認證基本詞彙：中級、中高級暨語料選粹（大埔腔）》[55]所收俗字

[55] 同注 30。

爲主要探討範圍，除探討其選編規範外，並探討其造字與用字上之相關疑義，冀能強化未來方言俗字教材之選編基礎。

本冊教材之俗字選編標準爲：

> 四、採用俗字方面：
> 傳統上民間習用的通俗字，大多是屬於六書中「會意」的造字，如以「尾子」合為「屘」字，以「⿰未每」表示沒生過蛋的小母雞，以長「不大」為「奀」等。本篇「屘」字用「滿」；初級篇中「⿰未每」用「僆」字，以「奀」為「奀孱」字，其義為「長不大」。其餘很少用俗字。[56]

依上述選編標準，可知現行方言俗字教材之選編規範，兼顧上述諸家所論之「約定俗成」與「音義理解性」等原則，以符合好用與好讀之實用功能，然而，此標準亦提及分級用字之概念，大抵而言，此套教材之初級本，除比類易識之會意字外，對其他較難之造字，則儘量採用認讀較具優勢之形聲字，此或許不失爲學習策略之改進良方，惟同一義素，不同用字，亦容易造成學習混淆，值得教學者多加留意。茲依本文上所論內容，試擬本冊教材所見方言俗字要例之簡要分析表：

俗字	造字分析	語音分析	語素分析	規範化分析
崠（峎）	1.形聲 2.同義異構	二字聲符各自與其讀音大抵	黏著實語素	優先教學字例

[56] 同注 30，編輯說明：X 頁-XI 頁。

		相應		
嫲	1.形聲 2.字頻甚高	聲符與其讀音大抵相應	黏著實語素	優先教學字例
䟐	形聲	聲符與其讀音大抵相應	黏著實語素	優先教學字例
俫	形聲	聲符與其讀音大抵相應	黏著實語素	優先教學字例
屙	1.形聲 2.字頻甚高	聲符與其讀音稍異	1.自由實語素 2.客語語義與國語相近	優先教學字例
㷠	形聲	聲符與其讀音大抵相應	詞綴	次優先教學字例
㕭	形聲	聲符與其讀音稍異	黏著實語素	次優先教學字例
䏶	形聲	聲符與其讀音稍異	黏著實語素	次優先教學字例
㑚	形聲	聲符與其讀音稍異	黏著實語素	次優先教學字例
尢 （齈）	符號假借，惟从鼻之字形形構不明	假借符號與讀音大抵相應	黏著實語素	次優先教學字例

Y	符號假借	假借符號與讀音大抵相應	黏著實語素	次優先教學字例
[illegible]	形聲	聲符與其讀音稍異	黏著實語素	次優先教學字例
有	1.會意省形，非六書形構 2.字頻甚高	無聲字形構	黏著實語素	次優先教學字例
彳亍	會意拆分，非六書形構	無聲字形構	1.黏著實語素 2.同閩語「𨑨迌」。	次優先教學字例
[illegible]	會意不明，又疑拐省聲，惟字形不合	濁聲母開尾韻，符合閩、客語所常見之收韻情況，且其例若从拐省聲，則其聲符與讀音大抵相應	自由實語素	非優先教學字例
竵	會意不明，或疑从咼得聲	聲符與其讀音稍異	黏著實語素	非優先教學字例

㕒	會意不明，或疑从戾得聲	聲符與其讀音稍異	自由實語素	非優先教學字例
亼	會意不明	疑沿承「集」字之音	自由實語素	非優先教學字例
㧯	會意不明	閩、客語特有音位	黏著實語素	非優先教學字例

從上表可知，凡屬形聲或會意，且字頻高或語音易辨者，本文皆將其歸爲優先教學之字例，例如：「崠（㞡）」、「嫲」、「躡」、「俫」與「屌」等例；另多數俗字屬黏著語素，甚至疊音詞語素之比例亦甚高，且多屬狀語性質，代表客語俗字在表義上之功能性，不容小覷。惟仍有部分字例之形構不明，且未盡合於六書，因此，本文多將此等字例歸爲次優先教學或非優先教學之字例。

若復以本冊教材所論之俗字選字標準而言，其編輯說明雖明言俗字以會意居多，惟依本文推論，教材中所見俗字似以形聲字爲主，且會意不明者所在皆有，此或可說明未來方言俗字教材仍有極大之開發空間，值得作進一步之統整與研究。

柒、結論

游汝杰曾歸納方言俗字產生原因，包括：「一是無本字考或無字可寫」、「原字筆劃太繁」、「用於外來詞」等。

[57]實則游汝杰此處所論及之幾項原因，與中國文字之起源發展情況相關，換言之，方言俗字仍可歸屬於漢字體系，並受到漢字發展之制約與規範。另外，從歌仔冊與字書等文獻來看，俗字之產生，無非是求語言使用之便利度，因此，由繁趨簡或使用通行字亦是未來必然之趨勢。因此，透過本文之初步探討，可知閩、客語方言俗字之發展，大抵有以下幾項特徵，值得注意，包括：

一、閩、客語方言俗字仍以會意與形聲爲造字主流，並搭配一定數量之合音字，但其中多數字例字形仍存疑義，猶待新證，例如：「𤆬」、「才」、「卜」、「春」等。

二、語方言俗字之使用，與文獻保存情況密切相關，亦可從中獲知其語文使用層次。

三、方言俗字之教學，應兼顧字形、字音與字義，並符合語文學習之相關規範，包括：語文同步與識寫同步等標準。

四、透過本文所初擬「漢字教學字集編纂示例（方言字類）」表之初步分析，或可推知部分字例或可作爲優先實施教學之教材，例如：「埕」、「仝（共）」等例。

五、透過實務分析，知現行客語能力認證中級、中高級中，「崠（崀）」、「嫲」、𨃰」、「俫」與「屌」等例俱屬可優先實施教學之方言俗字例。

57 同注 7。

徵引及參考文獻

《客語能力認證基本詞彙——中級、中高級暨語料選粹（大埔腔）》，臺北市：行政院客家委員會，2009年7月二版。

王華南：《台語漢字正解》，臺北市：臺原出版社，2010年8月第一版。

何琳儀：《戰國古文字典——戰國文字聲系》，北京：中華書局，1998年9月第1版。

馮勝君：《郭店簡與上博簡對比研究》，長沙市：線裝書局，2007年4月第1版。

吳守禮、陳麗雪：《台語正字》，臺北：林榮三文化公益基金會，2005年6月初版。

杜建坊：《歌仔冊起鼓：語言、文學與文化》，臺北市：臺灣書房出版公司，2008年3月初版，頁4-7。

杜建坊：《歌仔冊起鼓：語言、文學與文化》，臺北市：臺灣書房出版公司，2008年3月初版。

林寒生：〈漢字方言字的性質、來源、類型和規範〉，《語言文字應用》2003年第1期，頁56-62。

姚榮松師（主持人）、羅肇錦師（共同主持人）：《臺灣閩南語、客家話及國語常用詞彙的對譯研究》，行政院國家科學委員會專題研究計畫成果報告，1998年1月31日。

姚榮松師：〈臺灣閩南語的漢字〉，收入董忠司主編《臺灣閩南語概論講授資料彙編》，臺北市：臺灣語文學會，1996年，1996年5月出版，頁113-137。

姚榮松師：〈閩南語書面語的漢字規範〉，《教學與研究》12，

1990 年。
洪惟仁：〈一種無漢字詞素的解決辦法〉，載洪惟仁著《臺灣文學與台語文字》，臺北市：前衛出版社，1992 年 2 月初版，頁 140-150。
洪惟仁：〈台語文字化理論建設者——評介鄭注〈走向標準化的臺灣語文〉〉，收入洪惟仁著《臺灣文學與台語文字》，臺北市：前衛出版社，1992 年 2 月初版，頁 103-113。
洪惟仁：〈民主科學的台語文研究——再向鄭良偉教授請教〉，載洪惟仁著《臺灣文學與台語文字》，臺北市：前衛出版社，1992 年 2 月初版，頁 123-139。
洪惟仁：《臺灣文學與台語文字》，臺北市：前衛出版社，1992 年 2 月初版。
徐芳敏：《閩南語本字與相關問題探索》，臺北市：大安出版社，2003 年 2 月第一版。
張光宇：〈閩南語的“屐siáo”字〉，《第一屆臺灣語言國際研討會論文集》，1993 年，頁 B2-01-B2-05。
許文獻：〈揚雄《方言》「轉語」與「代語」初探〉，近期待刊稿。
許文獻：〈試論漢語俗字在對外華語教學上之理論與應用〉，漢字文化節：漢字推廣學術研討會，2010 年 1 月。
許文獻：〈漢字方塊結構之分類標準與教材教法〉，第九屆世界華語文教學研討會，2009 年 12 月。
游汝杰：《漢語方言學導論》，上海：上海教育出版社，2000 年 6 月第 2 版，頁 218-229。
黃基正：《客家字音譜與詞彙》，臺北：商鼎文化出版社，2006 年 12 月。

2006 年 12 月。
董忠司：《臺灣閩南語辭典》，臺北市：五南圖書公司，2000 年。
董紹克：〈方言字初探〉，《語言研究》2005 年第 2 期，頁 83-86。
裘錫圭：〈釋郭店《緇衣》“出言有丨，黎明所訃”——兼說“丨”爲“針”之初文〉，收入裘錫圭著《中國出土古文獻十講》，上海市：復旦大學出版社，2004 年 12 月第一版，頁 294-302。
詹伯慧著、董忠司校訂：《現代漢語方言（附：臺灣的厦·客語）》，臺北市：新學識文教出版中心，1997 年 12 月 1 日再版。
趙一凡：〈港台書面語中的方言字問題〉，《語言理論研究》2007 年第 2 期，頁 41-42。
謝美齡：〈臺灣閩南語字略例——兼論母語教學漢字書寫問題〉，《臺中師院學報》第 16 期，2002 年 7 月，頁 677-690。

Heritage Language Maintenance and Motivations toward the Learning of Mandarin L2 in the Bangkok Sino-Siamese Community: A Pilot Study

（試論泰國曼谷華人社區之漢語方言維持和普通話/華語學習動機）

李育修*

* 作者現為泰國發院博士生導師兼應用語言學助理教授

1. Introduction

1.1 Background

From the outset, this study surveys the ethnolinguistic vitality (henceforth EV) (for further discussion concerning the EV theories and methodologies, please refer to Charles Draper, 2010) in line with the language maintenance and language shift (henceforth LMLS) (please refer to Sub-section 2.3 in this paper and also see Allard and Landry, 1986; Lewis, 1996, for a further discussion) of three spoken Chinese dialects and two major motivations (quick reference to see Gardner, 1985, 2001; Masgoret & Gardner, 2003) toward the learning of the Mandarin variety amongst Chinese heritage speakers/learners in the kingdom of Thailand.

In this age of ever-increasingly globalized, diversified (e.g., the increase in ethnic and social heterogeneity) multilingual and multicultural world, the learning of any foreign and second languages (L2) has become a socioeconomic need to increase the multi-competence of a nation-state (Catbonton, Trofimovich, Segalowitz, 2011, p. 188). In effect, this change has given rise to urgency for nation-states such as Thailand to strengthen its ties with neighboring nations particularly with the growing power—China. One of the most certain predictions that governance and development administration in ASEAN (i.e.,

Association of Southeast Asian Nations) can make about almost any developed and developing societies is that they will be much needed to strengthen their ties with China from now on than it is before (For readers particularly interested in the growing importance and enormous influence of China, please refer to Ducan and Gardner, 2011).

One very important reason to maintain and revitalize Chinese dialect proficiency and to explore motivations behind the learning of the Mandarin variety amongst Chinese heritage learners is to better prepare Thailand for trading with China in regional (i.e., Mainland Southeast Asia) and global level, and to better increase the competitiveness of Thailand by preparing Chinese-dialect-speaking and Mandarin-speaking human resources. Emphasized in this paper are an exploration of some challenges and potentials to developing and sustaining Chinese heritage learners to maintain and revitalize their vitality of Chinese dialects and to examine motivations toward the learning of the Mandarin variety amongst Chinese heritage speakers in Thailand. One of the most common strategies to begin with the maintenance, reversing language shift and the revitalization of Chinese dialects as well as the learning of the Mandarin variety have been on Chinese heritage speakers in Thailand. This recommendation to Thai governance, educational administrations and institutes, and development administrations implicitly assumes that the encouragement of the maintenance and the revitalization of Chinese dialects and the learning of the Mandarin variety amongst Chinese heritage speakers is the most effective and enduring way to change the current practices and outcomes of Chinese learning in Thailand.

1.2 Purpose and rationale of the study

Drawing from views from within and across, the goal of this present article is threefold: (1) to report present and inferred future EV of three Chinese dialects spoken in the Bangkok Sino-Siamese community, (2) to examine two major motivational factors (see Sub-section 2.5 for ethnic group affiliation/heritage and instrumentality) causing the learning of the Mandarin variety in the Bangkok Sino-Siamese community; (3) to disseminate research knowledge that offers implications, recommendations and suggestions to governance, development administrations, educational administrations and educational institutes in Thailand.

A comprehensive and full-length treatment of the facts and issues raised in this article is not nearly possible given the space available. It is hoped, nonetheless, that this state-of-art article provides useful scaffolding more effectively for refining the research which are undertaken by the primary investigator to examine EV, LMLS, revitalization of three Chinese dialects and two motivational factors toward the learning of the Mandarin variety in the Bangkok Sino-Siamese community.

The rationale behind this study lies in the following observation: Over the last decade or more, educational administrations and educational institutions including k-12 schools (e.g., nearly all international schools in Bangkok), college-level non-research universities (e.g., Suan Sunandha Rajabhat University, to just name few) and undergraduate-level and postgraduate-level higher educational institutes (e.g., Chulalongkorn, Thammasat, Assumption, to name just few) in Thailand have worked to explore and revise Chinese curricular and have kept refining pedagogical techniques in Chinese teaching. However, one of the most important challenges facing the modern Thailand (particularly in regard to governance, educational and development administration, and educational institutes in Thailand) and at the same time one of the most significant opportunities for Thailand, is to encourage the maintenance and revitalization of Chinese dialects as well as to motivate the learning of the Mandarin variety amongst Chinese heritage speakers, given the massive population of Chinese descent (Check the fact that 14% of 66,720,153 (July 2011 est) people, approximately 9,340,821 people, who are of Chinese ethnicity in Thailand, reported by CIA-The World Factbook-Thailand, n.d.).

At a time when expressions such as endangered languages and language death are evoked to depict the vanishing languages and the disappearance of minority languages over the world after contacting with more powerful and global languages (e.g., English), the cases reviewed in this paper provide empirical evidence that while less powerful Chinese dialects are under siege, educational institutes and developmental administrations promote and sustain the vitality of more powerful and global language varieties (e.g., Mandarin) along with the medium of wider communication (i.e., the Central/Standard Thai variety) in Thailand. While it would be ideal for heritage languages (e.g., Chinese dialects) co-exist with dominant national languages and official languages (i.e., the Central/Standard Thai variety) in Thailand, ideal bilingualism, nonetheless, is outside the reach of Sino-Siamese immigrant community as evidenced by empirical data gathered for this present study. This paper reports on the adoption of EV theories in a sociolinguistic survey, aimed at measuring macro-concepts of LMLS and revitalization of three Chinese dialects and reporting on the examination of two motivational factors toward the learning of the Mandarin variety in the Bangkok Sino-Siamese community.

2. Review of relevant literature

2.1 The theoretical framework

In carrying out this inquiry, a number of disciplines, albeit intertwined, particularly with regard to EV theories (refer to the following Section 2.3 for a more detailed treatment), LMLS (refer to the following Sub-section 2.3 for a fuller treatment) and motivational factors (see the following Sub-section 2.5) that cause the learning of the Mandarin variety, from which the researcher has drawn to ground this empirical study conceptually and methodologically. Data are approached from multidimensional perspectives, in views of the researchers' interpretation of data triangulated with data derived from the views of the research informants (also see Section 3). Instead of reiterating what has been well-described in existing bodies of research literature that document EV theories, LMLS and foreign and second language (L2) learning motivations, the scope of this review focus on literature that better frame this study.

2.2 The Bangkok Sino-Siamese community in Thailand

Despite the ancient Chinese people were not migratory (i.e., they did not intend to leave home not returning and insisted to be buried in hometowns after death), the Chinese people, nevertheless, have a centuries-long modern history of immigration to overseas countries (For overviews of Chinese migration, see Ronald, 1996, p. 434). As early as during Ming Dynasty, Zheng He (1371-1435) was recorded his 7 voyages, discoveries and trades with nations in South China Sea and Indian Ocean (For further discussion of Zheng He, see Muslim.Heritage.com, n.d.). Driven by poverty and the widespread civil war in China, i.e., Taiping interval revolts and rebellion, 1850-1864 (see also Asia for educators, Columbia University, n.d.), the great Chinese Diaspora commenced in the 19th century when disparate waves of Chinese from what are now Fujian and Guangdon Provinces in Mainland China migrated to Mainland Southeast Asia. Starting from the Ming Dynasty, the Qing Empire permitted massive numbers of Hokkien and Cantonese labors to work in Mainland Southeast Asia. Since then, some leading scholars and historians contended that Thailand (Siam) had established official relationship with China since Sukothai Dynasty (1238–1583) (Masunisuk, 2009). For additional commentary and documentation on the migration of Chinese into Thailand, see AsiaReceip.Com in its website at <http://asiarecipe.com/thaiciin.html>.

Estimated 14% of its total population 66,720,153 (July 2011 est) claims to be of Chinese decent (CIA-The World Factbook-Thailand, n.d.), Thailand, located in the heart of Mainland Southeast Asia, demonstrably become a new homeland to the best-integrated and most-assimilated overseas Chinese community in the world. Research (Smalley, 1994) showed that elders of Chinese ethnicity in Bangkok are still fluent with Chinese dialects, but with varying degrees of speaking proficiency.

It is widely recognized that work in both LMLS and population studies (56% of Teochew/Taechiew outnumber 16 % Hakka, 11 % Hainan, 7 % Cantonese and 7% Hokkien of Sino-Siamese population, reported by Smalley, 1994) seems to concur in viewing Teochew/Taechiew as the largest ethnic Chinese community in Thailand (Smalley, 1994). Teochew/Taechiew dialect is viewed as the commercial *lingua franca* amongst the elderly Chinese business circles in the China Town (Yaowarat Road) of Bangkok. Recalling the distinction between major and minor groups of Chinese migrants, most linguists, social scientists and general public tend to accept the stereotype of generational Teochew/Taechiew as the major group in contrast to minor groups who are of Chinese descents (e.g, Cantonese, Hakka, and Hainan) in Thailand. It thus seems clear that Teochew/Taechiew dialect is believed to be well-preserved in Thailand given the massive number of population. To be sure, the state of understanding with respect to Teochew/Taechiew in Thailand as the major group has arrived by surveys conducted by academic, business and government sectors. However, such a viewpoint has diverted attentions from considerable contributions of efforts in language maintenance and revitalization made by minor Sino-Siamese groups particularly with regard to Cantonese and Hakka. Despite the fact that the massive number of Teochews/Taechiews might be presumably effective in language maintenance of the Teochew/Taechiew dialect, we ought not to ignore and overlook language maintenance and revitalization efforts made by minor groups who are of Chinese descent in Thailand.

Figure 1. Percentage of Chinese dialect groups in total Sino-Siamese population

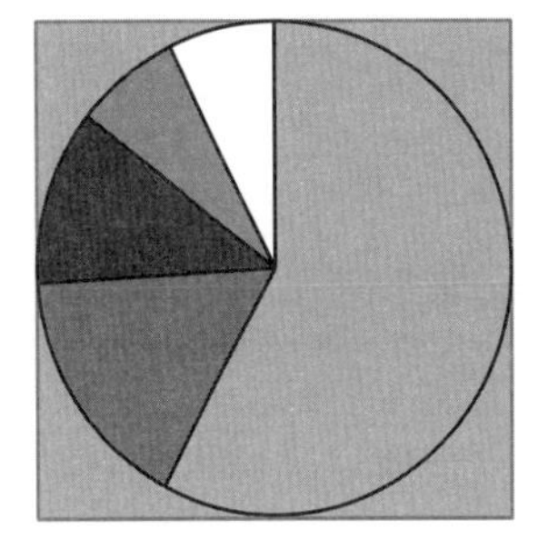

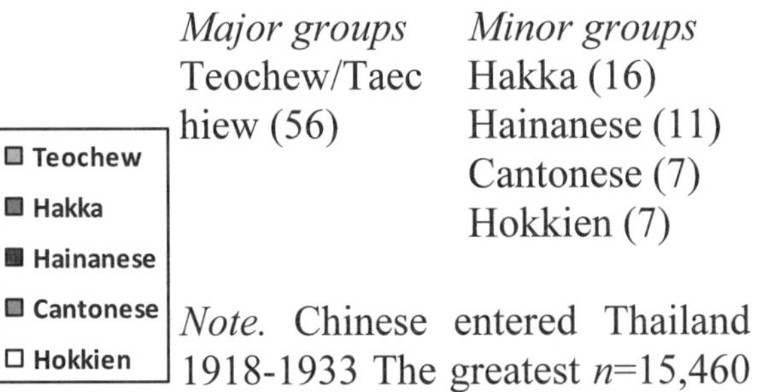

Major groups	*Minor groups*
Teochew/Taechiew (56)	Hakka (16)
	Hainanese (11)
	Cantonese (7)
	Hokkien (7)

Note. Chinese entered Thailand 1918-1933 The greatest *n*=15,460 in 1927

The lowest *n*=1,8000 in 1932

Source: Borrowed statistical reports from Smalley, 1994; and AsiaReceipe.com

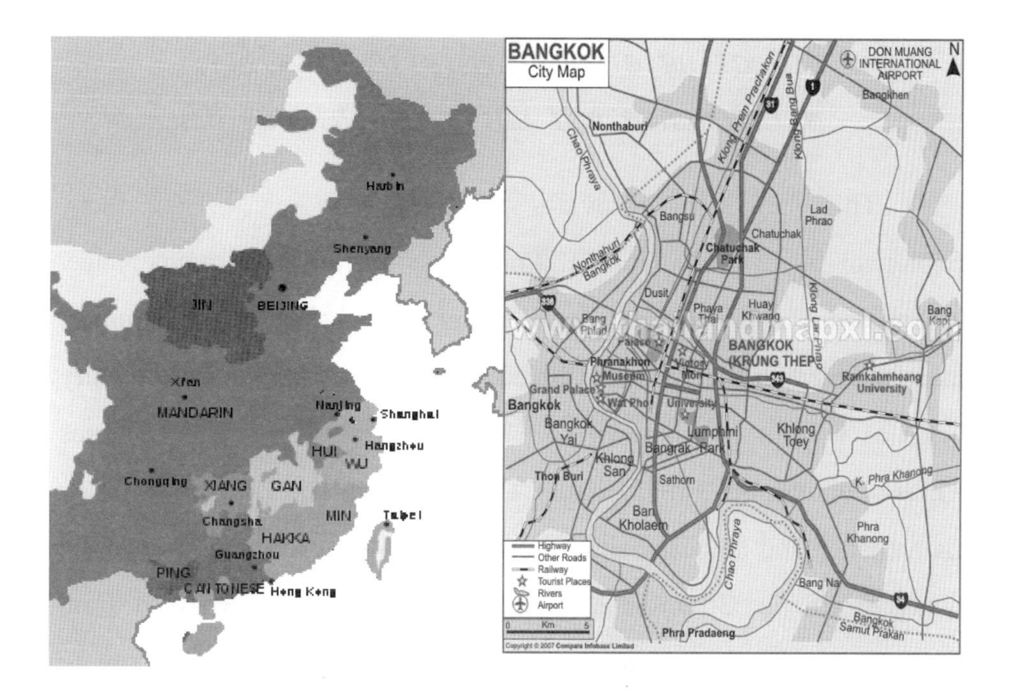

Figure 2. Geographical distribution of Chinese dialects in Mainland China (left map) and map of Bangkok Metropolitan Area (right map)

Source: ©Wikimedia Commons, the original map was created by Wyunhe under the Creative Commons Attribution License (CC-BY)

Left map taken from <http://listlanguage.com/images2/Chinese_languages_map.png>, with permission.

Source: © 2007 Compare Infobase Limited

Right map taken from <http://www.thailandmapxl.com/images/bangkok-map.jpg>, with permission.

2.3 The role of Sino-Siamese families in affecting ethnolinguistic vitality, maintenance and shift of Chinese dialects

This sub-section provides a selective review of the facts, theoretical issues and empirical findings concerning L1 maintenance, transmission, and shift occurred to generational migrant families. Existing research literature has already documented the interdisciplinary fields of what is now known as EV (ethnolinguistic vitality) theories (Giles and Johnson, 1981; Charles Draper, 2010) and LMLS (language maintenance and language shift) (Fishman 1964; Coronel-Molina, 2009; Wang & Chong, 2011) in discrepant nation-states and derived from disparate socio-historical perspectives. Nonetheless, corresponding to the growing interest in multi-aspects of EV theories, LMLS and L2 learning motivations in the last two decades, (to the best of my knowledge) little research examined the EV, LMLS and L2 learning motivations in the Bangkok Sino-Siamese community.

The EV theories have drawn tremendous attentions from scholars, scientists and researchers in the fields of LMLS. In view of Giles and Johnson (1981), they contended that the EV theories accounted for one's shift of language use as s/he is of interest to adopt a language s/he desires. A revised four-way explanation of social capitals (i.e., demographic, economic, political and cultural capitals) to see the

EV theories were then proposed and an instrument was designed (i.e., Beliefs on Ethnolinguistic Vitality Questionnaire) by Allard and Landry (1986) to reflect on Fishman's (1991) root causes of language shift (noted by Lewis, 1996). For a detailed review of the EV theories, please refer to Charles Draper, 2010, on page 137 and page 138.

Albeit the role of Sino-Siamese families has received relatively little attention in the fields of LMLS, there is a considerable body of literature on the role of families in the extent of LMLS reported from different countries than Thailand. For a more detailed review of LMLS, please refer to Coronel-Molina's monograph, 2009, pp. 1-64. In a Thai L2 dominant environment, few first-generations succeed in their endeavor to transmit their L1 Chinese dialects to their second-generations. Despite the increase of L2 fluency is considered to expedite L1 attrition (Seliger & Vago, 1991), the evidence remains inconclusive due largely to the inadequacy of the existing literature reported from both newly established and stable migrant communities. While some research suggests a negative relationship between L1 and L2 proficiency in bilingual speakers and biliterate readers and writers (Major, 1992; Segalowitz, 1991), others stipulated no significant effect of the mastery of L2 on L1 acquisition and learning (Yaˇgmurm, de Bot & Korzillus, 1999).

The stable migrant family plays a key role in L1 maintenance and the encouragement of bilingualism between ethnic/heritage languages and target languages of wider communication in the resettled countries (Fishman, 1965; Luo and Wiseman, 2000). While the first-generations reported the dominant use of L1, parents gradually shift to L2 in parent-child communications (Kim & Starks, 2010, p. 286). Besides, mothers of a migrant family are reported playing the crucial role as the gatekeeper for L1s, ensuring the transmission of L1s from her generation to the next generation (Fishman, 1991). However, some researchers have explored that first-generation mothers are more likely to shift from L1 to L2 in parent-child communication (Clyne, 2003). In the research literature, children also claimed to use heritage languages more frequent when interacting with parents and grandparents than among siblings. Across many studies that examine language use patterns of siblings in both newly established and stable migrant families, some studies show that language use by siblings play, relatively speaking, a minor role in L1 maintenance, shift to L2, and bilingualism, but language use by parents was observed to play a crucial role (Hakuta & D'Andrea, 1992). Let's now take a step back from existing research literature and return to empirically grounded data gathering for this study, a recurrent finding is that Sino-Siamese parents hired private tutors to teach Chinese as a heritage language at home, at temples or sent their children to study in

Taiwan/Formosa and Mainland China (Masuntisuk, 2009), as well as enrolled their children to Chinese heritage schools (the following sub-section 2.4 will do more justice for the review of K-12 level educational institutes that provide Chinese language teaching in Thailand).

Documentation of Chinese dialect maintenance and shift and the present and inferred future EV of Chinese dialects for heritage learners in home language domains which are not raised as burning issues in published research literature, but which can also be of tremendous importance to fill in the knowledge gap should be explored in this research endeavor.

2.4 The role of the teaching of the Mandarin variety at k-12 levels in Thailand

Chinese as heritage language schools play the crucial role in teaching the Mandarin variety to Chinese heritage learners (instead of teaching Chinese dialects) after 1975 when China and Thailand re-established their diplomatic relationship, albeit they were banned from teaching the Mandarin variety for nearly three decades or 26 years (1949-1975) soon after the Communist Party overtook China from the hand of the Nationalist Party in 1949 (during this period of 26 years, anyone showed interests in learning Chinese dialects or the Mandarin variety were considered a communist in Thailand) (Masuntisuk, 2009).

Table 1. A selective overview of K-12 schools offering compulsory or elective Mandarin lessons in Thailand

K-12 Schools that teach Chinese in Thailand	Chinese heritage language schools	Government /Public schools	Private and/or International Schools
K1-K3 (Kindergartens)	Compulsory	-	Compulsory
1-6 (Elementary/Primary)	Compulsory	-	Compulsory
7-9 (Middle)	Compulsory	Elective	Compulsory or Elective
10-12 (High)	Compulsory	Elective	Compulsory or Elective

Source: Taken and adapted from Masuntisuk (2009), p. 2.

The effects of college-level Mandarin teaching have not been well-documented in research literature. Despite not the focus of the review in this contribution, it is worth noting that this present study examines Chinese heritage learners in college-level educational institutes in Thailand, revealing some new insights with respect to what extent their study of Chinese contributed to the maintenance, shift and revitalization of Chinese dialects as well as the motivation toward the learning of the Mandarin variety.

2.5 Motivation in shifting toward the learning of the Mandarin variety in the Bangkok Sino-Siamese community: Ethnic group affiliation and instrumentality

In the last century, there have been many initiatives by the Royal Thai government sectors to constantly emphasize the homogeneity and national identify among peoples of Thailand. Despite Thailand (Siam) has always been an ethnically diverse kingdom throughout each disparate dynasty, it is observed that Thailand has underwent an ethnic resurgence in recent years to express regional cultures and identities (Jory, 2000). Likewise, Chinese cultural expression toward affirmation of Chinese heritage has not only been accepted by the mainstream Thai society, but also greatly celebrated in pop culture of Thailand (see fuller discussion in Jory, 2000). Given that increasingly more and more reappearance of Sino-Siamese identity in pop media (e.g., imported Chinese TV shows and Thai soap opera depicting the wealthy life of Sino-Siamese business families), the governance and development administration of Thailand can take advantage of Sino-Siamese ethnic resurgence to encourage Chinese heritage learners to maintain and revitalize Chinese dialects and learn the Mandarin variety.

Most L2 teaching and learning researchers contend that the outcome of the learning of a foreign and/or a second language amongst heritage learners is demonstrably discrepant in many respects from the outcome of L2 learning amongst non-heritage learners (Li & Duff, 2008; Valdés, 2001; also see Wen, 2011, for a fuller treatment). It has been hypothesized that there is a close linkage between L2 learning and learners' ethnic group identities/heritage (see Gatbonton, et al, 2011, for a fuller investigation). For example, in a study documenting Welsh high school students in Wales, Coupland et al (2005) found that those who exhibited stronger ties with the Welsh ethnic group demonstrated much higher levels of Welsh language ability than those identified with relatively lower affiliation with the Welsh ethnicity. In view of researchers in this line of research, heritage learners prefer to learn their heritage languages (henceforth HL) rather than other foreign and/or second languages and they differ considerably from non-heritage L2 learners with respect to their understanding of target and heritage language cultures. Departing from this fundamental observation, studies that have documented Chinese heritage learners also revealed that they learn Chinese to seek for their lost Chinese ethnic identities, recover their forgotten Chinese cultural heritage and re-affirm their Chinese ancestry (Chao, 1997; Chow, 2011; and He, 2008).

However, it is essential that heritage learners can express their motivations for learning their heritage languages. Over the past 20 or so years, a great deal of empirical study on the motivational factors that causes L2 learners to learn a foreign and a second language has been explored by Gardner (Gardner, 1985, 2001; Gardner and Lambert, 1972; and Masgoret & Gardner, 2003). Moving beyond the notion of integration (i.e., L2 learners become accepted by target language speaking groups), there exists a widespread belief and empirical evidence that both heritage and non-heritage speakers learn L2 to be instrumental. That is to say, instrumentality can be seen as utilitarian values that are attached to the learning of a foreign and/or second language. This has to do with L2 learners' perceptions of potential benefits from learning a target language, e.g., getting a better-paying job and/or working in a foreign country wherein the learners' L2 is the medium of wider communication, etc (Gardner, 2001). In effect, China is closing in on the United States of America to become the next world's largest economy. Evidenced by this study (as revealed in the finding report section), it is not difficult to see that Chinese heritage learners in Thailand also reckoned explicitly with obvious instrumental motivation to learn Mandarin.

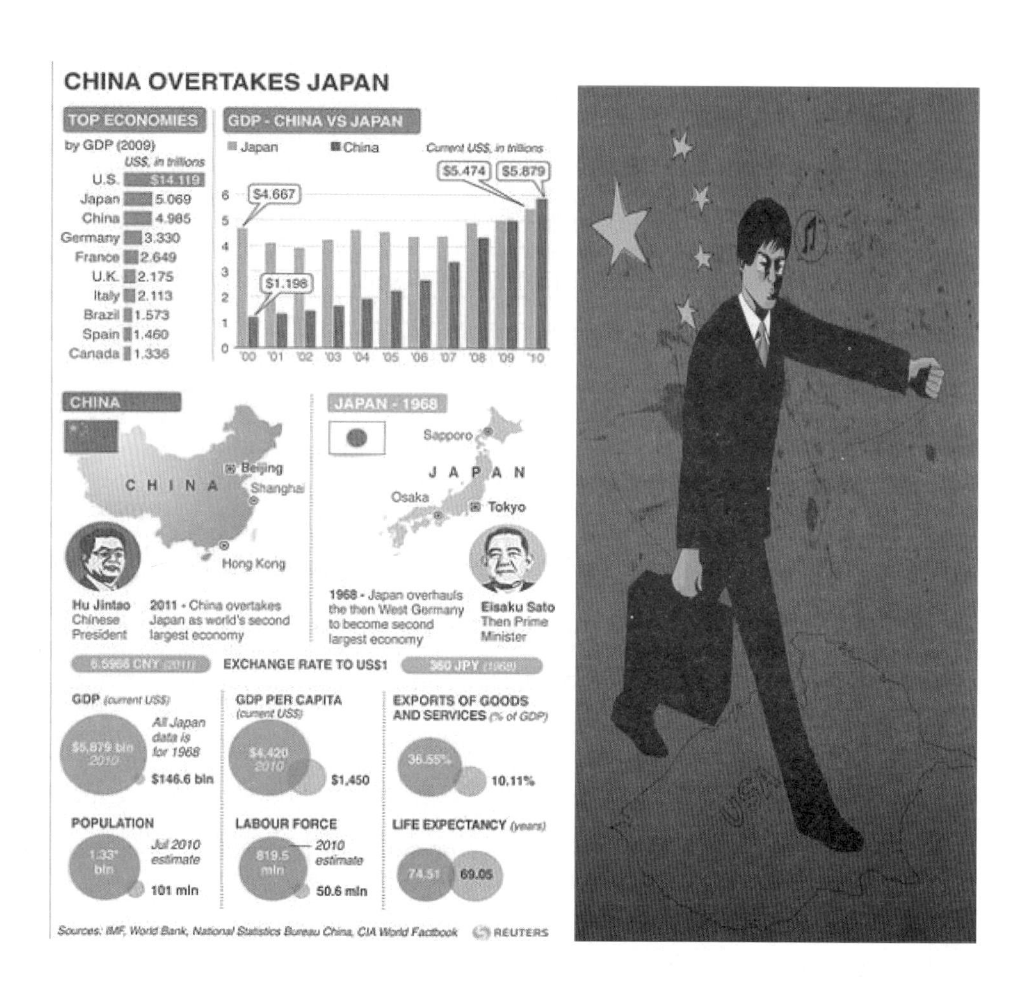

Figure 3. China overtakes Japan (left chart) and China Takes over the World (right image).

Source: © IMF, World Bank, National Statistics Bureau, CIA World Factbook

Left chart taken from < http://www.dailymail.co.uk/news/article-1356788/China-worlds-second-biggest-economy-Japan-falls-40-years.html>, with permission.

Source: © 2012 deviant ART

Right map taken from <http://oneton.deviantart.com/art/Chinaman-25191896>, with permission.

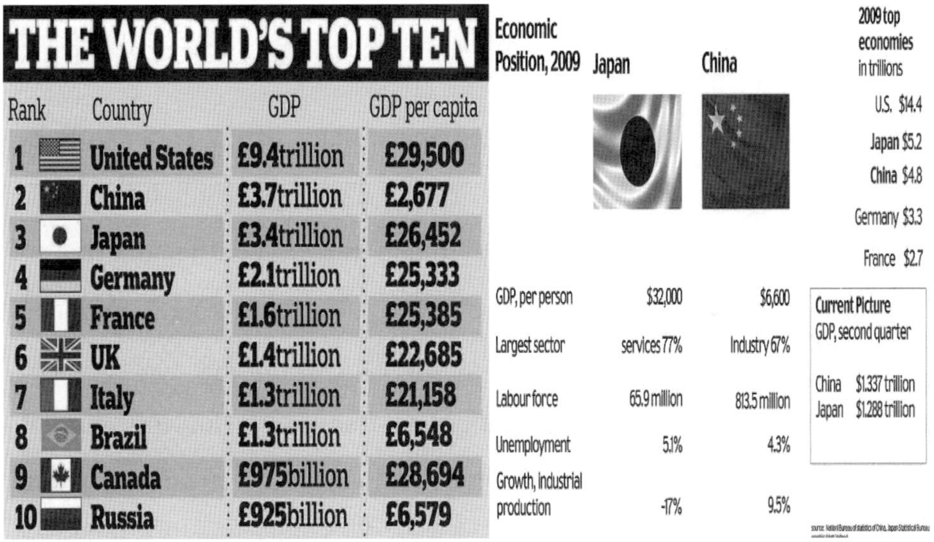

THE WORLD'S TOP TEN

Rank	Country	GDP	GDP per capita
1	United States	£9.4trillion	£29,500
2	China	£3.7trillion	£2,677
3	Japan	£3.4trillion	£26,452
4	Germany	£2.1trillion	£25,333
5	France	£1.6trillion	£25,385
6	UK	£1.4trillion	£22,685
7	Italy	£1.3trillion	£21,158
8	Brazil	£1.3trillion	£6,548
9	Canada	£975billion	£28,694
10	Russia	£925billion	£6,579

Economic Position, 2009	Japan	China
GDP, per person	$32,000	$6,600
Largest sector	services 77%	Industry 67%
Labour force	65.9 million	813.5 million
Unemployment	5.1%	4.3%
Growth, industrial production	-17%	9.5%

2009 top economies in trillions

U.S.	$14.4
Japan	$5.2
China	$4.8
Germany	$3.3
France	$2.7

Current Picture
GDP, second quarter

China	$1.337 trillion
Japan	$1.288 trillion

source: National Bureau of statistics of China, Japan Statistical Bureau

Figure 4.

The world's top ten (left chart) and Economic position, 2009 (China vs. Japan) (right chart)

Source: © National Bureau of Statistics of China & Japan Statistical Bureau
Taken from <http://www.dailymail.co.uk/news/article-1356788/China-worlds-second-biggest-economy-Japan-falls-40-years.html>, with permission.

3. Methodological considerations

3.1 Methods

By and large, it is the interdisciplinary fields of EV (refer to Sub-section 2.3; also see Charles Draper, 2010), LMLS (see Sub-section 2.3; Allard and Landry, 1986; Lewis, 1996) and motivational factors (cross-reference to Sub-section 2.5; Gardner, 1985, 2001) to learn a foreign and a second language that are jointly contributed to provide macro-micro levels of theoretical and methodological framework for this current study. For readers particularly of interest to the theoretical/conceptual emphasis on this study, please refer back to the Sub-section 2.3 and Sub-section 2.5. The approach employed in this inquiry is, albeit not a standard method, an investigative sociolinguistic examination, constructed with references to EV, LMLS, and motivational factors to learn a foreign and a second language. It explores claimed (self-reported) varying language proficiency and daily language use patterns by research participants, aimed to report the current vitality and inferred future vitality of three spoken Chinese dialects and to explore the motivations towards the learning of the Mandarin variety amongst Chinese heritage speakers/learners in the Bangkok metropolis.

3.2 Research questions

Framed by the theoretical underpinnings (see Sub-section 2.3 and 2.5) in this study, the researcher pursues the following two research questions in this contribution.

Research Question 1: What is the present and inferred future EV (ethnolinguistic vitality) of Teochew/Taechiew, Hakka and Cantonese in the Bangkok Sino-Siamese community as evidenced by their LMLS (language maintenance and language shift)?

Research Question 2: What are motivational factors that cause Chinese heritage speakers/learners to learn the Mandarin variety in the Bangkok Sino-Siamese community?

3.3 Procedures, sites and participants

Recruited from Sino-Siamese families in the Bangkok metropolis (also cross-reference to Sub-section 2.2 for a review of Chinese immigrants to resettle in Thailand viewed from a socio-historical perspective), Chinese heritage learners (*N=30*) consented to participate in this study after obtaining permissions and informed consents from them (i.e., every Sino-Siamese family provides five family members to take part in this survey, interviews and observations). The sample of this small-scale study represents approximately 0.1 % of the total target population (i.e., Sino-Siamese). All stable migrant families who take part in this study have migrated from China to Thailand for more than 200 years (approximately 3 generations) and have settled in the Bangkok City since 2-3 generations ago. By the same token, respondents (*N=30*) recruited for this study are, relatively speaking, demographically similar to each other.

Table 2. Data sources

Primary data	*Secondary data*
Families (*N=6*) in Bangkok Sino-Siamese community/participants (*N=30*) are surveyed by completing a questionnaire (Appendix A), interviewed and observed over a period of four months. *Note.* Group 1= Teochew/Taechiew heritage speakers (*n=20*), Group 2= Cantonese heritage speakers (*n=5*),	Published research literature that document EV theories, LMLS and L2 learning motivations (Refer to Section 2. Review of relevant literature)

Group 3= Hakka heritagc speakers (*n*=5)	

Note. These questionnaire data, interview data and observational data (primary data) on participants' self-reported language proficiency levels and language use patterns which underline the maintenance and shift toward the Mandarin variety, in combination with data indicating the motivational factors toward the learning of the Mandarin variety, are complemented by existing research literature reviewed (secondary data).

Table 3. Profiles of the participants

Independent variables	Categories	*N (Total N=30)*
Gender	Men	14
	Women	16
Multiage	21-30	4
(*M=51, SD=20*)	31-40	5
	41-50	5
	51-60	6
	61-70	5
	71-80	5
Heritage Languages	Teochew/Taechiew (group 1)	20
	Cantonese (group 2)	5
	Hakka (group 3)	5
Multilingual Abilities	Thai-Mandarin-Chinese dialect late trilingual	15
	Thai-Chinese dialect early bilingual	30

3.4 Measurement for data collection: Survey instrument

Following a pilot study, the target population (Sino-Siamese) resided in disparate districts of the Bangkok metropolis is surveyed using the questionnaire (Appendix A). A survey questionnaire consisting of six sections were administered to informants (see Appendix A). The first section requested demographic information from participants surveyed. In addition, the second-sixth sections require a sociolinguistic survey, measuring language proficiency levels and language use patterns among subjects. The instrument for measuring present and inferred future EV of three Chinese dialects and the motivations toward the learning of the Mandarin variety in Bangkok Sino-Siamese community, including the assessments of L1 maintenance (e.g., proficiency decline and generational transmission) and two major motivational factors toward the learning of Mandarin, is a questionnaire. The survey instrument is by no means a standard questionnaire, but specially designed to be suited for the purpose and research participants of this study. The survey questions are to ask varying language proficiency claimed by informants and the language they most commonly use to address six interlocutors from their extended family members in their home language domains.

Because self-reported data of language proficiency and language use may be inadequate indicators of actual language behaviors, explanations and interpretations derived from data in this study should be read with due cautions. Nevertheless, self-reported data are supported by observational data for this study.

3.5 Data analysis

Data are analyzed using the following three intertwined lenses: (1). Research purposes (see Sub-section 1.1-1.2), (2). Research questions (see Sub-section 3.2) and (3). Conceptual frames (see Sub-section 2.3 and 2.5). As it turns out, the researcher is particularly of interest to examine The Mandarin variety and Chinese dialect abilities claimed by respondents, language use pattern and inter-generational interaction by informants and two motivational factors (see Sub-section 2.5 for ethnic group affiliation and instrumentality) that causes shift toward the Mandarin variety identified by participants. These three lenses are crucial components during the process of data analysis in this study. They are jointly strong indicators of the decline of Chinese dialect fluency due to discontinuation in intergenerational transmission. They not only help chart the percentage normalized means for two motivational factors that cause shifting toward the learning of the Mandarin variety, but they are also helpful to tabularize the correlations (i.e., correlation coefficiency) between ethnic group affiliation and shifting toward the learning of the Mandarin variety as well as instrumentality and shifting toward the learning of the Mandarin variety amongst Chinese heritage learners studied.

Due to the relatively smaller sample size (30 subjects, approximately a representation of 0.1 % of total Sino-Siamese population) and their non-random recruitment as convenient sample, formal statistical analyses are not performed. However, the researcher tabulated questionnaire responses. This includes that the Mandarin variety and Chinese dialect abilities claimed by respondents were tabulated into tables, followed by a tabulation of language use pattern and inter-generational interaction by three Chinese dialect groups surveyed. Tabulated too was the correlations between ethnic group affiliation and shifting toward the learning of the Mandarin variety, instrumentality and shifting toward the learning of Mandarin. Moreover, percentage normalized means for two motivational factors that cause shifting toward the learning of the Mandarin variety was charted in the finding report section.

4. Results and discussion

4.1 Inclusion criteria for findings

In preparing answers to two research questions, the finding section herein does not purport a comprehensive summary, but intends to report two research results: (a) to report a perceived present vitality and inferred future vitality for three Chinese dialects and the Mandarin variety explored in the target community, and (b) to report the theoretical motivational factors toward the learning of The Mandarin variety among the informants studied.

The basic format of the finding report section is organized in the following manner: To answer the *Research Question 1* (What is the present and inferred future EV (ethnolinguistic vitality) of Teochew/Taechiew, Hakka and Cantonese in the Bangkok Sino-Siamese community as evidenced by their LMLS (language maintenance and language shift)?), the researcher reports the present and inferred future vitality of Chinese dialects by presenting empirical findings, facts and theoretical issues in four parts: (1) Chinese dialect abilities claimed by respondents; (2) decline in language proficiency in inter-generational level; (3) 4-skill The Mandarin variety abilities claimed by respondents; and (4) language use pattern and inter-generational interaction by three Chinese dialect groups.

To answer the *Research Question 2* (What are motivational factors that cause Chinese heritage speakers/learners to learn the Mandarin variety in the Bangkok Sino-Siamese community?), the researcher then proceeds to report the motivational factors toward the learning of the Mandarin variety amongst research participants studied by presenting empirical findings, facts and theoretical issues in three parts: (1) two motivational factors that causes shift toward the Mandarin variety; (2) percentage normalized means for two motivational factors that cause shifting toward the learning of Mandarin; (3) correlations between Ethnic group affiliation and shifting toward the learning of the Mandarin variety, Instrumentality and shifting toward the learning of the Mandarin variety; and (4) utility of instruction in the Mandarin variety (offered by k-12 and college-level educational institutes in Thailand) rated by informants.

4.2 Vitality of three Chinese dialects and the Mandarin variety

In this current section, three Chinese dialect groups are compared and contrasted in regard to their self-reported language proficiency, inter-generational language use by interlocutors/family members in home language domains, two motivational factors for shifting toward the Mandarin variety, and rating of usefulness of the Mandarin variety instruction in k-12 and college-level educational institutes that further helps their shift toward Mandarin. These above-mentioned measures are key references to the extent of LMLS of three Chinese dialects and the

Mandarin variety amongst the Bangkok Sino-Siamese community, which are predictive to their present and inferred future EV in Thailand.

With regard to the present and inferred future vitality of these three Chinese dialects explored, albeit three of them all perceived low vitality evidenced by decline in language proficiency and discontinuation in intergenerational transmission, there was a, relatively speaking, lower perceived vitality of Teochew/Taechiew (80 % of claimed Chinese dialect abilities) when compared to Cantonese (100 % of self-reported Chinese dialect proficiency) and Hakka (100 % of varying degrees of Chinese dialect proficiency), respectively.

Table 4. Chinese dialect abilities claimed by respondents in the Bangkok Sino-Siamese

community in 2012 survey

Chinese dialect abilities claimed by respondents	Teochew/ Taechiew *(n=20)*	Cantonese *(n=5)*	Hakka *(n=5)*	Total *(N=30)*
	# (%)	# (%)	# (%)	# (%)
1. Can understand, but not speak and read	10(50)	0(0)	0(0)	10(33)

2. Can understand and speak, but not read	3(15)	5(100)	3(60)	11(36)
3. Can read, but not understand (listening) and speak	0(0)	0(0)	0(0)	0(0)
4. Can understand, speak and read	3(15)	0(0)	2(40)	5(16)
5. Total respondents claiming some Chinese dialect abilities	16(80)	5(100)	5(100)	26(86)
6. Cannot understand, speak and read/Total respondents claiming non-Chinese dialect abilities	4(20)	0(0)	0(0)	4(13)
	0(0)	0(0)	3(60)	3(10)
7. In an attempt to revitalize the endangered Chinese dialects (e.g., the promotion of speaking modality of Chinese dialects)				

Amongst all three Chinese dialect groups examined, results indicate they all underwent a perceived shift to Thai language, particularly with respect to the Teochew/Taechiew dialect group as evidenced by a relatively serious level of discontinuation in terms of its intergenerational transmission. The Cantonese dialect, however, is perceived, comparatively speaking, better preserved and maintained, given that 100 % respondents stated that they can understand and speak, but not read.

It is no accident that not all Teochew/Taechiew heritage speakers replied that they would be distressing and felt sad if their heritage dialect is disappearing in their community, because they are tending toward identifying themselves as Thai instead of Chinese (refer to the section 2.4 in this article for a fuller political and historical explanation). The Chinese heritage speakers in this sample considered themselves to be identified as Thai (25%) or Sino-Siamese (5%).

While only 10 % of Hakka heritage-speaking respondents stated their efforts to revitalize the dead Hakka dialect in their generation and their campaigns to promote the speaking ability of Hakka dialect among their children and grandchildren, there are no indicators, nevertheless, to show any attempts of revitalization for the dead Teochew/Taechiew and Cantonese dialects, respectively, among their heritage speakers studied.

Figure 5. Decline of Chinese dialect fluency due to discontinuation in intergenerational transmission among heritage speakers in the Bangkok Sino-Siamese community *(N=30)*

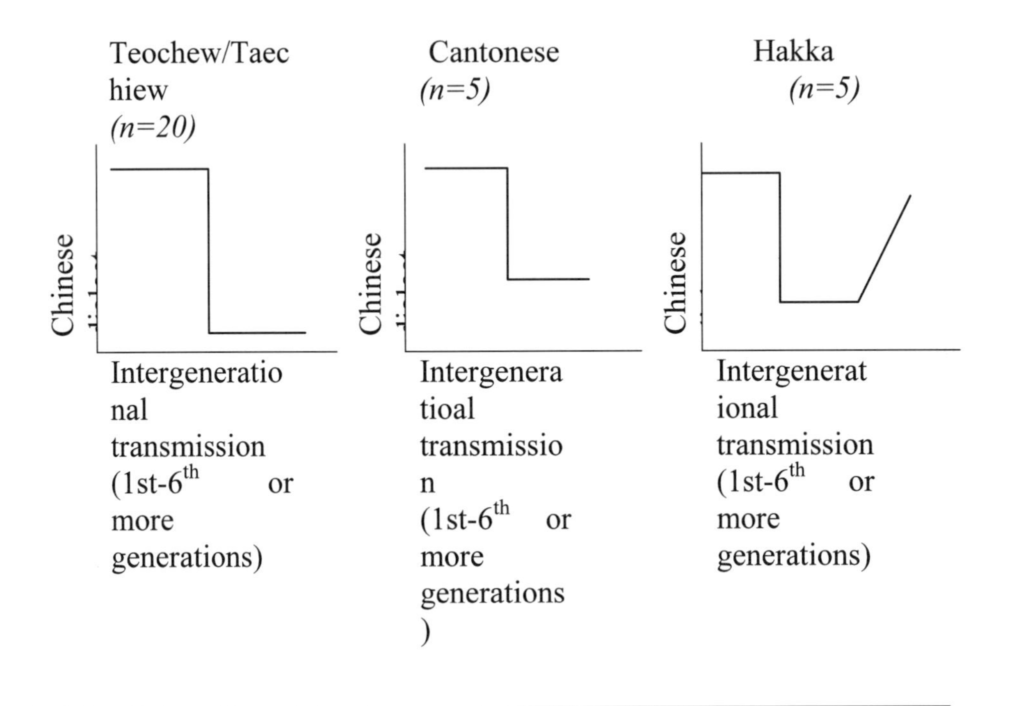

Note. Only Hakka demonstrates signs of revitalization

In light of intergenerational transmission, surprisingly the outcome of heritage language maintenance by minor groups/smaller size of migrant population (e.g., Cantonese and Hakka) is demonstrably better than the major group/larger size of migrant population (i.e., Teochew/Taechiew). Departing from this observation, the researcher speculated that minor groups/smaller size of migrant population are more likely tending toward a much closer-nit relationship among themselves than the major group. This hypothesis presumably explained why Cantonese and Hakka dialects are still alive in their home language domains albeit not optimistic. This hypothesis, however, needs to be tested with empirical grounding by future studies. The researcher of this study is not particularly interested in examining multiple factors that were contributed to differences in intergenerational transmission among these three Chinese dialect groups studied. Future studies may explore the differences in social factors (e.g., language choice, mode of settlement, and institutional support) affecting the outcome of language maintenance and intergenerational transmission among these three Chinese dialect groups under study.

Table 5. 4-skill Mandarin abilities claimed by respondents from the Bangkok

Sino-Siamese community in the 2012 survey

Mandarin abilities claimed by respondents	Teochew /Taechiew *(n=20)*	Cantonese *(n=5)*	Hakka *(n=5)*	Total *(N=30)*

	# (%)	# (%)	# (%)	# (%)
1. Can understand (listening), but not speak, read and write	2(10)	0(0)	0(0)	2(6)
2. Can understand and speak, but not read and write	5(25)	3(60)	2(40)	10(33)
3. Can understand, speak and read, but not write	5(25)	0(0)	0(0)	5(16)
4. Can understand, speak, read and write	3(15)	0(0)	0(0)	3(1)
5. Can read, but not understand, speak and write	0(0)	0(0)	0(0)	0(0)
6. Can read and write, but not understand and speak	0(0)	0(0)	0(0)	0(0)
7. Total respondents claiming some The Mandarin variety abilities	15(75)	3(60)	2(40)	20(66)
8. Cannot understand, speak, read and write /Total respondents claiming non-The Mandarin variety abilities	5(25)	2(40)	3(60)	10(33)

Moving along, one of the most important and researched facet derived from this study has been on home language domains. The home language domain is considered the last domain for language maintenance, albeit an evident decline in language proficiency and discontinuation of intergenerational transmission are well observed among these three Chinese dialect groups assessed (see, for example, Table 6).

4.3 Motivational Factors toward the Learning of the Mandarin Variety

Not surprisingly, the study has also drawn attention to the finding that there are no significant differences among these three Chinese dialect groups of Chinese descendents in the Bangkok metropolis who participated in this study with regard to their shift toward the Mandarin variety and the learning of the Mandarin variety as primarily instrumental rather than heritage motivated. A high portion of respondents (95%) indicated a stronger present and inferred future vitality of the Mandarin variety in their community and Thailand as a whole.

Despite the home language domain does not show any indicators of the shift from Chinese dialects toward the Mandarin variety, respondents may be more likely tending to learn and use the Mandarin variety in public settings such as school domains, instead of home/family language domains. Yet in spite of no use of the Mandarin variety in home/family language domains reported by respondents (*N=30*) studied, the phenomenon of language shift from Chinese dialects toward the Mandarin variety can be better understood by examining not only the instrumental motivation, but also the rated high utility of the Mandarin instruction in k-12 and college-level educational institutes in Thailand.

Table 6. Language-use pattern and inter-generational interaction by three Chinese dialect groups in the Bangkok Sino-Siamese community

Respondents (N=30)	Interlocutors (extended family members) in home language domains					
	To one of the grandparents	To both grandparents	To one of the parents	To both parents	To one of the siblings	To all siblings
Teochew/ Taechiews *(n=20)*	C=0 T=0 CT=3 M=0	C=0 T=0 CT=3 M=0	C=0 T=0 CT=0 M=0	C=0 T=20 CT=0 M=0	C=0 T=0 CT=0 M=0	C=0 T=20 CT=0 M=0
Cantonese *(n=5)*	C=0 T=0 CT=0 M=0	C=5 T=0 CT=0 M=0	C=2 T=0 CT=0 M=0	C=3 T=0 CT=0 M=0	C=0 T=0 CT=2 M=0	C=0 T=3 CT=0 M=0
Hakka *(n=5)*	C=0 T=0 CT=3 M=0	C=0 T=0 CT=2 M=0	C=0 T=0 CT=0 M=0	C=0 T=5 CT=0 M=0	C=0 T=0 CT=0 M=0	C=0 T=5 CT=0 M=0

Note. C= Chinese dialects, T=Thai, CT=both Chinese dialects and Thai, M= Mandarin

Evidenced by the decline in language proficiency and the discontinuation in intergenerational transmission across three Chinese dialect groups assessed, the Teochew/ Taechiews group reported the decline of language use in various public settings (the Cantonese group and the Hakka group do not show sufficient evidence of language use in public settings in the Bangkok metropolis).

Table 7. Two motivational factors that causes shift toward the Mandarin variety in the

Bangkok Sino-Siamese community

2 Motivational Factors	Teochew/ Taechiews *(n=20)*		Cantonese *(n=5)*		Hakka *(n=5)*		All informants *(N=30)*	
	M	*SD*	*M*	*SD*	*M*	*SD*	*M*	*SD*
1. Ethnic group affiliation	1.3	.48	1.8	.44	1.8	.44	1.5	.5
2. Instrumentality	4	.41	4	.42	4	.44	4	.42

Note. Please refer to Section 4 in Appendix A for the measurement scales before tabulation.

Figure 6. Percentage normalized means for two motivational factors that cause shift

toward the learning of the Mandarin variety (*N=30*)

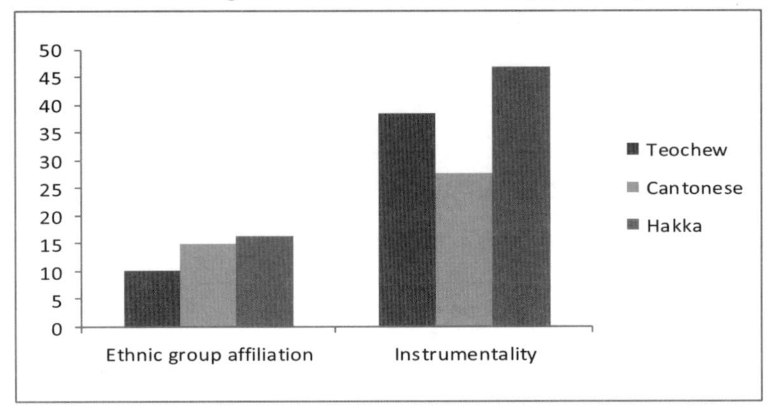

Table 8. Correlations between ethnic group affiliation and shifting toward the learning of the Mandarin variety, Instrumentality and shifting toward the learning of the Mandarin variety

	Teochew /Taechiew *(n=20)*		Cantonese *(n=5)*		Hakka *(n=5)*		All informants *(N=30)*	
	r	*p*	*r*	*p*	*r*	*p*	*r*	*p*

Ethnic group affiliation and The Mandarin variety learning	.323 041	.	.2 32	.13 2	.23 1	.13 8	.307	.136
Instrumentality and The Mandarin variety learning	.495 05	.0	.1 64	.46 6	.19 9	.40 1	.42	.843

Note. *r*=Pearson correlation coefficients;

p=probability of the correlation occurs by chance

Table 9. Utility of instruction to teach the Mandarin variety (offered by k-12 and college-

level educational institutes) rated by informants (*N=30*)

Rated utility in percentages (likert scale 1-3)				
Quite(3) #(%)	Moderately(2) #(%)	Not very(1) #(%)	*M*	*SD*
16(53)	9(30)	5(16)	2.36	.76

5. Conclusion

5.1 Synthesis

A suggestion is proposed in this current study to strategically help Thailand prepare tomorrow's Chinese-speaking human resources for its economic and trade ties with China, that is, to maintain and revitalize Chinese dialects and to motivate the learning of the Mandarin variety among Chinese dialect groups/Chinese heritage speakers in the kingdom. Thus, this cross-group study examined the EV of three Chinese dialect groups based on their LMLS. Participants were Chinese heritage learners/speakers *(N=30)* in the Bangkok Sino-Siamese community divided into three groups. They completed a questionnaire-based survey measuring the vitality of their Chinese heritage dialects and hypothetical motivational factors toward the learning of the Mandarin variety (i.e., shift from Chinese dialects toward the Mandarin variety). Though the results of this study remain inconclusive, a state-of-art concluding remark is provided as follows, instead of a comprehensive conclusion.

5.1.1 Question 1

The first research question of this study was what is the present and inferred future EV (ethnolinguistic vitality) of Teochew/Taechiew, Hakka and Cantonese in the Bangkok Sino-Siamese community as evidenced by their LMLS (language maintenance and language shift. Challenging the common belief in Thailand, group 1 (*n=20*), Teochew/Taechiew heritage speakers, had lower perceived present and inferred future vitality resulted from serious discontinuation in inter-generational transmission. Group 2 (*n=5*), Cantonese heritage speakers, had higher maintenance rates than Group 1. There was a significant effect of heritage language revitalization on Group 3 (*n=5*), Hakka heritage speakers, but no effect on their heritage language maintenance, that is, Hakka was dead for a minimum of 1-2 generations but was revitalized from the current generation of adult heritage speakers (aged > 40).

Table 10. Summary of EV of three Chinese dialects and the Mandarin variety explored in the

Bangkok Sino-Siamese community

Ethnolinguistic Vitality (EV)	Teochew/ Taechiew (*n=20)*	Cantonese (*n=5)*	Hakka (*n=5)*	Mandarin (*N=30*)
1. Present Vitality	Lowest	Low, but maintained	Low, but revitalized	Highest
2. Inferred Future Vitality	Lowest	--	--	Highest

5.1.2 Question 2

The second research question of this study was what are motivational factors that cause Chinese heritage speakers/learners to learn the Mandarin variety in the Bangkok Sino-Siamese community. Albeit differed in their EV of heritage Chinese dialects, they (3 Chinese dialect groups) unanimously rated highest vitality for the Mandarin variety. Despite not the foci in this study, results revealed the benefits of learning the Mandarin variety in educational institutes in Thailand that in part activated the shift from Chinese dialects toward the Mandarin variety. After activated by effective instruction of the Mandarin variety in K-12 and college-level offered by educational institutes in Thailand, it was advantageous for Chinese heritage speakers to learn The Mandarin variety for instrumental purposes rather than integrated reason.

Table 11. Discrepancies between motivational factors toward the learning of three Chinese dialects and the Mandarin variety and the language-use domains in the Bangkok Sino-Siamese community

Differences	Teochew/ Taechiew	Cantonese *(n=5)*	Hakka *(n=5)*	Mandarin *(N=30)*

	(n=20)			
1. Motivational factors toward the learning of the language	Heritage-motivated	Heritage-motivated	Heritage-motivated	Instrumentality
2. Language-use domains	Home language domains (Decline of language use in various public settings)	Home language domains	Home language domains	Public settings (e.g., educational institutes and workplaces)

5.2 Limitations

Some limitations of this study have to be acknowledged herein: (1) Due to the fact that the sample size of this study was made up of 30 Chinese heritage speakers from 3 Chinese dialect groups, it cannot represent the whole picture of the Bangkok Sino-Siamese community, (2). Results are to a large extent based on self-reported subjective data gathered from the sample, and (3). The review of published research materials/literature are not brought up to date (2010 - 2013). As a result, any interpretations and explanations of the data must be with due caution and any certainties of findings that can be inferred should be limited.

5.3 Implications and Recommendations

This study takes the view of EV theories, drawing from empirical data that are predictive to present and inferred future vitality of three Chinese dialects and the Mandarin variety studied. Such findings suggest that albeit there are substantial bodies of literature on the linkage between language and ethnicity in multiethnic communities, the influence of ethnicity on heritage language maintenance is not evident in Teochew/Taechiew ethnolinguistic minority group studied when compared to the Cantonese group and the Hakka group under study. This striking finding is testified against the common belief in the Bangkok Sino-Siamese community. Thus, this study has implications and recommendations to the developmental administration, educational administration, educational institutes and governance in Thailand regarding the maintenance and revitalization of these three Chinese dialects studied. First, this study sheds light on the possibilities of maintaining Cantonese dialect and revitalizing Hakka dialect amongst their heritage speakers. This study draws attention to the need from the Royal Thai government sectors to help Cantonese and Hakka dialects to be more maintainable and revitalize-able, respectively. It is hoped that this study may also contribute to the maintenance and revitalization of the Teochew/Taechiew dialect, if its heritage speakers can emulate their Cantonese and Hakka counterparts.

Second, the current study can be served to better understand the extent of China's influence in economic governance of Thailand and promote greater engagement in the learning of the Mandarin variety amongst Thais. The Mandarin learners in Thailand are encouraged to develop perspectives that recognize the role of instrumentality in their Mandarin learning processes. Albeit learning the Mandarin variety is not a simple matter for most Thais, this study has highlighted the view of instrumentality as a means to encourage and promote the learning of the Mandarin variety in Thailand. In addition, this study also seeks and suggests making the current teaching practices of the Mandarin variety in k-12 and college-levels of Thailand more sustainable given their successful roles in the activation of the Mandarin variety learning amongst Chinese heritage speakers.

Third, albeit a shift away from Chinese dialects toward Thai language varieties and the Mandarin variety is seemed inevitable, it would be most plausible, ideally speaking, if an ideal bilingual/multilingual and biliterate/multiliterate model can be possibly implemented to facilitate Chinese heritage speakers in Thailand not shifting away from their Chinese dialects toward the dominant Thai language varieties (as the medium of the widest communication in regional and national/domestic level of Thailand) and toward the Mandarin variety (a more globally-oriented language in the international level).

By contrast, insights from real-world data allow us to see that the ideal bilingual model (to be best of my knowledge) does not exist. In the case of the Bangkok Sino-Siamese community, the spread of the Mandarin variety is the primary pulling force for language shift. The shift from Chinese dialects toward the Mandarin variety amongst Sino-Siamese groups more likely has widespread appeal for Chinese heritage speakers than their maintenance and revitalization of Chinese dialects amongst their ethnolinguistic minority groups. Thus, this shift has been seen as a threat to the maintenance of Chinese dialects. However, in particular, this shift can be viewed as a great opportunity to prepare Mandarin-speaking human resources for the rapidly changing Bangkok metropolis, ready for Thailand's economic and trade ties with China.

Acknowledgements

The primary investigator of this study wishes to express his gratitude toward the Research Center at the National Institute of Development Administration (NIDA) for their generous grants (100,000 Thai Baht) to found this project. The researcher's thanks also go to a number of anonymous referees in the Graduate School of Language and Communication at NIDA for their comments and suggestions that help revise early drafts of this article.

References

Allard, R., and R. Landry. (1986). Subjective ethnolinguistic vitality viewed as a belief System, *Journal of Multilingual and Multicultural Development* 7 (1), pp. 1-12.

Asia for Educators, Columbia University. (n.d.). Taiping Rebellion (1850-1864). Retrieved on January 26, 2012 from its website: http://afe.easia.columbia.edu/special/china_1750_taiping.htm

AsiaReceipe.com (n.d.). Migration of Chinese into Thailand. Retrieved on January 27, 2012 from the website: <http://asiarecipe.com/thaiciin.html >

Catbonton, E., Trofimovich, P., & Segalowitz, N. (2011). Ethnic group affiliation and patterns of development of a phonological variable, *Modern Language Journal*, 95, pp. 188–204.

Chao, D. (1997). Chinese for Chinese-Americans: A case study. *Journal of the Chinese Language teachers Association*, *32*, pp. 1-13.

Charles Draper, John. (2010). Inferring ethnolinguistic vitality in a community of Northeast Thailand, *Journal of Multilingual and Multicultural Development, 31* (2), pp. 135- 147.

Chow, H. (2001). Learning the Chinese language in a multicultural milieu: Factors affecting Chinese-Canadian adolescents' ethnic language school experience. *Alberta Journal of Educational Research, 47*, pp. 369–374.

CIA- The World Factbook-Thailand (n.d.) Retrieved on January 26, 2012 from its website: <https://www.cia.gov/library/publications/the-world-factbook/geos/th.html>

Clyne, M. (2003). *Dynamics of language contact: English and immigrant languages.* Cambridge: Cambridge University Press.

Coronel-Molina, S.M. (2009). *Definitions and Critical Literature Review of Language Attitude, Language Choice and Language Shift: Samples of Language Attitude Surveys.* Bloomington, Indiana: IU Scholar Works. (pp. 1-64).

Coupland, N., Bishop, H. A., Williams, A., Evans, B., & Garrett, P. (2005). Affiliation, engagement, language use and vitality: Secondary school students' subjective orientations to Welsh and Welshness. *International Journal of Bilingual Education and Bilingualism,* ***8****,* pp. 1–24.

Ducan, H., & Gardner, D. (2011). China overtakes Japan to become world's second biggest economy (and will power ahead of U.S. in a decade), the Daily Mail, The Mail on Sunday & Metro Media Group, Associated Newspapers Ltd. Retrieved on January 27th 2012 from the website: <http://www.dailymail.co.uk/news/article-

1356788/China-worlds-second-biggest-economy-Japan-falls-40-years.html >

Fishman, J.A. (1964). Language maintenance and language shift as a field of enquiry. *Linguistics* 9, PP. 32-70.

Fishman, J.A. (1965). Who speaks what language to whom and when? *La Linguistique* 2, pp. 67-88.

Fishman, J.A. (1991). *Reversing language shift*. Clevedon, UK: Multilingual Matters.

Gardner, R.C. (1985). *Social psychology and second language learning*. London: Edward Arnold.

Gardner, R. C. (2001). Integrative motivation and second language acquisition. In Z. Dörnyei & R. Schmidt (Eds.), *Motivation and second language acquisition* (pp. 1-20). Manoa, HI: The University of Hawaii Press.

Gardner, R. C., & Lambert, W. E. (1972). *Attitudes and motivation in second language learning*. Rowley, MA: Newbury House.

Giles, H., and P. Johnson. (1981). The role of language in ethnic group relations. In *Intergroup behavior*, ed. J.C. Turner and H. Giles (pp. 199-243). Oxford: Blackwell.

Hakuta, K., & D. D'Andrea. (1992). Some properties of bilingual maintenance and loss in Mexican background high-school students. *Applied Linguistics, 13* (1), pp.72-99.

He, A. (2008). Chinese as a heritage language: An introduction. In A. He & X. Yun (Eds.), *Chinese as a Heritage Language* (pp. 1-12). Manoa, HI: The University of Hawaii Press.

Jory, P. (2000). Multiculturism in Thailand? Cultural and regional resurgence in a diverse kingdom, *Harvard Asia Pacific Review*. Retrieved on January 27, 2012 from the website: <http://www.hcs.harvard.edu/~hapr/winter00_millenium/Thailand.html>

Kim, S.H.O., & Starks, D. (2010). The role of fathers in language maintenance and language attrition: the case of Korean–English late bilinguals in New Zealand, *International Journal of Bilingual Education and Bilingualism*, 13 (3), pp. 285-301.

Lewis, M.P. (1996). Measuring K'iche' (Mayan) language maintenance: A comprehensive methodology. SIL Electronic Working Papers 1996-001. Retrieved on February 7th 2012 from the website at http://www.sil.org/silewp/1996/001/silewp1996-001.html.

Li, D., & Duff, P. (2008). Issues in Chinese heritage language education and research at the postsecondary level. In A. He & X. Yun (Eds.), *Chinese as a Heritage Language* (pp. 13-36). Manoa, HI: The University of Hawaii Press.

Luo, S-H., and R.L. Wiseman. (2000). Ethnic language maintenance among Chinese immigrant children in the United States.

International Journal of Intercultural Relations, 24 (3), pp. 307-324.

Major, R.C. (1992). Losing English as a first language. *Modern Language Journal 76* (2), pp. 190-208.

Masgoret, A.M., and Gardner, R.C. (2003). Attitudes, motivation, and second language learning: A meta-analysis of studies conducted by Gardner and associates, *Language Learning, 53* (1), pp. 123-163.

Masuntisuk, R. (2009). *Chinese Language Teaching in Thailand at the Primary and Secondary Education Levels*, Thai World Affairs (Thai World), Institute of Asian Studies, Chulalongkorn University. Retrieved on January 26th 2012 from the website: < http://www.thaiworld.org/upload/question/file_827.pdf >

MuslimHeritage.Com (n.d.). Zheng He - the Chinese Muslim Admiral. Retrieved on January 26, 2012 from its website: <http://www.muslimheritage.com/topics/default.cfm?ArticleID=218>

Ronald, S. (1996). Migration from China, *Journal of International Affairs*, 49 (2), p.434. Retrieved on January 26, 2012 from its website: <http://www.iupui.edu/~anthkb/a104/china/chinamigration4.htm >

Seliger, H.W., and R.M. Vago. 1991. First language attrition. Cambridge [England] & New York: Cambridge University Press.

Smalley, W.A. (1994). *Linguistic Diversity and National Unity: Language*, University of Chicago Press, pp. 212-213.

Valdés, G. (2001). Heritage language students: Profiles and personalities. In J. K. Peyton, D. A. Ranard, & S. McGinnis (Eds.), *Heritage languages in America: Preserving a national resource*. McHenry, IL: Center for Applied Linguistics. Washington, DC: CAL, ERIC. McHenry, IL: Delta Systems Co., Inc.

Wang, X., & Chong, S.L. (2011). A hierarchical model for language maintenance and language shift: focus on the Malaysian Chinese community, *Journal of Multilingual and Multicultural Development,* 32 (6), pp. 577-591.

Wen, X. (2011). Chinese language learning motivation: A comparative study of heritage and non-heritage learners, *Heritage Language Journal, 8*(3), pp. 41-66.

Ya˘gmur, K., K. de Bot, & H. Korzillus. (1999). Language attrition, language shift, and ethnographic vitality of Turkish in Australia. *Journal of Multilingual and Multicultural Development 20* (1), pp. 51-69.

APPENDIX A

Questionnaire of Chinese Ethnolinguistic Vitality in the Bangkok Sino-Siamese Community

(This questionnaire takes approximately 10-15 minutes to complete)

SECTION 1. DEMOGRAPHIC INFORMATION OF RESPONDENTS

Task 1. Check/Tik
the correct answers
in Section 1-3

Please complete the following:

Chinese dialects spoken: ____ Teochew/Taechiew ____Hakka

SECTION 2. THIS SECTION ASKS YOU TO CONSIDER YOUR CHINESE DIALECT PROFICIENCY. YOU WILL BE ASKED TO COMPLETE AN ASSESSMENT OF YOUR CHINESE DIALECT ABILITIES.

Chinese dialect abilities claimed by respondents

	Teochew/Taechiew	Cantonese	Hakka
Can understand, but not speak and read	________	________	________

Can understand and speak, but not read	________	________	________
Can read, but not understand (listening) and speak	________	________	________
Can understand, speak and read	________	________	________
Cannot understand, speak and read	________	________	________

SECTION 3. THIS SECTION ASKS YOU TO CONSIDER YOUR MANDARIN PROFICIENCY. YOU WILL BE ASKED TO COMPLETE AN ASSESSMENT OF YOUR MANDARIN LISTENING, SPEAKING, READING AND WRITING SKILLS.

4-skill Mandarin abilities claimed by respondents

Mandarin abilities claimed by respondents	Teochew/Tae chiew	Cantonese	Hakka
Can understand (listening), but not speak, read and write	________	________	________
Can understand and speak, but not read and write	________	________	________
Can understand, speak and read, but not write	________	________	________
Can understand, speak, read and write	________	________	________
Can read, but not understand, speak and write	________	________	________
Can read and write, but not understand and speak	________	________	________
Cannot understand, speak, read and write			

SECTION 4. THIS SECTION ASKS YOU TO CONSIDER YOUR MOTIVATIONS TOWARD THE LEARNING OF THE MANDARIN VARIETY. YOU WILL BE ASKED TO COMPLETE AN ASSESSMENT OF YOUR MOTIVATIONAL FACTORS TOWARD THE LEARNING OF THE MANDARIN VARIETY.

Task 2. Circle
the correct answers
in Section 4
1=strongly disagree
2=disagree
3=undecided
4=agree
5= strongly agree

Two motivational factors that causes shift toward the Mandarin variety

Two Motivational Factors	Teochew/ Taechiews	Cantonese	Hakka
3. Ethnic group affiliation	12345	12345	12345
4. Instrumentality	12345	12345	12345

How many hours of time (e.g., classroom time or online e-learning) do you spend per week in the learning of the Mandarin variety?

(a) 0-5 (b) 6-10 (c) 11-15 (d)>15

Responses are coded (a) =1, (b) =2, (c) =3, and (d) =4

SECTION 5. THIS SECTION ASKS YOU TO CONSIDER YOUR LANGUAGE USE AND INTER-GENERATIONAL INTERACTION WITH INTERLOCUTORS WHO ARE YOUR EXTENDED FAMILY MEMBERS IN YOUR HOME/FAMILY LANGUAGE DOMAINS.

Task 3. Fill in the codes/symbols
in Section 5
Codes/Symbols are as follows:
C= Chinese dialects
T=Thai
CT=both Chinese dialects and Thai
M= Mandarin

Language-use pattern and inter-generational interaction by three Chinese dialect groups in the Bangkok Sino-Siamese community

	Interlocutors (extended family members) in home language domains					
	To one of the grandparents	To both grandparents	To one of the parents	To both parents	To one of the siblings	To all siblings
Teochew/ Taechiews	______	______	______	______	______	______

Cantones e	______	______	______	______	______	______
Hakka	______	______	______	______	______	______

Note. **C**= Chinese dialects, **T**=Thai, **CT**=both Chinese dialects and Thai, **M**= Mandarin

SECTION 6. THIS SECTION ASKS YOU TO CONSIDER UNILITY OF THE MANDARIN INSTRUCTION IN K-12 AND COLLEGE-LEVEL EDUCATIONAL INSTITUTES WHEREIN YOU USED TO OR CURRENTLY STUDY THE MANDARIN VARIETY

Task 4. Rank & Rate
in Section 6
Quite=3
Moderately=2
Not very=1

Rated utility (likert scale 1-3)		
Quite(3)	Moderately(2)	Not very(1)
______	______	______

國家圖書館出版品預行編目資料

聯藻於日月交彩於風雲——2012年近現代中國語文國際學術研討會論文集／國立屏東教育大學中國語文學系編. ——初版. ——臺北市：五南，2013.12
面； 公分
ISBN 978-957-11-7439-6（平裝）
1.漢語 2.中國文學 3.文集

802.07 102023810

4J10

聯藻於日月 交彩於風雲

2012年近現代中國語文國際學術研討會論文集

編　　著— 國立屏東教育大學中國語文學系
發 行 人— 楊榮川
總 編 輯— 王翠華
主　　編— 黃惠娟
責任編輯— 盧羿珊
出 版 者— 五南圖書出版股份有限公司
地　　址：106台北市大安區和平東路二段339號4樓
電　　話：(02)2705-5066　　傳　　真：(02)2706-6100
網　　址：http://www.wunan.com.tw
電子郵件：wunan@wunan.com.tw
劃撥帳號：01068953
戶　　名：五南圖書出版股份有限公司

台中市駐區辦公室/台中市中區中山路6號
電　　話：(04)2223-0891　　傳　　真：(04)2223-3549
高雄市駐區辦公室/高雄市新興區中山一路290號
電　　話：(07)2358-702　　傳　　真：(07)2350-236

法律顧問　林勝安律師事務所　林勝安律師

出版日期　2013年12月初版一刷
定　　價　新臺幣400元